The Poetics of Classical Japanese Poetry

和歌の詩学

山中桂一──著

大修館書店

和歌の詩学◇目次

第Ⅰ章　和歌の詩的カノン

第Ⅱ章　和歌の表現

第Ⅲ章　和歌の発想

和歌の詩学

凡例

記号や符号の使用法については該当個所で定義してあるが、一般的な場合を列記しておくと、

一　（　）は選択序列としての意味をもたせて使用する。A（B（C））とあれば、基本的にはA、副次的にはAB、三次的にはそれにCという因子が加わることもある、の意。

二　＜　＞は用字、書記であることを表わす。

三　〈　〉は意味表記。

四　｛　｝は概念を表わし、｛水｝とあれば「川」「瀬」「下水」その他をとりまとめた範疇であることを示す。従って主題のレベルでは、｛水面に映る影｝として「盃に映る月」「池畔の月」「袖の月」「田毎の月」などを表わすこともある。

五　「・」を形態論的および統語的な結合の単位を示すために用い、「、」は「かまたは」の意味で用いる。したがって、「あま・」は「あめ＜雨、天＞」の結合語幹をしめし、また「こころ、川・せく、たぎつ」は「こころせく、こころたぎつ、川せく、川たぎつ」すべてが統語的になりたつことを表わす。ただし、「の内に」などのように前に別語の来ることが自明である場合はかならずしもこの方式をとらない。

六　「‖」を類似性に基づく写像関係の意味で使用する。

七　近接性に基づく関係を「｜」「／」などの縦線で表記する。ただし、韻律に関しては「—」「＝」をそれぞれ韻脚の境界、詩行の境界の符号として用いてある。

八　〔　〕は引用者による補足を表わす。

第Ⅰ章　和歌の詩的カノン

1　古歌との対話——言の葉を天つ空まできこえあげ(1)——

詩的言語の伝統

ねむりは永遠にさまようサフサフ
永遠にふれてまたさまよう
くいながよぶ

葦

しきかなくわ
すすきのほにほれる
のはらのとけてすねをひっかいたっけ
クルへのモテルになったっけ
すきなやつくしをつんだわ

(1)　古今集仮名序。

しおひかりにも……
あす　あす　ちゃふちゃふ
あ
セサランセサランセサラン
永遠はただよう

（西脇順三郎『失われた時』）

西脇順三郎が『失われた時』で用いたこの手法は、清濁のつまびらかでない言語によってわれわれを遠のく意識のなかへ誘いこむ。しかしこの詩行の表わそうとしていることがらや思いがけない手法とはべつに、古歌の世界を連想する読者も多いはずである。まず、字面がそことなく古い記憶をよみがえらせる。あるいは『古今集』か何かを目のまえに開いて、ぼんやり斜めに読んで行く感覚といおうか。

実際、和歌の用語体系であるやまとことばは現代の日本語にくらべて濁音にとぼしく、とりわけ語頭に濁音をもつ自立語は『万葉』の当時にはわずか二、三語に過ぎなかった。（後注1）これは「まつ＋はら→まつばら」のような、連濁という言語現象をもちつつ意味の区別を維持するための前提条件をなしているが、逆にいえば、語頭における清音と濁音との示差性は中和されることにもなるので、人びとはこの差異をあまり気にとめなかったと予想される。

中世、和歌を記したかな文字はふつう濁点を打たず、そのためこの傾向は助長されて語中にまで及ぶとともに、たとえば〈せに〉〈なかる〉という表記をそれぞれ「瀬に、銭」「泣かる、流る」の記号として利用したり、その慣習を前提として〈水〉に「みつ、みづ」の双方を響かせることは、作詩上、有力な技法のひとつとなった。[後注2]

　　家を売りてよめる
あすか川　淵《ふち》にもあらぬ我が宿も　せに変りゆくものにぞ有りける（古今　九九〇）

　　よみ人しらず
逢ふことの浪の下草みがくれてしづ心なく音《ね》こそなかるれ（新古　一三五九）

　　女に遣はしける
あな恋し　はつかに人を水の泡の消えかへるとも知らせてしかな（拾遺　六三六）

最初から技巧性の強い例歌を引いたのですこし詳しく注釈をつけておくと、冒頭の歌は世の移り変わりの激しさをいう詩的常套句、「淵浅《あ》せにて瀬になる」[2]を下敷きにしている。「逢ふことの浪の」は、「逢ふことを無み」〈逢うことがないので〉と「浪」との掛けことばでできた合成語法、「みがくる」は〈水に隠れる〉、「音を［音に］なく」は〈声に出して泣く〉の意味であるが、下草の「根こそ・流るれ」がやはり掛かっている。「はつかに」は〈ちらっと〉の意。いうまでもなく、「水《みづ》の泡」には「見つ」、そしておそらく「逢は」

（2）「しましくも行きて見てしか神奈備の淵は浅《あ》せにて瀬にかなるらむ」（万葉　九七四）から。

が言い掛けられている。
　西脇の用いた手法は、ある意味でこの伝統に戻ることであったと言えなくもない。「のはら」は「野バラ、野原」双方の記号と化し、「とけて」「すきなやつくし」も、「トゲで」「スギナやツクシ」という解に行きつくまえに「溶けて」「好きなやつ」と読んでしまいそうになるが、しかし、もっと直接的な契機を想像してみたい誘惑にも駆られる。シギは代表的な歌題《うただい》として数多くの詠草があり、なかでも西行の、秋の夕暮れの一首（新古　三六二）は名歌としてひとにもよく知られている。しかし和歌の場合、シギはたいてい来ぬひとを待つわびしさを絡ませて「羽掻《はが》き、百羽掻《ももはが》き」をうたうものと相場がきまっており、それが「鳴く」としたのはつぎの家持の一首を除いてほかにはない。

　春まけて(3)物悲しきに小夜ふけて羽振《はぶ》き鳴く鴫《しぎ》たが田にか住む（万葉　四一四一）

(3)「まけて」は〈心待ちにして〉の意。

しかも用字という平面で見れば、この歌には「物悲しきに鳴く」という多重記号を読みとることもでき、まさしくここに「しきかなくわ」の先蹤がある。
　それだけにとどまらない。「くいながよぶ」「すすきのほにほれる」とは、たとえばつぎのような歌の系譜に言い及んでいると考えてまず間違いなかろう。

　　よみ人しらず
たたくとて宿の妻戸を明けたれば人もこずゑ(4)の水鶏《くひな》なりけり（拾遺集、顕昭）

(4)「こずゑ」、「梢、木末」

題しらず　藤原なかひらの朝臣

わぎもこに逢坂山のしのすすき 穂にはいでずも恋ひわたるかな（古今　一一〇九）

スギナとツクシを並べたのはこの詩人一流の諧謔であるとして、葦、いばら、[5] 春の野辺、若菜つみ、潮干刈り――これらはすべて伝統的詩歌がくり返し利用してきた題材で、すでに初期万葉からの用例がある。

終わり近くの「あす　ちゃふちゃふ」については、ある注釈は、水に洗われて濁点がとれ、「足　ぢゃぶぢゃぶ」がこうなっていると解説し、「セサラン」以下はさざなみの音の擬音で、ジョイスが『フィネガンの通夜』で使った造語 hitherandthithering〈さざめき寄せ返す〉のもじりだとしている（鍵谷 一九七〇、一一三頁）。どうやらこれは西脇の直話によるものらしく、ほかの注釈書（新倉 一九八二、二四七頁）も同じ理解で、該当個所として同書から次のくだりを引いている。

Can't hear with the waters of. The chittering waters of. My foos won't moos. [...] I feel as old as yonder elm. [...]Beside the rivering waters of, hitherandthithering waters of. Night. —Joyce, *Finnegan's Wake*, 215-16.（聞こえないのさんざめく水で。さらさらめく水で。あたし足が苔て鵜《う》ごかない。鵡《む》こうの楡みたいに老いた気がする。[…] ほとばしる河のそばの、こちら川あちらが輪に流れる水の。

に「来ず」を言い掛けてある。つぎの、逢坂山の「逢ふ」を掛けによって文脈的によみがえらせるのも和歌の慣用語法。

(5)「いばら」は、古くは「むばら、うばら」という形、あるいは東国方言では「むまら」という軟音形であらわれる。また「潮干」に「刈る」のはいまの「潮干狩」とは違い、文字どおり「みる（海松）、玉藻」を刈りとることを意味した。

なるほど『失われた時』の末尾近くではいくつかの同じ語句が再出し、たとえば「シギの鳴く音」も「野薔薇」も「クルベの眠るブロンドの女」や「葦」もすでに何度か登場していることを考えると、既出の「葦（足）」の「し」音が、〝水のせいで〟「す」に変わったと見るのもまんざら頷けないことではない。

しかし、あくまでもこれは意味解釈のレベルでのはなしである。この辞句がそもそも判読すべきものであるならば、「あす　ぢゃぶぢゃぶ」ないし「あす　ちゃぷちゃぷ」が依然として排除されておらず、とくにこの詩篇が現代かな遣いであることを考えると、あとのほうが正しい見方であると思われる。しかし、この箇所が清濁という言語的対立をふまえて書かれており、第一の解釈法として元のかたちに遡るよう誘いかけることは確かであるとしても、詩的出来ごととしてはあくまでも「あす　ちゃふちゃふ」という不可解なことばがあるのみであり、これの呪力のなかにあらゆる遡源の試みや受け手個人の連想、あるいは誤解までも、が含まれることはいうまでもない。

いまのコンテクストでいえば、筆者自身はこの一節が、宇多法皇の歌、

法皇西川におはしましたりける日、「鶴、州に立てり」といふ事を題にてよませ給ひける

葦鶴《あしたづ》の立てる川辺を吹く風によせてかへらぬ浪かとぞ見る（古今　九一九）

（6）鶴の白い立ち姿を、打寄せたまま留まった白

のもじりで、「あす」も「あした（づ）」からの変成であると考えたい。定説をまえにしては強弁のように聞こえるかも知れないが、もじられるのはジョイスの表現でも、もじるのは西脇の言語、日本語であり、二つの見方はかならずしも矛盾しまい（後注3）。

　この読み筋を手に入れると、あの呪文めいたくり返し「セササランセサランセサラン」も、和歌の愛用した「せざらん」の微かな残響であるという読み筋が見えてくる。西脇がここで「失われた時」として意識していたのは、日本人とやまと歌の往古であったに違いないのである[7]。

　もちろんこれは、詩人西脇がたまたま古歌の世界に立ち戻っただけだとも言いうる。しかし、そうした詩的回想や、古歌への贈答もまた、詩歌の見いだした手法であった。

2　和歌の詩形

万葉の歌

　いま見たのは、和歌の拓いた詩的世界が現代とも密につながっているひとつの実例である。しかし別のおりに検証したように（山中 一九九九）、われわれを取りまく言語文化は、日本語という言語の特性によって強く規定されていると同時に、日本語の特性を自覚的に伸ばし深めることによって成立した言語美学、とくに和歌的な発想に負うところが大きい。和歌とはどのような詩的言語であり、どのような世界を築いてきたか、そしてその詩的世界が日本語のいかなる性質を基底として成立し、どんなかたちで日本語を性格づけてきた

波に見立てた。

（7）もうすこし範囲を大きくとれば、『失われた時』第Ⅳ章は「ポーエトリの話」であり、古今東西の詩的世界の巡行という枠組みをもつ。

か。これらの問題を考えてゆくために、まず『万葉集』に収められた三種類のやまと歌──長歌、短歌、旋頭歌──の形式を点検することから始めよう。

『万葉集』の詩的言語は、雄勁古朴であるとよく評される。情景をうたうにせよ感情にせよ、まるで真新しいことばが使われているかのように力がみなぎり、心根がじかに伝わってくる清々しさがある。佳句を拾ってゆくと、たちまち一冊の詞華集が出来あがりそうである。

天皇、内野にみ狩しまし し時、中つの皇子《みこ》、間人《はしひと》の連老《むらじおゆ》をして奉らしめたまへる歌
たまきはる宇智の大野《おほぬ》に馬並《な》めて(8)朝踏ますらすその深草野　（万葉　四）

高市の連黒人
いづくにか船泊《は》てすらむ安禮《あれ》の崎　漕ぎたみ行きし棚なし小舟　（万葉　五八）

〔柿本朝臣人麿、妻のみまかりし後、泣き哀しみて作れる歌〕
家に来てわが家を見れば玉床のほかに向きけり妹が木枕《こまくら》　（万葉　二一六）

柿本朝臣人麿の歌一首
淡海《あふみ》の海夕波千鳥汝《な》が鳴けば心もしのにいにしへ思ほゆ　（万葉　二六六）

（8）立ち並べて

額田王、近江のすめらみことを偲ひて作れる歌一首

君待つとわが恋ひをればわが屋戸《やど》のすだれ動かし秋の風ふく（万葉　四九一）

すなおなことば遣いと素朴な心情が溶け合って、息づかいまで窺わせるような魅力を発揮することがある。

旋頭歌

みなとの葦の末葉《うらは》を誰か手折《たお》りし

わが背子が振る手を見むと我ぞ手折りし（万葉　一二九二）

譬喩歌、衣に寄せる

いまつくるまだら衣は面影に我に思ほゆ(9)いまだ着ねども（万葉　一三〇〇）

秀歌というほどではないが、その、奇妙に現代的なまなざしが気になって忘れがたい歌もある。

斎串《いぐし》立(10)て神酒《みわ》するゑまつる祝部《はふりへ》がうずの玉かげ(11)見ればともしも（万葉　三四二三）

このように、万葉の歌はすでに高い形式美と完成度を示しており、それ以前に、記録さ

(9) 想像するだけでも自分にぴったり似合う

(10) 斎み清めた串

(11) 神官の頭飾りにした美しいヒカゲノカズラ。「ともし」は〈こころ惹か

れる〉の意。

れなかった長い伝統があったことを予想させる。歌がどのような場面で作られ、いかなる範囲に流布し、その一部がどのような経緯で幸運にも後世に伝わったか、いまでは憶測するしか方法がないけれども、万葉歌の大きな特徴のひとつである「枕ことば」は、詩史のうえでは口承詩に特有とされる語法である。特定の語に定型化した形容を加えることによって、一定の律をつくりだすとともに、記憶を誘いおこす心覚えの役をもはたす。歌い継がれ、個人ないし集団の記憶だけをすみかとした歴史がまずあり、記紀の歌謡や万葉歌はその、公にきこえた部分だけが飛びとびに記し残されたものにすぎまい。記紀歌謡と万葉歌が一部かさなり会うことは事実であるが、総体として両者には語彙、詩形、語法、詩品のうえで大きな隔たりが感じられ、その間に何があったか、あるいは五七調が成立するまでにどれだけの時間が流れたのか、これは文献の成立年代や、一二の傑出した詩人の役割だけから量り知ることはできない事柄であるように思われる。

五七の伝統

蛇足を承知のうえで詩形について概括しておくと、集成立のころはすでに五と七の音節数によって詩律を整える方式が固まっていたと考えられ、この二つの組み合わせようによって長歌、旋頭歌、短歌その他、という形式が規定される。『古今集』には雑体としてさらに俳諧歌、物名などの名が揚がっているけれども形式上はみな短歌である。逆に記紀歌謡までさかのぼるとほかの形式をこころみた跡も数かず見られる。さまざまな長さの詩句（三音節から八音節）がこころみられ、長と短との配列のしかたも安定しない段階を経て、しだいに五と七というかずに落ち着き、ついで「五七」を単位としつつ種々の詩形を模索する段階に移行したようすがある。「五七七五七七」という配列にしたがう旋頭歌は例外のように見えるけれども、片歌の一部を下《しも》の句でもういちど繰り返すことが定型化しており、そのことから判断して「五七一七」の反復からなっていると考えられる。うえに挙げた例（万葉 一二九二）では初句に一音を欠いているが、これはとくに破格というほどのことではなく、古形のなごりとして許容されていたのではないかと思われる。首句に立つことの多い枕ことばに、「うまごり（・綾）、さねさす（・相模）、しらぬひ（・筑紫）」などの四音節語が少なくないことからもそのことは推測できる。

　このように「五七」という配列には和歌の前史が隠れている形跡があるが、その反復の回数に制限を設けないものがいわゆる長歌である。長歌にはほかにこれといった規定はなく、ただ長くなってもなるべく切れ目を目立たせない作りが求められていたらしく、読点の箇所がはっきり見いだせるものはきわめて少ない。ひとつだけごく短い例を見ておく。

　山部宿禰《すくね》赤人、春日野に登りて作れる歌一首ならびに短歌
はるひを(12)　春日《かすが》の山の　たかくらの　三笠の山に
朝さらず　雲ゐたなびき　かほ鳥の(13)　間なくしば鳴く
雲居なす　心いさよひ(14)　その鳥の　片恋《かたこ》ひのみに(15)
昼はも　日のことごと　夜はも　夜のことごと
立ちてゐて　思ひぞ我がする　逢はぬ児《こ》ゆゑに

(12)「春日」に掛かる枕ことば。音訓のずれが詩的に捉えられていることが分かる。
(13) 何鳥を指すかは不明とされているが、古音が

反歌

たかくらの三笠の山に鳴く鳥の止めば継がるる[16]恋もするかも（万葉 三七五）

しかし一方で、これは詩律と息継ぎと文法構造との、三者の境界がしばしば二句きざみで重なることを意味しており、単調な、同じ波動のくりかえしという感覚を生むことにもなる。とりわけ現代語のアクセントで読むと、その同じ箇所にかならずアクセントの下降部がきて抑揚の単調さはいや増しされ、この感覚は、うえのように短い歌の場合でもなかなか抑えることができない。この、うねりに似た律動を破るものは「七七」という長句の連続だけであり、同時にこの同一性が詠《うた》いおさめを合図する信号である。終止信号としてのこの配列はやまと歌の諸形式すべてに共通しており、その点からいえば、同じ五七体の系譜に属するにもかかわらず、俳句は、独自の基盤にたつ新形式であったことが分かる。

形式のうえで、短歌はちょうど長歌の中途を端折ったかっこうになっている。上例に見られるように、長歌の末尾に短歌型式のいわゆる「反歌」を置くことも随意的に行なわれた。逆に、この習わしそのものに短歌の起源を見ようとする立場もあるが、これは短歌の成立論という角度からではなく、むしろ長歌の呪詞《じゅし》的、非詩的なもののなかに胚胎した詩的なものが、「それ自身で充足した叙情的世界をうち立てようとする」（山本 一九六九、一四七頁）部分として、テクストの構成の角度から考えるべきことがらであるように思われる。一般に古い詩では、長い詩行のおわりにちょうど反歌のように、形がきちんと整い、凝縮度の

[kaΦo] であったことを考えるとカッコウではなかったかと思われる。

(14)（遠い雲のように）心はまどって。「雲居なす」は枕ことば。

(15) 片恋いするばかりで

(16)「鳴く鳥」に対しては述語、「恋もするかも」に対しては修飾語として両掛かりをなす。

たかい短詩（envoy, twist）をそえることは珍しくない。

　しかし長短の不ぞろいな句をもって構成するという方式は、いくつかの点で歌の性格を規定している。たとえば枕ことばは短句のために誂えられたかのような形状をそなえており、むしろ逆に短句のほうこそ、元来七拍を基本としていた詩形に枕ことばの定位置として用意されたのではないかと考えたいくらいである。実際はむろんそうではない。等時拍の詩律に変化を持たせるには休止部の長短と語境界の位置によるほかに方法はないし、また現実に、短句の位置にはさまざまの要素がくる。しかし、比喩や枕ことばがほぼ例外なく短句に現われ、そして人麿がもっとも徹底的にこのパタンを利用したことは確かである。枕ことばがふつう五音節であるという韻律的な側面と、形容辞としてふるまうという機能的な側面は、互いに支え合って発達したということができる。短歌においては、短い句が第一句と第三句をしめるという形式上の要請は、その構造自体にもかなり影響を及ぼしたと考えられる。枕ことばが生きていた時代にはいわばその指定場所として、廃れてのちは語順を工夫し処理する自由空間として。

3　和歌の韻律

母音連続の処理

　五音と七音の反復を基本とする詩法はかなり早くから成立していたと考えられ、『万葉集』では、その規範をあるていど正確に読みとることができる。音節の数で拍子をとるので、一定の基準を必要とするのは音節の構造をどう捉え、どこまでを作詩上の一単位と見なすかについてである。

そのため、規範の中心はもっぱら合音[17]のあつかいに関係している。訓の問題が絡んでくるので検証の行き届かない面もあるが、ほぼ確実にいえることは、つぎのような、句中における語境界の処理にかかわる慣行の存在である。

① 句中で二つの母音が連続するときは合音することができる。

② 低音調母音［o,u］、高音調母音［e, i］[18]のうしろに、それぞれ、出だしの半母音［w–］ないし［y–］をもつ語が来たときもこの扱いに準じる。

第一の規則によって、たとえば「麻里布《まりふ》の浦」「伊勢の海」など、集中できわめて頻度の高い「・の^浦、・の^海[19]」のような表現をはじめ、「直《ただ》に^逢はず」（二八五九）「なりにて^あらずや」（八三三）などの字余りが説明される。典型的な例でしめすと、母音連続［-oi-］をもつ「死にも^生きも」（三八一九）は短句として許されるが、その条件を充たすことのできない「生きも死にも」は不適格ということになる。母音［e］は字余りに関係せず、この規則にたいして例外的に振る舞うらしいことが宣長以来いわれている。しかし、二四四六番の歌、

大地《おほつち》は取り尽すとも世の中の尽しえぬものは恋にしありけり

(17) 隣接する二つの音節を韻律上一音にかぞえるきまりを、あとで触れる母音の脱落（＝約音）および融合と区別して仮にこう呼んでおく。それぞれを数え込んで二音に読む場合を分音と呼ぶことにする。

(18) 万葉仮名における、いわゆる甲類・乙類の別はこの韻律規則には関係しないと考えられるので、あえて別表記とはしない。

(19) 以下、合音箇所をしめす記号として「^」を使用する。

では、原文〈盡不得物〉をこう読みくだすかぎり［i＋e］の合音を想定すべきであり、この母音を例外とする理由はない。[20] 事例がきわめて稀であることは事実であるが、その原因は［e］音ではじまる和語が少なくて、「榎《え》、蝦夷《えみし》、選ぶ、えをとこ」などの数語にすぎないことに起因していると思われる。ちなみに、歴史言語学では、古期の日本語に＊e音そのものが存在せず、甲類および乙類の「え」（＝e'、ë）はそれぞれ、i＋a/(o)、a/(o)＋i の融合によって派生したと考えられている（Whitman 1990）。

二つ目は、「われに＾寄るべしと」（六八七）「嘆きそ＾わがする」（七一七）などの例に適用されうる規則である。

これらの規則で説明の付かない字余りの歌もまだ何首かのこる。字余りに関する先駆的な研究のなかで、佐竹（一九四六）はそうした例外として「入り江とよむなり」（一七〇三）、「馬柵《うませ》越しに」（三一二一）、「海辺つね去らず」（三九五四）などを挙げ、この種の特殊な、時として局所的な事例を説明するためにいくつかの補則を設けている。規則の立て方が異なるのでうえの第二則といちぶ重複するが、その補則は、句頭に単独の母音音節がくる場合、

(1) 「イ」音がありその次にくる音節の頭音が［y］であるか、または次の音節にそれと同じ母音［i］を尾母音として含むとき、

(2) 「ウ」音がありその次にくる音節の頭音が［w］、［m］のとき、その字余りは差支

(20) ただしいくぶん微妙な点もあり、［i＋e］という結合がここではより高音調の（あるいはより狭い母音）［i］の脱落を起こす環境条件を充たしており、「尽くせぬものは」という読みも考えられないことではない。しかし〈不得〉という用字法は［senu］ではなくて、［enu］の部分の独立性、つまりは母音の脱落が生じていないことを反映しているように受け取れる。

えない

というものである。そしてこれらの規則を認めるならば、「万葉集短歌の字余りは、諸本および訓詁によって処理した残りの全用例一四五三のうち例外はわずか三二例」であることが報告されている。かれはさらに『古今』から『詞花集』にいたる勅撰集を点検し、字余りの歌には、「と」に、区切れを挟んで「思ふ」のつづく例が多いことを指摘している。

ひぐらしの鳴きつるなへ[21]に日は暮れぬと思ふは山の蔭にぞありける（古今　二〇四）
わびぬれば[22]しひて忘れんと思へども夢といふものぞ人頼めなる（古今　五六九ほか）
忘れなむと言ひしことにもあらなくにいまは限りと思ふものかは（後撰集　九二四）[23]

当時の状況では、たとえば万葉仮名〈曾〉の読みが二首の例外にかかわるなど、本文校訂、訓じ方などに期すべき点の多いことが素人目にも明らかである。しかしその後の進展によってこの状況はかなり変わってきており、また当の補則じたい修正を必要としているように見受けられる。

こころみに諸本を照合しながら試算してみると、例外とされた三二首のうち、現在ではほぼ半数について字余りの解消されるような読解が提案されており、これらを除けば結局のこる一四首と、補則を認めないことによって増える二首、計一六首が、説明の付かない字余り歌の数である。むろん提案された新訓がすべて定説となっているわけではなく、い

(21) 〜するまさにそのときに
(22) あまりに苦しくつらいので
(23) この歌は、現在の版本には「忘れむと」とするものがあり、そう読めば字余りの例とはならない（『新編国歌大観』、一九六）。

わんやことごとく正しいとも限らないけれど、『万葉集』における字余りの歌の中核はつぎに掲げる諸歌であると考えてほぼ差し支えあるまい。

いなと言へど強ふる志斐《しひ》のが[24]強ひ語りこのころ聞かずて吾《あ》れ恋ひにけり（二三七）
いつの間も神さびけるか香具山の桙杉《ほこすぎ》のもとに苔むすまでに（二六一）
三河の二見の道ゆ別れなばわが背も吾《あ》れもひとりかも行かむ[25]（二七六）
秋の露は移し[26]にありけり水鳥の青葉の山の色づく見れば（一五四七）
巨椋《おほくら》の入り江とよむなり射目《いめ》人の[27]伏見が田居《たゐ》[28]に雁わたるらし（一七〇三）
君なくはなぞ身装はむ櫛笥《くしけ》なる柘植の小櫛も取らむとも思はず（一七八一）
おのづまにともしき[29]子らは泊てむ津の荒磯《ありそ》まきて[30]寝む君待ちかてに（二〇〇八）
わが隠せる楫棹《かぢさを》なくて渡り守舟貸さめやもしましはあり待て（二〇九二）
わが待ちし秋は来たりぬしかれども萩の花ぞもいまだ咲かずける（二一二七）
妹が手を取石《とろし》の池の波の間ゆ鳥が音異《け》に鳴く秋過ぎぬらし（二一七〇）
玉たすき掛けぬときなく吾《あ》が恋ふるしぐれし降らば濡れつつも行かむ（二二四〇）
対馬の嶺《ね》は下雲あらなふ[31]可牟の嶺にたなびく雲をみつつ偲はも（三五三七）
仏つくる真朱《まそほ》[32]足らずは水溜まる池田の朝臣《あそみ》が鼻の上を掘れ（三八六三）
須磨人の海辺つね去らず焼く塩の辛き恋をも我はするかも（三九五四）
片思ひを馬にふつまに[33]負はせもて越辺に遣らば人[34]かたはむかも（四一〇五）
針袋帯びつつけながら里ごとに照らさひ歩けど人[35]もとがめず（四一五四）

（24）志斐のおみなの
（25）数字、一、二、三を詠み込んだ歌。
（26）移し染めの材料
（27）「射目人の・伏す」〈狩人の待ち伏せる〉という連語から出た枕ことば。
（28）たんぼ、田のある場所
（29）めったに会うことの出来ない
（30）妻として抱く
（31）低い雲は掛からない
（32）朱色の顔料にするための辰砂
（33）すっかり、すべて
（34）あのひと（＝家持）

これらの字余り歌を見て気がつくことは、字余りをおこす句の冒頭に母音がくるか、あるいは次の句が母音で始まる——要するに句境界を挟んで母音連続が起こる場合が多く（七例）、またあるものには終助詞「む」の扱いが絡んでいる（五例）という点である。

しかし句境界を挟んだ母音連続のほうは、第一規則によって規定されるものと単に生起する環境が異なるだけなので、むしろ句割れ、すなわち第一規則が語境界から句境界に拡張されたものと考えるのが合理的である。つまりこの種の字余りは、字余り句の句頭の音韻構造の問題ではなくて、当の句と前後の句との句境界の、これもやはり母音連続の処理にかかわっていると解釈することができる。佐竹みずから慣用句「〜と思ふ」にまつわる字余りについて、「〈と〉を次の句の句頭に送れば字余りにならない」ことを指摘しており、この視点からすると、たとえばつぎの「思ふ」には環境の違いにもかかわらず同じ規則が適用されることになる。

捨て果てんと〉思ふことさへ悲しけれ君に慣れにしわが身と〉思へば（後拾遺、和泉式部）

これと同じ処理が、当の組み合わせだけに限らず、句境界における各種の母音連続すべてに拡大適用されうると考えれば良く、こうすれば、細かな付則をあれこれ加えなくても簡明かつ統一的な説明が可能になる。

は手助けしてくれるかな
(35) 見せびらかして歩き
回っても

鼻子音の扱い

鼻音「む」の問題はもうすこし複雑で、「海」と終助詞「・む」および、上例には関係していないけれども「梅、埋もれ木」などの語頭音とでは事情がいくぶん違っている。「海」の仮名表記は安定しているうえ、「須磨人の海辺つね去らず」（三九五四）に見られる字余りは、鼻音の扱いとはまったく無関係に、「淡海《あふみ》の海」などに適用される第一規則が、句境界を挟んで生じた母音連続［-ou-］に援用されたものと解釈することができる。(36)

しかしあとの二つのケースをこれと同列に扱うわけには行かない。「うめ～むめ」「うもれ木～むもれ木」などの表記の揺れ、あるいは「ぬばたま（の）」の異形態「むまたまの」の「またま」との混同、その他が示しているように、ここには仮名という音節文字のついに解決できなかった問題が含まれている。のちに「む、う」と「ん」の書き分けが一般化した段階でも、「ん」は撥《は》ね字として扱われるかたわら、「う」と母音が共通しているとも見なされていた。そのことは、たとえば『知連抄』（一三七三？）に、「奥山や待たれし月に尋ぬらん」「散る花やまた面影にかへるらん」その他について、「この三句は相通して、アイウエオの三所の仮名によく置きくだしたり」と記されていることにも窺うことができる。句末の母音にアイウと変化がつけられているところに、優れた技巧性を認めているのである。

これは文字遣いのうえで、規範と行使との調整がつかなかった例である。たとえば万葉仮名〈馬柵〉の場合、ある版本では一律にこれを「うませ」と読み、他の版本では「越ゆるうませの[7]」（五三三）「ませ越しに[5]」（三二一一）、「うませ越し[5]」（三五五九）と字かず

(36) ただし「淡海の海」についても揺らぎがあり、「あふみのみ」「あふみのうみ」という二訓が行なわれており、そのどちらでも良いという第三の立場もある（斎藤 一九三八、二・一〇〇）。しかし字余りの問題を韻律の行使や鑑賞上の問題としてでなく体系のレベルで見ようとするかぎり、五音句に合わせて「あふみのみ」と読む立場も、ましてやどちらでも良いとする立場も支持できない。「田子の浦ゆ」について、「たごのうらゆ」「たごのらゆ」どちらでも良いという議論は生じよ

うがなく、この種のケースから一般化が行なわれなくてはならないのである。

を加味しながら読み分けており、あつかいが一致していない。前者の方式に従うと三一一一番は字かずのうえで破格を生じるが、後者では訓によってその問題が回避されている。この点からいえば、五三三番を仮に「むませ」と読ませても字余りにならないので、その選択もあり得たはずである。つまり問題は、訓読の一貫性を守るか、それともそこに詩律を加味するかという基本方針にかかわっており、しかもあとの選択をした場合、いわゆる合音は、現象的には約音（＝母音の脱落）であったという憶測を既成事実あつかいしていることになる。訓読の原則にかかわるこの問題は、いわゆるわたり音（-i+y-, -u+w-）にも当てはまり、たとえば「過ぎてゆかば」〈逸而行者〉（万葉　九六七）を合音規則の拡張として処理することも、「いかば」と読ませて規則①を適用することもありうる。

　しかし、おそらくことの本質は、音韻論的に特殊で、韻律論的にも二義的な［m̩ma］（馬）の鼻子音［m̩］を、仮名という表記法では一意に書き表わすことができず、またその不統一のために発音あるいは律読そのものに揺らぎが生じるという点にある。したがって補則としては、表記上の揺れを度外視して、

③　鼻子音［m̩］は、韻律上、単音かまたはゼロとして扱うことができる

という規定だけを設ければ良いことになる。問題は、「ひとりかも行かむ[7]」、あるいはうえには挙がっていないが「玉に似たる見む[7]」（三八五九）その他における終助詞「・む」にもこの規則が適用されるかどうかという点であるが、字余りの歌にこれだけ多くの事例

が見られることは偶然とは考えにくく、この場合も同じ扱いを受けていたのだと考えたい。

合音規則の補則

これまでの議論を取りまとめると、韻律形式をささえる基本的な前提として、語境界における母音連続の処理にかかわる規則①②と、鼻子音の音声的な揺れ③がまずあり、前者を句境界に適用することも許容の範囲にあったという主張になる。そしてこの考えかたに従うと、純然たる字余りの句として残るのは、「栲杉のもとに」「わが隠せる」「鳥が音異《け》に鳴く」「対馬の嶺は」「仏造る」「秋の露は」「人かたはむかも」のわずかに七例だけということになる。ただし現在行なわれている訓読が全面的に一致を見ているわけではないので、たとえばつぎの一六二五番のように字余りの歌が厳密に算定できない場合も生じる。

(A)　我がやどの萩花咲けり見に来ませいま二日だみあらば散りなむ

(B)　我が屋前《やど》の萩の花咲けり見に来ませ今二日ばかりあらば散りなむ

こうした異訓を差し引いても、さらにつぎの数例は字余りに加える必要が出てくる。

恥を忍び恥を黙《もだ》してこともなく物言はぬさきにわれは寄りなむ（三八一七）

袖振らば見も交しつべく近けども渡るすべなし秋にしあらねば（一五二九）

あしひきの山橘のいろに出でて吾《あ》は恋ひなむを人目難《ひとめかた》みすな（二七七七）
うま飯《いひ》を水に醸《か》みなしわが待ちしかひはかつてなし直《ただ》にしあらねば(37)（三八三二）

このような母音連続の扱いが、発音上「自然のこと」（宣長「字音仮字用格」〔佐竹一九四六〕）を基底としていることは確かである。またつとに指摘があるように、これがara＋iso→ariso（荒磯）のように語の複合にさいして生じる母音の規則的な脱落と「同じ条件下にある」ことも事実である。しかし、ここであえて合音というなじみのない用語をつかう理由は、この現象がそうした約音、あるいはまたnaga＋iki→nagëki（嘆き）に見られるような融合とも違い、もっぱら運用にかかわる随意的な決まりをなしており、二字を一音に読むか一字落として読むかという実行の問題とは無関係に成立しうるからである。韻律は、言語事実の扱いにともなう慣行であって、言語の体系や行使にかかわるような義務的規則ではない。

この視点から、原則の適用がどのように行なわれていたかを調べてみると、母音連続は、短句にあればほぼ例外なく二音として分音され、長句では場合に応じて二音かまたは三音として律読される、という、ゆるやかな傾向を見ることができる。けれども繰り返しいうように、これは規範ではなく許容としての随意規則であるから、合音という特例に頼ることを必要としない表現を選択することも可能である。また逆に、それに頼ったとしても規則の適用回数にとくに上限が設けられるというようなことも考えられない。しかし、たとえば短句では「黒^牛の^海」（一二〇八）、「問はば^いかに^言はむ」（三七一一）、長句

(37) あなたが直接来ないから

では「韓《から》〉藍《あゐ》植ゑ〉おほし」（三八七）、「名に〉おふ靭《ゆき》〉負ひて」（四八三）など、句中で二回かさなる例はあるものの、二回を超えることは事実上ないようである。

　したがって、合音規則の適用に関しては、次のようにふたつの緩やかな運用原則を認めることができ、おそらくこれだけで充分であると考えられる。

④　語境界での合音にかかわる二規則は、句境界にも拡大適用されることがある。

⑤　短句においては母音連続の分音を原則とする。

また、「妹に〉逢はず〉あれば[7]」（五二二）、「取らむとも〉思わず[7]」、「もて〉いでなん[5]」（古今　三〇九）などのように、字を余しながら合音の条件を複数そなえている場合、そこでの優先順位は規則の一般性の順位にしたがうと考えて差し支えなかろう。

　こうして、たとえば『万葉』の第七五二歌、

　　夢《いめ》にだに｜見えばこそあらめ｜かくばかり｜見えずてあるは｜恋ひて死ねとか＝

という歌の場合、第二句は「みえばこそ〉あらめ」(38)、第四句は「みえずて＋あるは」という韻律構造をもっていると推定することができる。しかし合音を行なうかどうかはあくまで歌形しだいで決まることがらなので、たとえば『新古今』には、「さもあらばあれ」が初句五音「さも〉あらば〉あれ[5]」（新古　一四六三）として扱われた例と、第三句七音「さも＋

(38)　以下、分音箇所をしめす記号として「＋」を使用する。

あらば十あれ[7]」として詠まれた例を見ることができる（一四七〇）。仮名書きでは明らかでないけれども、「見え・」の「え」は語中のヤ行なので（＝miyeba、miyezu）二箇所とも合音の条件からは外れている。

詩格と朗詠

これまで見てきたような慣行が成立するうえでは、母音間で高低の切り替えの起こらない、あるいはもっと緩やかに解釈すれば、二重母音化を許容するような、たとえば謡いや祝詞ふうの平板な朗詠が作用しており、自然発生的に詩格としての体系性を獲得していったのではないかと推測されるが、しかし短歌を規定する「五七五七七」という配列規範の強さはまことに印象的である。万葉集の訓読のこころみが字余りの解消ということをひとつの指針にしてきたことは疑いないけれども、それにしてもこの詩格が乱されることは驚くほど少なく、行跨りもたとえば三三一二歌ほかごくわずかしかみることができない。

歌論書のたぐいに合音規則への言及が絶えて見えないことも、この規範のふしぎな性格を物語っている。たとえば、つぎの諸歌がしばしば字余りの例として取り上げられるけれども（『八雲御抄』、『聞書全集』ほか）、それはもっぱら音声ではなく字数だけからの判断であるように見える。厳密にいえば、わずかに一首、二条院讃岐の「波間かき分けて」が一音を余しているだけで、他はいずれも違反というには当たらない。

年ふれば齢《よわひ》は老いぬしかは〉あれど花をし〉見れば物〉思ひもなし（古今　五二）

ほのぼのと有〵明の月の月影に紅葉ふき〵おろす山〵おろしの風（新古 五九一）
さも〵あらば〵あれ暮れゆく春も雪の〵上に散ることしらぬ花しにほはば（新古 一四六三）
かぎり〵あれば明けなむとする鐘の〵おとになほ長き夜の月ぞのこれる（家隆）
ありそ〵海の波間かき分けてかづく〵海士《あま》の息もつき〵あへずものをこそ〵思へ（二条院讃岐）

字を余すことに対する基本的な姿勢はというと、一方ではこれにことばの病いとして「中飽、中鈍」という仰々しい名前を与えながら、「秀逸のときは子細なし」（『近来風体抄』）として容認するのが常で、しかも秀逸のときは、うえの新古今歌五一九番や家隆の歌のように、一転して「一字も無駄にあらず」（『和歌講談』）という評価が与えられることすらある。言語技術論において逸脱と綾が背中合わせのものとして捉えられるのは別に不思議なことではないが、和歌についても格の乱れが容認できるかどうかは歌の秀劣により、歌論ふうの用語を使っていえば、結局は心がかたちの最終裁定者であった。多少とも詩律という角度からなされた見解としては、「聞きにくからぬは幾文字もくるしからず」（『詠歌一体』）ということばを聞くのみである。合音という現象が、指折り字かずを数えるのでなく、いわば舌先の感覚として処理されていたことの証拠であろう。

以上のことを概括してみると、万葉歌をも含め、和歌は語境界、そしてときには句境界における合音を許容しつつ、五七五七七の定型に忠実に制作されてきたということができる。

4 韻律の基盤

韻脚——日本語韻律論の基盤

このような音節の配列は、五七体という名で呼ばれており、いま見た合音規則もこの歌体を実際に充足するうえでの習わしであった。五七体は詩歌だけでなく標語や歌詞、覚え歌、ことわざなどさまざまなジャンルに行き渡っており、日本語における美的機能のもっとも基本的な発顕形式をなしているが、詩形の決定因子という側面からいうと、韻律は一般につぎのようないくつかの前提のうえに成立している。

① リズムの基盤（たとえば弱強、平仄あるいは短長）、
② 韻脚（韻律法のうえで単位化されたリズム基盤）、
③ 格式（たとえば 五歩格）、
④ 押韻（たとえばabab）、
⑤ 詩形（たとえば十四行詩）。

詩的言語においては韻脚、その反復回数、詩連の構成、その他がさまざまな複合形態において活用されるが、韻律に限っていうと、すくなくとも、リズムの構成要素をなす韻脚と、その展開形式をさす格式とのふたつが定義項として特定されなくてはならない。この

点から見ると、格式だけを指す五七体、七五体、詩形にたいする名称である短歌、長歌、俳句、あるいは句切れの感覚をさす五七調、七五調などの呼び方は、まだ韻律の基盤をなす韻脚の認定を欠いている。これを何にもとめるかが、日本語韻律論の根幹にかかわる問題である。

韻文は、いうまでもなく、何がしかの韻律要素の反復旋回をもって形のうえで定義される。韻律の構成法は言語によって異なり、強／弱、長／短、高／低その他の韻律要素のうち、概して当の言語において意味の弁別にかかわらない要素によって、そうでない場合は、意味弁別を妨げないようなパタン化によって行なわれる。日本語では長短と高低アクセントが意味の弁別に関与するので、うえの原則によれば、音節の強弱を利用する、各行のアクセント核の数をそろえる、その他、ごく限られた韻律構成法しか選択の余地がない。

リズムと韻脚については、二音が一単位をなし、これが、「強弱」のリズムをになって和歌の詩律を構成しているとする、いわゆる等時拍の仮説がある（川本 一九九一）。強弱二音を一拍[39]とする律動は、それ自体では際限のない起伏に過ぎないが、これにさらに四拍ずつのより大きな刻みが逓減しつつ被さることによって詩律が生まれると見なすのである。これはただちに、なぜ四拍を五音と七音で埋めるか、また、なぜそれを交互に繰り返すのかという疑問につながる。

(39) いうまでもなく、ここでいう拍は強音と弱音の対を指し、いわゆるモーラのことではない。

等時拍説

この等時拍の仮説は、五と七という不ぞろいな音数と二音一拍という韻脚とを統一的に説明しようとするもので、音数に差があっても詩行それぞれの拍数は同一不変であると想定する。川本（川本ほか 一九九九）はこれを「二音一拍四拍子」ということばで要約しているが、もうすこし詳しく言いなおすと、この考え方は「強弱・二音一拍・四拍子」という三つの前提から成り立っている。

①「強弱」――日本語における韻律の成立基盤が、強弱という非音韻的なリズムからくる。
②「二音一拍」――強弱二音が一拍単位となって韻脚を構成する。
③「四拍子」――四拍という長さが強、弱、やや強、弱のパタンでひとまとまりの詩行（＝句）の感覚をつくり出す。

すなわち、あらかじめ次のような韻律枠が設定され、実際にどのような辞句で充足されようとも各行の等時性は維持され、かつ一拍ごとに強弱の拍子が被さってそれを補強していると考えるのである。いうまでもないが、詩行の等時性は、各音がほぼ同じ時間幅で発音されるという前提があってはじめて可能である。（◎で相対的強音節、○で相対的弱音節、◀◀で強拍、◀でやや強拍、（で弱拍をしめす）

◀◀　（　◀　（
◎○—◎○—◎○—◎○‖
◎○—◎○—◎○—◎○‖
◎○—◎○—◎○—◎○‖
……

短歌の場合には、この韻律枠を「五七五七七」という音節連鎖によって充足することが詩形にかかわる規範である。たとえば「世の中は[5]常にもがもな[7]なぎさ漕ぐ[5]あまの小舟の[7]綱手かなしも[7]」（新三撰、源　実朝）はこの規範を忠実に守っており、川本（川本ほか一九九九）によれば次のよう充足形式をもつと解釈される（×はいわゆる停音、川本の用語では休止部、の単位的長さをあらわす）。

よの—なか—は×—××‖
つね—にも—がも—な×‖
なぎ—さ×—こぐ—××‖
あま—の×—おぶ—ねの‖
つな—で×—かな—しも‖

等時拍説のかなめは、「一音一拍四拍子の枠内で、字音の足りない分のマス目を休止（×）

で埋める」と考えることである。[40] 五七体では最初の行が五音で埋められ短・長のひとまとまりが反復されるけれども、近代になって登場した七五体の場合には、七音の長句が冒頭にきて、長と短の一組が反復パタンの単位になる。

やま—やま—かす—み×＝
いり—あひ—の×—××＝
かね—は×—なり—つつ＝
のの—うし—は×—××＝
……

これは決まった韻律枠をどんなパタンで埋めて行くかの違いで、端的にいえば詩形の問題に過ぎない。われわれの知る長歌、短歌、あるいは旋頭歌などは、この充足パタンのうえから区別される諸形式の名称で、いずれも五七体を基本にした種々のバリエーションをなしていると見ることができる。しかし仮説全体として見れば、等時拍説には、種々の可能性のなかからそもそもなぜ五七もしくは七五を交互に繰り返すことが詩律の基本として選り出されたかに対する説明はない（ただし川本 一九九一、三二頁参照）。

この段階で一般化してみると、おおよそ次のような点を指摘することが出来る。

■ 短句の末尾にはたいてい一拍（半）分の休止が来る（川本の用語では固定休止）。

(40) たとえば歌を詠みあげるとき、「世の中はぁぁぁ」のように句末の音を引き延ばすのがふつうであるから、これには律読のうえでも単位時間的な裏付けがあると川本（上掲論文）は解釈している。

■ 長句の場合には半拍分の休止が、行中のどこかの弱音節に来る（浮動休止）。

右の律読例では表面化してこないけれども、このような一般化を支えるものとしてつぎのような原理があることに留意しなくてはならない。すなわち、

■ 浮動休止の位置は語句の境界と韻脚（＝強弱）との重なり具合によって決まる。

この原則は、なぜ「よの―なか―は×―××＝」、「やま―やま―かす―み×＝」が、「よの―な×―か×―は×＝」あるいは「やま―やま―×か―すみ＝と律読されないか、また「よの―なか―は×―××＝」という律読が、なぜ理論的には可能なはずの「よの―××―なか―は×＝」よりも好ましい律読の仕方であるか、その決定要因をなすもので、もっと厳密にいうと、(1)語句の冒頭音はかならず韻律的強（＝◎）として律読される、(2)言語的に上位のレベルの境界がより長い休止を支配する、という二つの原則から成り立っている。

五七体と五七調

しかし、和歌の成熟とともに詩調を変革するこころみも起こった。一面でそれは万葉離れとも呼びうるもので、たとえば次の二首に見られるように、長歌において形式と詩律との時代的なずれがはっきり現われる。

冬ごもり　春さり来れば　鳴かざりし　鳥も来鳴きぬ　咲かざりし　花も咲けれど
山をしみ[41]　入りても取らず　草深み　取りても見ず…（万葉　一六、額田の王）

最上川　瀬々の岩角　湧きかへり　思ふ心は　多かれど　行く方もなく　せかれつゝ
底の藻屑と　なることは　藻に住む虫の　われから[42]と…（千載集、源俊頼）

双方とも同じ五七体で長歌の詩形によっているにもかかわらず、詩句の続きがらは対照的である。この違いは、いま見た統語原理の積極的な活用という角度から説明することができる。万葉歌が明らかに「冬ごもり[5]春さり来れば[7]、なかざりし[5]鳥も来鳴きぬ[7]」のように五七を文節のまとまりとして続いてゆくのに対して、俊頼の歌では初句と第二句の結びつきより第二句と第三句の結びつきが統語的に強くなっている。そのため初句がなかば遊離して、「最上川、瀬々の岩角[7]湧きかへり[5]、思ふ心は[7]多かれど[5]」のように、形式の枠をこえて、表現構造のうえで七五調が成立している。等時拍説の立場からすると、この推移は上位統語境界と固定休止との一致として説明することができる。

同じ傾向は短歌についてもしばしば指摘される。短歌はわずか五句で閉じられるので見分けはずいぶん微妙になるけれども、区別の基準はすでに見た統語的なまとまり、もっと特定していえば、いわゆる「区切れ」の位置である。たとえばこういう観察がなされる。

(41)「山をしげみ」〈山の木々がとても茂っていて〉とする訓もある。

(42) ここに言うとおり藻に住む虫の名であるが、「我から」に通じるので歌語として愛用された。

万葉歌風では荘重な五七調が主調であったので、句切れは、おのずから七音句に生じやすく、したがって、短歌では第二句・第四句に生じやすかった。短歌が中心となった古今歌風からは、軽快な七五調への傾向が生じ、それが著しくなるにつれて、区切れもおのずから五音句に生じやすく、したがって、第一句・第三句に生じやすくなった。その傾向の絶頂に達したのが、新古今歌風であった。（峯村 一九五六、五九一頁）

比率からいうと、七五調は『万葉集』では五七調の七七パーセントに過ぎなかったものが、『古今集』では一六五パーセントを占めるにいたり、『新古今集』では三九四パーセントに達することが確かめられている（瀬古 一九五五）。

種々の変奏の実際を見るために、まず出来るだけ多様な詩律を挙げてみる（♯は区切れの位置）。いわゆる体言止めも広い意味で詩調にかかわっているので、参考までにその箇所を傍線でしめす。

あみの浦に船乗りすらむ娘子《をとめ》らが玉裳のすそに潮満つらむか（万葉　四〇）
春過ぎて夏来たるらし♯白妙の衣干したり天の香具山（万葉　二八）
たまきはる宇智の大野に　馬並《な》めて　朝踏ますらすその草深野（万葉　四）
ひむがしの野にかぎろひの立つ見えて　かへり見すれば月かたぶきぬ（万葉　四八）
高円《たかまと》の野辺の秋萩いたづらに咲きか散るらむ♯見る人なしに（万葉　二三一）
秋はきぬ♯今やまがきのきりぎりす　夜な夜な鳴かむ風の寒さに（古今　四三二）

鳴きわたる雁の涙やおちつらん＃物思ふやどの萩のうへの露（古今　二二一）
月やあらぬ(43)＃春や昔の春ならぬ＃我が身一つはもとの身にして（古今　七四七）
待つ人の麓の道は絶えぬらん＃軒端の杉に雪おもるなり（新古　六七二）
人住まぬ不破の関屋の板庇　荒れにしのちはただ秋の風（新古　一六〇一）
山陰や＃さらでは庭に跡もなし＃春ぞ来にける雪のむら消え（新古　一四三七）
更けにけり＃山の端ちかく月冴えて十市の里に砧うつ声（新古　四八五）
思ひいでよ＃たがかねごと(44)の末ならん＃昨日の雲の跡の山風（新古　一二九四）

（43）月は違う月なのか
（44）約束のことば

いうまでもなく、上例はすべて同じ詩形によっている。しかし句切れの現われ方はさまざまで、その有無や大小、位置しだいで詩律に微妙な違いが生じている。「たまきはる」（万葉　四）の場合には、主要な句切れを第三句のうしろに置くことも、第四句のうしろにおくことも可能で、あとの律読が可能であること、あるいはそもそも五七という詩調の成立が可能であるという事実は、韻律的休止（＝固定休止）よりも統語的休止のほうが優位にあることを示唆している。最後に挙げた初句切れ（五＃七五［＃］七七）の三首ではいわゆる固定休止と区切れがちょうど重なるため、第二句から三句にかけて、見かけ上、七五調が出現している。これは振り返って見ると、冒頭に五音の枕ことばをもち三句目で切れる歌も潜在的にはこれに近い詩律をうむはずで、韻律上のこの両義性は万葉のころからすでに用意されていたと考えることができる。

この視点からすると、二句切れ、四区切れ（五七＃五七七、五七五七＃七）は充足のうえでも五七調を補強し、後者にもっともその傾向が強いと同時に、末句がぽつんと取り残されているような印象をうむ。たとえばうえの第五句がそうである。他方、三句切れ（五七五♯七七）は、その箇所で五七の繋がりが絶たれる点をのぞけば、こうした主調の変化に積極的には関与しないと考えられる。しかしその反面、まとまりのうえでも音節数のうえでも前後片歌ごとの独立性が強まり、二肢構造にちかい表現構造をつくり出す。このように休止と句切れとの重なりによって造り出される詩調に土居（一九七七、八二頁）は五型をたて、それらを歴史的な推移としてつぎのように順序づけている。

五七♯五七♯七⇓五七♯五七七
⇓五七－五－七七
⇓五七五♯七七⇓五－七五－七七

この仮説によれば、五七調から七五調への移行は第二・三句における休止の問題として特定され、第三段階で確立したことになる。五七が始源的なまとまりと見なされるので、かれは前者を行末抑制調、後者を行末連続調とも呼んでいる（同書、四六－七頁）。この系列のなかで、「五七五」の構成をとり短句で終わる俳句は形式としてきわめて特異といえるが、この場合には、その前後対称性により五七調・七五調の区別を理想的なかたちで適用することができる。

これらの例から導きうることは、韻律形式の境界と言語的な境界との重なり具合によって「句切れ」や「句跨ぎ」「句割れ」、「字余り」など、種々の破調のタイプが感知されるという事実であり、詩律を形づくるうえで統語構造がきわめて重要な役割を果たしていることが知られる。破調とは、韻律枠を充足するさいの統語上の問題であって、韻律形式の問題ではない。

句内部の切れ

さらに細かくいうと、同様の変奏は浮動休止の位置によってももたらされる。とりわけ第五句については三・四調や五・二調、万葉調などの区別がおこなわれている。末の句がことさら注視される理由は、これが五と七との規則的反復を破る特異な地位を占めていると同時に、一首を締めくくる治めの句をなしているからである（例はいずれも川本ほか一九九九から）。

かぜ―や×―とく―らむ＝（三・四調）
うき―もの―は×―なし＝（五・二調）
うぐ―ひす―なく―も×＝（万葉調）

この感覚は、のちの連歌論ではことに重んじられ、続けようの細かな違いが、歌の首尾を左右する要因としてしばしば取り上げられた。

二五、三四の句と申すこと。大略下《しも》の句にて候。如何なる巧者も遊したがへ候か。つねに沙汰なきことに候。例へ句に、「山の遠きやまづ暮れぬらん」。これは二五と申すなり。たとへば、「まづ」といふ仮名の文字二に、「暮れぬらん」と仮名の字五、さ候へばことのほか、句柄きれぎれにて聞きにくきやらん。「山の遠きやゆふべなるらん」、かやうに遊ばし候へば能く候。「ゆふべ」と申すに仮名の字三、「なるらん」と侍る仮名の字四にて候。これはのびのびとして然るべきことに候や。能くよく句毎に用心これあるべきにて候。（『肖柏伝書』）

このほかに下《しも》の句の口伝あり。これは自然に知りたる人もあり。句を付くるも七七の仮名の続きやうあり。二五、三四、五二、四三といふことあり。二五、三四は能きなり。五二、四三は悪しきなり。（『四道九品』）

これは「仮名の字」、つまりは語境界の位置だけにもとづく区別で韻脚との重なりを度外視した議論なので、たとえば肖柏のいう二五（「まづ^2＋暮れぬらん^5」）は韻律的には五二（―まづ―暮れ―ぬ×―らん≡）であるが、[45] こうした点を考えに入れると当時の価値判断は大筋では一致しており三四を理想とし五二をその次に置いていたと考えて良い。たとえば『古今集』について第五句を調べてみると、圧倒的に数の多い仮名の配分は三・四で、五・二、二・五がこれにつづき、四・三はきわめて少ない。ふつう、常用形が据わりの良さという審美感覚と結びつくことから考えて、両者がともに三・四調を良しとしてい

(45) 現実にはここに等時拍説内部での大きな分岐点がある。すなわち、句頭の語が奇数音節の場合に揚拍で始まる律読（たとえば―×○―○○―○

るのも頷けないではないが、それ以外の「続けよう」は韻律論的には五二か万葉調のはずであるから、うえの観察は同時に、清新な三四を称揚したことばとも受け取ることができる。

純粋にこうした規定に合うケースを選び出すのはそう簡単ではないけれども、いくつかの例をこれまでの前提にもとづいて分析してみるとつぎのようになる。

《三・四》かぜ—や×—解く—らん≡、
　　　　あき—も×—いぬ—めり≡
《五・二》うぐ—ひす—の×—鳴く≡、
　　　　みよ—しの—の×—はな≡
《二・五》きみ—見ざ—らめ—や×≡、
　　　　いろ—まさ—りけ—る×≡
《四・三》うぐ—ひす—鳴く—も×≡、
　　　　たな—なし—おぶ—ね×≡

これで見るかぎり、良し悪しを分けるとくに積極的な理由は見当たらず、つまりは歌体にたいする好みの問題としか言いようがないように思われる。

ただ、ここで注目すべきことは、二・五と四・三ではいずれも二つめの語の語頭音が奇数番の強に当たるため句中の休止を後ろに送るほかはなく、たとえば「色まさりける」の

○—○○≡、—×○—○○—○○≡）があると見るかどうかが分かれ目で、これを認める立場もあるが（坂野 一九九六、二九頁以下）、結局これは強弱を韻脚と見なすかどうかに懸かっている。

場合「いろ―まさ―り×―ける」という律読もなくはないものの、最も自然な形としてはともに最終音節に休止を置く解法に落ちつくという点である。言いかえると、万葉調とは二・五、四・三、あるいは二・二・三など、冒頭に偶数音節語をもつ句にたいする韻律論上の総称にほかならず、そこでいう「切れ」は語境界をさすだけで韻律的な休止の意味ではない。念を押すまでもなく、浮動休止の位置によるバリエーションは第二句や第四句、あるいは、たとえば「とし―も×―へぬ^{5}」「てる―つき―を×^{5}」などのように、短句においても生じうる。

そうしてみると、切れの感覚は結局、一首全体であれ句であれ、ある単位の内部における最上位の統語的境界によってもたらされるもので、明らかに、浮動休止を規定する語句境界より大きな切れ目をなし、たとえていえば読点と句点の差に相当している。句切れの出現形態は、終止形や、節の倒置、切れ字の使用その他さまざまで、文法的にこれを特定することは難しいが、しかしいちおうの目安になるのは、一首に文節境界があるかどうか、あるとすればひとつか二つかという判断である。念をおすまでもなく、文節の切れ目と語句の切れ目は韻律的要素ではなく言語的要素で、理論的にこの二つは峻別されなくてはならない。たとえば、いわゆる万葉調は、第一義的には、韻律のタイプではなく「五七＋五七＃七」という統語的連接、そして二次的には、上例に見られるような第五句末尾の浮動休止を特徴としていると述べるのが正しいことになる。

このように見てくると、和歌の詩律というものは、結局、二音一拍の韻脚とつぎの四者との相乗によってつくり出されると考えてよい（後注4）。

■ 韻律的な、①詩句の切れ目（≡）、②拍の切れ目（―）、および
■ 言語的な、③文節の切れ目（♯）、④語句の切れ目（＋）

語句境界と韻律

この複合的な間《ま》の階層関係によって多様な韻律上の変化が生じ、また律読にさいしても、その切れの順位に従いながらしだいに律読形式が絞り込まれて行くものと考えられる。したがって『古今』以降に多くなる初句切れ、三句切れは、他面からいえば、文節の切れ目を韻律的な休止に優越させることによって、五七調の超克を目指すこころみであったと言い換えることができる。しかし、韻律論上、固定休止が浮動休止より長い時間を与えられるからには、和歌はもともと形式として七五調ではなかったのであろうか。

こう考えてくると、等時拍という原理がどのような形で噛み合ってくるか、あらためて検討する必要を感じさせられる。そのことを端的に示しているのは、万葉の長歌を四拍五七調と見なすこと自体にたいする異議である。これは、(1)のように、詩行の等時拍に固執して短句のうしろにかならず一拍半の休止を置いて律読するのはいかにも不自然で、ほんとうは、(2)のように三・四拍子混合と見なすべきだという理由によっている（川本ほか一九九九）。

(1)
ふゆ—ごも—り×—××＝
はる—さり—くれ—ば×＝
なか—ざり—し×—××＝
とり—も×—きな—きぬ＝
……

(2)
ふゆ—ごも—り×＝
はる—さり—くれ—ば×＝
なか—ざり—し×＝
とり—も×—きな—きぬ＝
……

なるほどこう考えれば長歌のリズムをより自然に説明することはできるが、しかし同じ説明は短歌や七五調の長歌にも区別なく当てはまるので、混合拍子という考え方は等時拍の仮説のうち、詩行の等時性という第三の前提を放棄するにひとしい。繰り返すまでもなく、これは、韻律基盤と五と七という詩句の不揃いとの統一的説明にかかわる前提であった。この前提を放棄したうえで、二音一拍という韻律条件と詩行の等時性という条件を同時に充たすためには浮動休止を二つ抱えた七拍子を想定するほかはなく、じっさい近代詩における七五調あるいは五七調は、用字や行改えから見て明らかにそこに基盤を置いていたふしがある。

いとけなきなれがをゆびに
かいならすねはつたなけれ
そらにみつやまとことうた
ひとふしのしらべはさやけ
つまづきつとだえつするを
おいらくのちちはききつつ
いはれなきなみだをおぼゆ

（三好達治「ことのねつたな」）

この韻律構造を考えてみると、「いと—けな—き×—なれ—が×—をゆ—びに＝かい—なら—す×—ねは—つた—なけ—れ×＝そら—にみ—つ×—やま—と×—こと—うた」のように、一行二休止によって七拍子五七調が実現されていることがわかる。そして重要なことは、(1)五七調の特徴は、六音目に（それを何拍で律読するかに関わりなく）かならず休止が来る、(2)改行によって、二番目の休止が、韻律上その余地がない場合でも強制的に行末に置かれる（上例では一、三、六行）、という事実である。この事情は七五調についても同じはずなので、近代詩に七拍子の等時詩行という考え方を当てはめることには妥当性がある。

しかし翻って古典長歌についてはどうかというと、この視点を当てはめるには無理がある。長歌の場合には（七）七七で治めるという形式上の約束があり、これに七拍子説を適用しようとすればどこにも休止が取れないという不都合を生じるからである。むろん休止の存在は継続性の韻律的標識であり、それを取ることのできない佶屈感こそ歌の終わりを合図していると解釈することも理論的にはできるけれども、そう考えれば短歌と長歌では別々の説明が必要なことになる。

詩行の等時性

しかしこの脇道の議論によっていっそうはっきりしてきたことは、詩行の等時性という仮説が「休止」を両義に解釈することで成り立っており、いわゆる三四調や五二調の場合すでにその長さに関する前提は破綻しているという事実である。たとえば三四調を例に取ると、長句の、韻律的には休止がないはずの末尾に固定休止よりも長い休止♯を置いて律読するほうがより自然である。

さか―ざり―し×―××＝
はな―も×―さけ―れど＝♯
なか―ざり―し×―××＝
とり―も×―きな―けど＝♯

言い換えると、たとえば右の第二行のように、理論的には休止ゼロの行末に現実に置かれうる間を捨象し、そのことによって短句に空の第四拍を想定する、つまり長さの不定なものに一定の長さを与えているのである。一般の言語事象と同じように、韻律に関しても、その構造（verse design）とさまざまな実現（verse delivery）とに直接的な対応があるとは限らないが、四拍一単位を想定する等時拍説第三の前提は、この点に関して帰納的には立証も否定もできないひとつの仮説を立てていることになる。(後注5)

いわゆる固定休止を一拍（半）で律読することは事実としてありえたとしても、その長さは統語的切れおよび句末休止との関係において相対的に決まるもので、詩行の等時性によって指定されているわけではないと考えるほうがむしろ現実的である。そして、統語的休止が韻律的休止に優先するとすれば、固定休止を想定するかくべつの理由は存在せず、詩律の変奏は、第一義的には、五と七という規範化された語句境界と、やはり語句境界により随意的に生起しうる浮動休止によってもたらされるのである。したがって、たとえば琉歌その他のように八と六を単位として韻律上行末に休止が取れない詩形でも、拍数とは無関係に、語句の境界が句末と一致するかぎりそこには一定の長さの休止が置かれるはずである。字余りや字足らずは語句境界と規範的境界との絶対的なずれであって、語句境界と韻律境界とのずれではない。句跨りは語句境界と規範的境界との相対的なずれ（＝字余りと字足らずとの複合）である。

しかしこのように四拍一区切りという詩行の等時性を否定してしまうと、とうぜん、なぜ四拍を越えないという選択がなされ、そして五音と七音の交替がなぜ選ばれたか、という二点を説明せねばならなくなる。しかし、どちらの点についても説得力のある答えは見出しにくく、いま言いうるのは次の点だけである。すなわち強と弱との二音一拍が韻律基盤をなすという前提に立つと、弱と統語的な切れ目が一致し、一息おいてつぎの強に移ることの保証された《理想的な》境界はつぎのように算術的にきまる。休止を置かない詩行は次善の、いわゆる韻律的許容であることになる。

■《韻　律　基　盤》◎○|◎○|◎○|◎○|◎○|◎○|…
《休止＝切れ目》◎○|◎♯＝　　　　　（二拍）
（◎○|◎○＝）
◎○|◎♯|◎○＝　　　　（三拍）
◎○|◎○|◎♯＝
（◎○|◎○|◎○＝）
◎○|◎♯|◎○|◎○＝　（四拍）
◎○|◎○|◎♯|◎○＝
◎○|◎○|◎○|◎♯＝
（◎○|◎○|◎○|◎○＝）
……

日本語の構造から見て一拍一行、あるいは何拍であれ第二音に休止のくる詩行には現実性がないけれども、あとの三、五、七音と、さらにそれぞれの許容として四、六、八音を含めれば、三音から八音までによって構成される詩行は和歌の通史においていずれも実例にこと欠かない。たとえばつぎの佐藤春夫の短詩などは、最終行に破調があり「星の」を一拍に畳み込んで読ませることを意図しているらしいが、構造的には三五体に従った作例である。

きよ—く×—
かが—やか—に×—
たか—く×—
ただ—ひと—りに—
なん—ぢ×—
星—の×—ごと—く×—

（「夕づつを見て」）

これは、変奏の工夫として五七体以外も選択範囲にあることの証拠であると見ることができるが、しかしなぜ和歌が五と七という選択を行ない、しかもそれが日本語に偏在する韻律形式となっていったかは、浮動休止ぬきで一続きになる音連続は八音を越える必要がなかったからだとしか言いようがない。たとえ休止を取らなくても、語句境界が拍の切れ目と一致していれば律読は妨げられないので、この無休止二音と休止つきの三音がリズムの単元となっていることは確かである。けれども、これをもって五・七が選択された充分な理由とするには無理があり、とくに長句が短句を内包する点の説明がつかない。「対比による構成美」という旧説を確認する以外に方法がないのかも知れない。

第Ⅱ章 和歌の表現

1 調べのありか——諸弟《もろと》らが練りのことば(46)

反復

詩はテクストの内在的特性に基づいて規定されるジャンルで、極端にいえば、かならずしも韻文であることを必要としない。和歌は前章で見たような韻律規範に従っているが、しかし律文であると同時に、何かべつの詩化の工程が施されていると理解すべきであろう。しかもその工程は、形と意味との両面にわたっていると想定しなくてはならない。

改めていうまでもなく、詩的造形を行なううえでもっとも基本的な手法は反復である。すこぶる単純なこの方法が重要視され、また現に決定的に重要である理由は、これが技巧性の最上位に位置し、たとえば隠喩その他の目もあやな彩りをも含め、すべての技巧性と言語特性をその構成要素として取り込むことが出来るからである。すでに見たように、和歌の形式上の要件をなす韻律自体、拍と統語境界をリズム要素とした反復の一種である。

まず、形のうえで反復の目立つ歌を幾首か挙げてみる。

(46) 万葉集、巻第四、七七七。

【語音】

馬並《な》めてうち群れ越え来いま見つる吉野の川をいつ還《かへ》り見む（万葉　一七二四）

み吉野の象山《きさやま》の際《ま》の木末《こぬれ》にはここだも(47)騒く鳥の声かも（万葉　九二九）

ひなみしの皇子《みこ》(48)のみことの馬並《な》めてみ狩り立たしし時は来むかふ(49)（万葉　四九）

久方のひかりのどけき春の日にしづ心なく花のちるらむ（古今　八四）

【語形】

かむなびの神依せ板にする杉の思ひも過ぎず恋のしげきに（万葉　一七七七）

春雨のやまずふるふるわが恋ふる人の目すらを相見せなくに(50)（万葉　一九三六）

秋の野に咲ける秋萩秋風になびける上に秋の露おけり（万葉　一六〇一）

み狩する狩り場の小野のなら柴の馴れはまさらで恋ぞまされる（新古　一〇五〇）

反復には、このように単なる同音の反復から語形、あるいはあとで見る表現パタンの反復にいたるさまざまのレベルがあり、音についても個々の音の特徴的な分布から一定の部位における反復、音形の反復にいたるさまざまの段階がありうる。語音の反復に特色のある歌として慌ただしい気配を詠んだ歌が並んだのは偶然であるが、音声と内容がこのように即応すること自体はけっして偶然ではない。ここで軽々しく「手法、技法」と呼んでいるものは、本来はおそらく意味の生成そのものであって、表現に対する単なる装飾工程ではないのである。

(47) こんなにも数多く

(48) 草壁の皇子をさす。

(49) 狩りにお出ましになった季節がちょうどまたやってきた（回想）

(50) 恋しい人の姿すら見せてはくれない。「相見しめなく」という訓もある。

声の綾と無意識

こうした意味と形との深遠な一致が詩人の識閾下で形成され、したがって詩的テクストにはふつう受け手はおろか、作者自身も意識しない信号や意味が隠れているということがありはしないか——これは言語学者ソシュールやヤコブソンを悩ませつづけた疑惑であった。(後注6) なかでも個人名の織り込みが詩的創造の原点にあるかも知れないという指摘は一時大きな関心を集めたが、これを単なる妄想として棄て去るのでなく、文学理論のなかで正当に位置づけようとする試みも出ている。

> 詩は、固有名が掛けことばをつうじて枝葉を広げたもので、［…］この見地からすると、文学というものは作者が世界を掌中にすることというより、固有名が撒種され繁茂して世界の構成要素となって行く——要するに文学の基いとなる、と見ることもできる。(Culler 1988:10)

詩人が心の混沌にかたちを与え、ことばに練り上げてゆき、ついに「完成した」と感じるときのいわゆる「治定《じじょう》」の感覚のうちに、意識を越えた因子がはたらいている可能性はたしかに否定できない。しかし、音声と意味との映発・交響という主導原理を欠いて詩が成立しえないことも事実である。たとえば耳にはとても快い「第三管区海上保安本部」という名称にどれほど精妙な「声の綾」(『筑波問答』) が検知されようと、それだけで詩をなすとは言えまい。形意の隔たりをひといきに解消し、ことばにテクストとしての品位と光沢をあたえるのが詩才というものの働きである。音韻や連想の活用、織り込み、埋み句、おもかげその他、詩歌のもちいる種々の技巧はたいてい意識的に選び取られており、ただその意識に、ことばの技術者である詩人と、消極的な受け手とのあいだで格段の差があるということ、また技術にも、ことばで伝え、共有しうる技術と、感覚からくる技術との違いがあることをまず認めておくべきであろう。

例をいくつかあげる。

ほととぎすいま来鳴きそむあやめぐさ蘰《かづら》く[51]までに離《か》るる日あらめや[52]（万葉　四一九九）

世の憂きめ見えぬ山路へいらんには[53]思ふ人こそほだしなりけれ（古今　九五五）

明けばまた秋のなかばも過ぎぬべしかたぶく月の惜しきのみかは（新勅撰集、基良）

これらは、詞書きによればそれぞれ「も・の・は三個の辞」を欠く歌、「同じ文字」なき歌、あるいはラ行のない歌で、意図して同字や特定の音が避けられている。しかし予備知識なしに、分析的な手段のみによってこのような、欠性構造に目のとどく読者はまずいないのではないかと思われる。そもそも、三十一文字からなる和歌の場合、同字をことごとく避けて詠んだとしてもすくなくとも一六字は欠けていて当然であり、たとえば四一九九番の歌が「もの想ふころ」を伏せたといわれても、受け手としては信じるほかはない。これに較べるとはるかに易しいはずの折り句についてもほぼ同じことがいえる。『古今集』

(51)（五月の節句に）かづらにして頭に飾る。
(52) 他へ飛んでいってしまう日などあろうものか
(53) 世の中の嫌なことを見ないで済む山へはいろうとするのには

四六八番の、「花のなか目にあくやと別けゆけば心ぞともに散りぬべらなる」は、「はを始め、るをはてにて、ながめを懸けて時の歌よめ」という求めに応じて作られたことが詞書きに見えているが、これらのヒントなしに、この埋もれた技巧を見抜くことはほとんど絶望的である。

これらの例は、作者の言語意識と受け手の言語意識との越えがたい隔たりをしめしていると考えられるが、まったく同種の問題が一般に技巧というものの解釈にも絡んでくる。受け手の側から作品に近づこうとするとき、そのアプローチが分析的・発見法的になることは止むを得ないとしても、そのさいに遭遇するさまざまの技巧性がはたして作者の意図から出たものかどうかは、事実上、分析者の憶測や判断を越えたことがらである。しかしこう考えることは、論理的には識閾下の技巧ということを認める立場と変わらない。

人麿の歌とされる、

あしひきの山鳥の尾のしだり尾の長き永夜をひとりかも寝む　（万葉　二八一三）

はおそらく集中でも最もよく人に知られ、朗々たる響きと、「の」の畳みかけによって万葉歌の代表ともいえる歌である。その特徴を技巧性という観点から突き止めようとすると、まずは「の」の四回にわたる反復と、一部それと重複する「尾の」の反復、「なが」という語形の反復という、くり返しの諸相が目にとまる。これは誰が見ても一致する点であると思われるが、しかしそれだけではないようである。

1 Asifikï nö
2 Yamadöri nö wo nö
3 Sidariwo nö
4 Nagakï nagayo wo
5 Fitöri kamö nemu.

まず類韻が偶数行の始めと終わり二箇所に置かれ（$_2$ yama-$_4$ naga; $_2$ wo nö-$_4$ yo wo）、第四行では/naga/が行内で二度くり返されていることが目につく。奇数行でこれに釣りあうものは、第一行目では一拍だけうしろにずれているが、行頭と三音節目に決まってあらわれる母音/i/であろう（$_1$ [a]sifikï; $_3$ sidari; $_5$ fitöri）。その点では、第四行の原文〈長永夜乎〉を「長々し夜を」とする異訓は、連体語尾「・き」の脱落という特例を設けねばならないだけでなく、この均整美にもいささか欠けるうらみがある。

最初、「尾の」の反復と見えたものも、実際には/$_2$ d.ri.wonö, $_3$ d.ri.wonö/という、もっと稠密な音声連鎖の回帰反復の一部に過ぎないことが分かる。しかもこれは単独の綾というわけではなく、最終行で達成されることになる語呂あわせ、/$_2$ döri- $_5$ töri/に向けて地均しをしていると考えられよう。最初から四行目まで、/i, ï/音は各行の前半だけに、そして/o, ö/は後半だけに現われるが、この/i, ï-o, ö/の規則的な反復パタンも、五行目にくる/fitöri/という一語への予期を段階的に盛り上げていると見ることができる。

こうした種々の綾模様から比較的に自由なのは第五行目、とくにその後半で、とりわけ/e, u/という母音はこの最終行の、「寝む」という最後の一語だけに限られている。「む」の発音はじっさいには成節鼻子音[54]の［m］であったかも知れないが、それでも条件はすこしも変わらない。複合語が現われないのもこの行だけである。歌意は後段の二行、もっと特定していえば「永夜のひとり寝」ということに集約されるけれども、結論として言いうることは、音声がほとんど譜面上の楽音同然に駆使され、複数のモチーフが混然となって「ひとり」という主題に絞り込まれてゆくということである。

ただしそこには明らかに二つの面があって、「永夜」や「ひとり」のように、綾の重畳によって焦点化されることも、逆に「寝む」のように、周囲のすべてから屹立することにより却ってそこが際立たされるということもありうる。前者は言語記号の形の前景化であり、あとの特異化の手法は意味の前景化ではないかと思われる。

長歌の場合はどうであろうか。つぎにあげる三二九七番などは一読して完成度の高さを予想させるが、この感覚が何によってもたらされるのかは、ある意味では明白であると同時に、他方ではやはり、不可測としか言いようのない面をそなえている。

玉たすき　掛けぬときなく　わが思ふ　妹にし逢はねば　茜さす　昼はしみらに[55]
ぬばたまの　夜はすがらに　いも寝ずに[56]　妹に恋ふるに　生けるすべなし
（万葉　三三二一）

(54) それだけで音節を成す鼻子音。

(55) いっぱいに。一日中

(56) ねむり。「ぬ（寝）」のほうは〈横になる〉の意。

1 Tamatasuki kakënu töki naku
2 Waga ömöfu imo ni si afaneba
3 Akane sasu firu fa simira ni
4 Nubatama nö yoru fa sugara ni
5 I mö nezu ni imo ni kofuru ni
6 Ikëru sube nasi.

一読して第六行だけが遊離しているかの印象をうける。(後注7) いうまでもなく、その大きな理由はほかの行とちがって一句を欠いている点にあるが、表現の肌理《きめ》という点から見てもここだけ孤立していることは確実である。

すなわち三行目から/3 rani-4 rani-5 runi/と各行ほぼ正確に脚韻を踏んできて、それが急に途切れるという音声面での変化があり、さらに意味のうえでも、「〜に」の羅列によって生じる停滞がにわかに強い打ち消しに変わり、ここで終結するからである。したがってこの長歌は、音律の角度からいうとⅠ(1、2、3、4、5):Ⅱ(6)という二部構成をとっていると考えられる。

しかしもっと子細に見てゆくと、いま述べた末尾三行を彩る脚韻は、冒頭部分の類韻/1 tama-2 waga-3 aka/と正確に釣り合い、それぞれ三行二音節にわたるこの首尾二箇所の綾がくっきりと前景化されていることが分かる。

この歌の細部には音列が途中で折り返されるかたちの、いわば声の鏡面像がいくつか目につくが（$_1$/*kakenu*-to-*kinaku*/,$_2$/*ömö*-fu-*imo*/,$_5$/*I mö ne*-zu-*ni imo*, *ni* imo *ni*/など）、そのうちのよく目立つ二つは、こんどは逆に第一行の終わりと第五行のはじめに位置して第二のパタンを形作っている。こうして韻と回文的配列という二種類の綾が、視覚的にいうと第I節の平面に大きく卍に配される恰好になっており、この構図は、明らかに、さらにいくつかの細部の仕上げによって支えられている。

見えやすいのは/$_2$ neba-$_4$ nuba/という似かよった形態が対角線上の同位置に現われる点であるが、これに対応するもうひとつの線上には/f/の出現をのぞいて目立つ要素はない。しかしこの二線の交点を求めてゆくと、第三行の/$_3$ -su firu fa s-/という音列に行きあたる。これもやはり/r/を挟んで二つの子音群が/*su fi*-r-*u fa s*/とおおむね鏡合わせに並んでいると考えることができ、間に立つ/r/音が、第I節全体の、いわば中心点に当たっている。この基本的な構図だけを抜き出すとつぎのようになる。

```
1 [Tama]tasuki kakënu töki naku
2 [Waga]      ／         ＼    neba
3 [Aka]       su firu fa s     [rani]
4 Nuba        ＼         ／    rani
5 I mö nezu ni imo             [runi]
```

最終行はそれでは完全な遊離節なのかというとむろんそうではなく、まず、構文のうえで第一行の後半、「掛けぬときなく」と完全に並行しており、連用／終止という活用範疇だけが異なる。「1〜なく、6〜なし」という並行体は、構文としても音の響きのうえでも、くっきりと際立つ外枠をなしており、その点からいうとI（1、6）、II（2、3、4、5）という内と外との関係がある。

最終行はさらに、内容構成の面からもI（1、2）、II（3、4）、III（5、6）という別の構造に組み込まれ、IとIIIは遂げられぬ恋をなげく意味上の主要部である。この部分の語調は遣り場のない悲痛な嘆きに支配されており、苦しみの原因をいう前者には三個の否定辞（1 nu, naku; 2 ne）、結果をいう後者には二個の否定辞（5 zu, 6 nasi）が現われる。否定的な意味は鼻音/n/と強く契合して現われ、その点、5 zuだけは例外である（歴史的にいうとzuはnisuからの約音転化とされており、鼻音化を伴なって［^{n}zu］のように発音されていたことも充分考えられるが、そのことは今は措く）。IIは様態の描写に当てられており、文になぞらえていえば、「IだからIIIできない」という命題内容を強調する副詞の役目を帯びているといえる。

このような微視的分析はまだまだ続けて行くことができそうである。しかし肝心な問題は、こうして割り出される綾模様はいったい何かという点である。べつの言い方をすると、問題は単に意味に即応する音形があるかないかというような音象徴レベルの話ではなく、この長歌は、いま見たような形姿をもち、そして意味と一体不可分の、それだけで独立した精密記号なのではないだろうか。なるほど卍のイメージこそ、片歌ごとの行改えに付随して生じた虚像だという反論が予想されないわけではないが、しかし既述のように五七をひとまとまりと見なすことには詩形的にも理論的にも根拠がある。たとえこの点を譲ったとしても、第I節が全体として大きな鏡面図を描いており、その分裂図形が各所にちりばめられ、種々の綾がそれぞれ中心から等距離に位置していることは動かない事実であろう。

このような単音レベルでの記述と、「茜さす　昼はしみらに　ぬばたまの　夜はすがらに」の対句や「妹、眠《い》も、妹」の同形反復、あるいはこれに「生ける」を加えた頭韻、要するに、取捨選択の可能な語彙項目のレベルで簡単に名づけ、一般化しうるような自明な綾を検出する方法とは、関連性のなかなか見いだしにくい、大きくいえば認識論にかかわる二律背反である。中世歌論は詩歌のあるべき音声的結構を「連声、相通、同字、韻字（＝麁《そ》韻《いん》、細韻）」というわずかな、しかも正しく把握された例しのほとんどない術語によって相伝しようとしたが、この系譜と、詠み継がれた歌の実相とにも信じがたいほどの隔たりがある。（後注8）後者が前者に含まれていてもおかしくはないが、もしそうであれば技巧性の際限はいったいどこにあるのであろうか。いま見たような微視的な構造が詩の受容にとって重要でないという言い方はできようが、しかし、それが存在すること自体は否定できない事実である。ヤコブソン詩学の遺したこの大きな疑問を抱えながら、和歌という詩的言語とその詩的世界をひとわたり点検してみることにしよう。

声の綾と有意味性

いま述べた「自明な綾」のレベルで見ると、和歌で目立つのは枢要な語、とくに各句の冒頭にたつ要素が音形の反復によって屹立し、しかもそこにaa、aaa、abab、abbaなどの歴然とした構造化がほどこされ、組になって調べをかなでるケースである。さきに挙げた『万葉集』からの例では、/uma.ima.mimu; uti.mitu.itu; kafa.kafe/、/ki.kö. kökö.ko/あるいは/miko.mikö.mika.kimuka/のような印象的な音形が主要部に配置され、詩律の展開を音構成のほうからも側面的に補強している。

数こそ少ないが、頭韻も意識的に試みられていた形跡がある。左の「秋されば」の歌では語頭の子音がゼロなので、母音/a, o, a, u, i/すべてと、おそらくわたり音（＝半母音）をふくむ/wa, ya/までも頭韻に関与していると考えられる。しかし日本語では音節構造のせいで頭韻はなかなか成立しにくく、母音を含めた音節の繰り返しと切り離して考えることは難しい。

鶯のかよふ垣根の卯の花の憂きことあれや君が来まさぬ（万葉　一九九二）
明日の宵照らむ月夜は片寄りに今宵に寄りて[57]夜長からむ（万葉　一〇七六）
花さそふ比良の山風吹きにけり漕ぎゆく舟の跡みゆるまで（新古　一二八）
秋されば[58]置く白露にわがやどの浅茅が末葉《うらは》色づきにけり（新古　四六四）
くれなゐの濃染めの衣うへにきむ恋ひの涙の色かくるやと（詞花集、顕綱）

（57）今宵の月のほうに寄り重なって
（58）（時節が）やってくる

反復でとりわけ目立つのは同形の三回くり返しで、これはなかば様式化していた形跡すらある。歌論書などは「詮もなからん重ねことば」（『詠歌一体』）としてこれを戒めているけれども、それにもかかわらずのちのちまで生き残った。ただし、民話などで馴染みのtreblingというこの手法はどうやら短詩には不向きらしく、露わになればなるほど歌を軽く見せる傾向がある。しかし、和歌で「たづたづし、しくしくに」などの畳語が使われていれば、たいていそれはこの反復パタンに与っている。

い行き逢ひの坂のふもとに咲きををる(59)さくらの花を見せむ児もがも（万葉　一七五六）

ねもころに(60)片思ひすれかこのころの吾《あ》がこころど(61)の生けるともなき（万葉　二五三〇）

すみのえの岸の浦廻《うらみ》(62)にしく波のしくしく妹を見むよしもがも（万葉　二七四四）

(59) 花の重みで枝がたわむ
(60) 心をこめて
(61) 気力
(62) 浦のほとり

語呂あわせに過ぎないといえば、たしかにその通りである。しかし語呂を合わせるとは、単に表現にたいして目に立つ形態上の均質性を与えるということだけにとどまらない。語呂合わせは言語ほんらいの指示的用法や、ときには文法規則に背いてまで、特定の角度から用語や語法を精錬するということを含意しており、その意味では言語表現の構造と作用を根底から揺さぶる働きをもつのである。

しかし、この種の回帰性はあくまでも記号列の構成原理であって、上例からも分かるように、ことばの表面で、これと言えるほどの意味上の帰結をもつものではない。ことばの時間軸に目盛りを刻むという点では音楽的原理とも見なしうるが、いつも耳に快い音律をつくりだすとは限らず、和歌こそなだらかな、「五尺の菖蒲に水をながす」ような音の連なりを重んじたとはいえ、逆に、耳障りな響きを狙って反復を利用することもできる。要するに、表現の密度をたかめ、ことばの形にたいする受け手の意識を揺り醒ますというのがその本来のはたらきなのである。

ヤコブソンは、かれのいうこの「等価性の原理」によって、意味単位の連なりがおしなべて等式に向かおうとする傾向を指摘し、「詩のなかでは類似性が近接性に覆いかむさり、そのために、すべての換喩がいくぶんか隠喩的になり、いかなる隠喩も換喩的なおもむきを帯びる」（Jakobson 1960:3.42）と述べた。たしかにこれは正しい指摘で、水を汲む乙女たちの姿とかたかごの花が一首のなかで取り合わされるとき（万葉 四一六七）、このほんらい偶然であるはずの配置は、歌というテクストのなかでは詩的必然として、なぞらえの構図のもとに、あるいは情趣の一致という視点から等価的に捉えられる。(後注9) しかしそれはあくまで意味に付随する現象で、新たな意味を付加するという性質のものではなく、有意味な単位（＝語）が形のうえで類似するとき最も強い効果をもたらす。

たとえば、さきほど見た四九番の歌「ひなみしの皇子」（五二頁）に、/nami.nömi.nömi.nömuma.namë.mi/を際立ちとして知覚する読み手があってもおかしくない。けれども、これでは語境界との一致点がすくないので、より包括的な知覚に基づいているにもかかわらず、意味上の親和性を感じさせる読み方ではないといえよう。単音の反復やパタン化が総体として一首の階調や肌理《きめ》を決定しているとしても、そこでは綾をなす部分と地の部分とが階層化されており、音声はあくまでも意味に奉仕する立場にあってその逆ではない。思うに、作る側でも、制作意識としては、ごく単純な構図にしたがって音声や語の綾を盛りこみ、受けとる側でも、知覚しうるその手際や効果を鑑賞していたのではあるまいか。

この「意味と平行する綾」は語境界を目安にするほかはなく、同じく語境界を目安に二音ごとの刻みを入れる韻律基盤とも同じ平面で、詩律知覚上の基本レベルをなしていると考えられる。いうまでもなく、これが、先に見た潜在的な綾との落差にもつながっている。

　形の同じ、あるいは類似した語が反復されると、そこには何がしかの語義がかならず随伴するので、パタンはいっそう際立ち、反復された形と形との意味上の親和・反発力がはっきり知覚されるようになる。たとえば前掲歌「かむなびの」（万葉　一七七七）では、序ことばのなかにaabという反復要素があり、そのbが掛けことばによって「過ぎず」を誘い出すしくみになっているが、この連環はさらに音形の類似した「しげき」にも波及し、「杉＝過ぎ＝繁し」が系列化されて連想を刺激する。

　ちなみに、この歌は「思ひも過ぎず恋のしげきに」が内容部で、前半は「過ぎ」を引き出すための序ことばになっている。さらに序ことば全体が「杉」を持ち出すための工夫であり、このことから、あるていど作詩のプロセスを窺うことが出来る。長さにもかかわらず、この序ことばは構造および機能のうえで後述の枕ことばの第四型（六八頁）、たとえば「むらどりの（立ち）」などと同じである。「思ひ」と「恋」（/öfi. ofï/）との音声的近似（あるいはfi～foの母音交替）も意識にのぼっていたであろうことは、この語末音がしだいに｛(下思ひ）穂に出づ｝｛燃ゆる思ひ｝、さらには｛こころ燃ゆ｝[63]という詩的虚構を誘い出してゆくことからも充分に推測される。

(63)　｛　｝によって総括的に主題を表記する。凡例四を参照。

和歌と対句

こうして、要素の反復と構造の反復とのあいだにはかなり大きな機能差があると考えられるが、語句や表現のレベルではいよいよ輪郭が明瞭になり、言語レベル（音、語、句、範疇その他）、部位、および造形手段（いまの場合は反復）にしたがって特定することができる。別の角度からいえば、それは、規範として遵守したり、あるいは逸脱を楽しんだり、破壊したりすることが可能だということを意味する。

あしひきの山のしづくに妹まつとわれ立ち濡れぬ山のしづくに（万葉　一〇七）
風をだに恋ふるはともし(64)風をだに来むとし待たばなにか嘆かむ（万葉　四九二）
飛鳥川堰《せ》くと知りせばあまた夜もゐ寝て来《こ》ましを堰くと知りせば（万葉　三五六七）
風雲は二つの岸に通へども　わが遠妻の言《こと》そ通はぬ（万葉　一五二五）
わが岡にさ牡鹿《をしか》(65)来鳴く初萩の花妻問ひに来鳴くさ牡鹿（万葉　一五四五）

この種の構造化された反復は造形の手法として目に立ちやすく、特定の言語に縛られないだけの普遍性もある。その事実は、たとえば前掲の秋萩の歌（万葉　一六〇一）におけるくり返しが修辞学で首辞反復（epanaphora）という名前を与えられ、「堰くと知りせば」の場合は間歇反復（diacope）、「通ふ・通はぬ」は対立反復（antithesis）、さいごの例は反転反復（antistasis）と、それぞれ独自の名称をもつことからも明らかである。線形の記号列に加えうる操作のかずは論理的に限られているので、どのような綾を作成できるか

(64)　たとえ風をでも待ち恋うているとはうらやましい

(65)　牡鹿。「さ」は美称の接頭語。

はかなり厳密に算定することが可能である（いわゆる「彩り」に関する一般理論的な考察については山中 一九六九、第六章を参照）。

これまでの議論に照らしていうと、いわゆる「対句」は構造のみの反復という視点から定義することができる。反復と対句との区別を中西（一九六八、五一七–五一九頁）は「曲節的壮麗と描写的壮麗」という二項対立に置き、つぎのような三段階を認めている。「壮麗」という表現は贅語にきこえるが、この区分自体は、万葉の詩的言語の特徴を類型的にとらえるうえで有効であり、しかも非常に分かりやすい。

①《同句反復》籠《こ》もよ　み籠もち　ふくしもよ　みぶくしもち（万葉　一）

②《変奏反復》走り出の 宜しき山の　出で立ちの　妙《くは》しき山ぞ（万葉　三三四五）

③《対　　句》春草の 茂く生いたる　霞たつ　春日の霧れる（万葉　一六七）

しかし、短歌では概して偶数原理が斥けられ、その一典型ともいえる対句はあまり振るわなかった。そもそもこれを駆使するだけの空間をもたず、対句や変奏反復はもっぱら長歌の技法であったといって良い。

2　枕ことばの構造と機能

掛けことばによる枕ことばの浸食

枕ことばの充たすべき条件を、「詩に特有の、一定の形態をそなえ、慣習的に特定の語を形容する表現」であるとするなら、これに該当するものはわが国だけでなく古期の詩、とくに口承詩にはよく見られる。即興的な吟詠が求められるような状況のもとでは、特定の韻律構造のもとでほとんど反射的に使用することのできる常套句を備えておくことが詩人にとって不可欠の条件である（Lord 1964 : 30）。詩というジャンルの内部で慣用化したこの種の表現形式は単に形容だけでなく、名指しや述語づけ、美称（＝異名）の併置、あるいは造語法などの広い範囲にわたっている。枕ことばは、このような「詩的語法」の一種、詩的定型句（poetic formula）と呼ばれるものに相当する。

辞書類の記述にもとづいてひとまず整理してみると、枕ことばにはおおむねつぎの六種類がみとめられるようである（傍線部は意味でなく語音に掛かることを示す）。

■ 名詞の並列：同義語や異名の同格併置

うまさけ（の、を）〔三輪〕　あきつしま〔大和の国〕　くさまくら〔旅、田子〕

■ 所有／同格の「の」：所有ないし、連体修飾語化の標識「の」をもつもの

もののふの〔八《や》、弓削《ゆげ》〕 ぬばたまの〔夜、寄る〕 むらさきの〔雲、藤〕

■用言の前置：述部がそのまま前置されたもの

おしてる(や)〔難波〕 あおによし〔奈良、国内《くぬち》〕 あまさかる〔鄙〕

■主格の「の」：主格、ないし主格由来の標識としての「の」をもつ構造

むらどりの〔立ち〕 むらさきの〔粉潟、名高〕 おきつもの〔靡く、名張〕

■統語的関連：慣用的な連語関係をふまえたもの

まそかがみ〔照る、磨き、見る〔敏馬《みぬめ》、南淵〕〕 ころもでを〔高屋〕

■換喩的転移：近接関係による連想にもとづくもの

まそかがみ〔床、おもかげ、蓋〔二上〕〕 たまくしげ〔蓋〔二見、二村〕〕

最初のタイプ、あるいは一般に「脛当て凛々《りり》しきヘラクレス」「まみ麗しきアテーネー」などのように固有名と結びついた冠辞には、固有名を形容するという異例の扱いそのものに修辞的ないし叙事詩的な表現効果がある。それと同時にこれらはわずかながら描写性も保っているが、記紀万葉の枕ことばはその範囲をはるかに超えて普通名詞や他の品詞にまで及んでいる。受けることばとしては地名が目立って多いので、もともと同じ根をもつことは疑いないが、普通名詞や動詞にまで掛かりが拡散している点については、もうすこし掘り下げて検討してみる必要がある。

連結のしくみからいえば、「うまさけ〔三輪〕」や「むらさきの〔粉潟、名高〕」その他、下線で区別した続きの場合には「御酒《みわ》⇓三輪、濃し⇓粉、名高し⇓名高、矢⇓八」のよう

に同音異義を利用した掛けことばに頼っており、「おきつ藻の名張、もののふの弓削」でも部分的に「靡く」の/nab/[66]や「弓」の/yu/が掛かっている。また「むらさきの」は潜在的に修飾構造かまたは主述関係、すなわち「むらさきの・濃き」と「雲・むらさきなり」という異なった基底構造をもち、この相違は意味解釈のうえにそのまま引き継がれると考えられる。

(66)「沖つ藻の」は「なばる」〈隠れる〉の意)に掛かるという解釈もある。

しかし現実の用法に照らして見ると、より根本的な問題が絡んでいることが分かる。枕ことばのなかでも、たとえば「あしひきの」などは比較的に安定した例で、『万葉』での使用例を点検してみると、あとにつづく要素は、

① 山(／山路、山桜、山彦、その他)、
② 磐根《いはね》、木の間、八つ峰、その他、
③ 野行き山行き、

という三種類に分けられる。明らかに②は「あしひきの」と「山」との契合を踏まえて「あしひきの山の磐根」を「あしひきの磐根」とした語法で、迂言という手法そのものが詩化の工程をなしている点を除けば、ふつうの名詞の用法と変わらず、その点で枕ことばの条件から外れている。「あしひきの」と受けのことば「山」とのあいだに「清き、荒・、片・」などの介在する用例もあるので、おそらく③もその種の間接的な用法として①に含めて差し支えないと思われる。つまり、枕ことばの用法には見かけ以上の帰一性があると

いうことになる。

この段階でいえることは、枕ことばは特定の（意味を担った辞項ではなくて）語形に付き、付き方には間接的な場合もある。また、同じく枕ことばとして使用されていても「あしひきの山路」「あしひきの山彦」のように、受けのことばしだいで掛かりに濃淡が生じうる、という三点である。(67) しかしこの基準をそのまま、ほんらい修飾機能を持たない、たとえば「まそかがみ」(後注10) に適用することは難しい。その用法を、分類というより傾斜のかたちで示してみる。

〈まそかがみ〉

まそかがみ　手に取り持ちて天つ神仰ぎ乞ひ祈《の》み
まそかがみ　取り並め懸けておのが顔還《なりかへ》らひ見つつ
まそかがみ　懸けてそ偲ぶ逢ふひとごとに
まそかがみ　見飽かぬ君に
まそかがみ　南淵山はけふもかも
をとめらが手に取り持てる　まそかがみ　二上山に
天見るごとく　まそかがみ　仰ぎて見れど
まそかがみ　磨ぎし心を許してし
まそかがみ　清き月夜に
まそかがみ　照れる月夜も

(67) この枕ことばは古来難語として知られ、語形自体にasifiki no, asifiki no の二つがあるうえ、意味のほうも茂る木々や山裾の形状、あるいは脚などに結びつけてさまざまに解釈されている。しかしこの二例からも分かるように、掛かりの濃淡は枕ことば自体の意味ではなく、むしろ後続する語の意味範疇によって左右される。

わが恋ふる児を
まそかがみ　照るべき月を、照り出づる月の
まそかがみ　直目《ただめ》に見ねば
まそかがみ　直目に君を見てばこそ
まそかがみ　直にし妹を逢ひ見ずば
まそかがみ　床のへ去らず夢《いめ》に見えこそ
まそかがみ　手に取り持ちて朝なあさな見れども君は
まそかがみ　直目に逢ひて

万葉の時代、「かがみ」（＜影＋見）に対する語源意識は活きていたはずなので、この枕ことばについては、「み」の反復が定型化したのか、あるいは「たまたすき・懸く」などと同じく連語関係を基底として成立したのか見分けるすべがない。実際、使用例も二つの系列に分かれているが、しかし「あしひきの」とは逆に、名詞本来の用法がまずあり、比喩と枕ことばに分岐していったことは確かであろう。そのことは、受ける部分が近接関係による「見る、磨ぐ、懸く、（直目に）、蓋」を基本とし、その他は掛けかまたは潤色による拡張であることから推量できる。「直目に逢ひて」への掛かりは、「まそかがみ・見る→まそかがみ・（直目に）見る→まそかがみ・直目に」のような移行律に導かれたものではないかと思われる。「娘子《をとめ》らが手に取り持てるまそかがみ二上山に」（万葉　四一九二）の場合には、序のなかに枕ことばが包摂されているという解釈になろう。

しかし、これら二種の技巧に共通する性質は、「ミ、フタ」という語音に掛かる場合を

も含め、ことばを誘い出すという働きにほかならない。これを継時的に整理していうと、枕ことばの原初的な形態、つまり同格表現や形容という文法的手段を用いた定型修飾の領分に、非修飾的な主・述関係や動・補関係などの連語成分の参入をゆるし、さらにはその範囲を同音異義語にまで拡げた結果、このような状況が生じたと見なすことができる。したがってべつの角度からいうと、枕ことばないし序ことばの領域にどれだけ掛けことば（＝統語的兼用）が食い込んでいるかを見分けることが先決問題で、後続する語すべてを受けのことばとするような解釈は当を失している。

この基準に照らしても、個々の事例については微妙な問題が数多く残る。複数の掛かりはむしろ枕ことばの実態で、その点からいえばこれは生産性のある定型表現であった。したがって第二の課題は、どの点でそれが生産的であったかを意味論的に確認することである。たとえば「ぬばたまの」は、基本的には「よ（る）、くろ」二形に掛かる枕ことば（＝定型修飾語）である。しかし、これがさらに「月、夢、妹」を導くことと合わせて考えると、基幹部の「ぬばたま・」を「夜」に代用する過程を介して（たとえば「夜の月、夜の夢」の迂言としての「ぬばたまの月、ぬばたまの夢」）「くろ」との契合がうまれ、ここからさらに「黒髪の」への代用が派生したと推定できる。基本的には「よ（る）」に掛かるといえるわけである。

この考え方によると、序ことばは休めことばに含まれ、とりたててこれを区別する理由はないことになる。また従来「の」の比喩的な用法ということが言われてきたけれども、比喩的なニュアンスはことばを掛けることから来る一般的な特質であって、それは「の」

の問題でもなければ枕ことばだけに限られる訳でもない。ひとつの辞項を共有しうる二詞の存在することだけが条件なのである。

したがって問題を正しくいえば、たとえば「沖つ藻の靡《なび》きし妹《いも》」の場合、「なびき」が「沖つ藻のなびき～なびきし妹」のように前後両掛かりになった語法であるということが基本構造で、「の」は「に」やゼロなどの周縁的格標識と同じく、文法関係を一意に特定しないという消極的機能ゆえに選ばれていると見ることができる。直喩として解釈すべきかどうか、作者に比喩の意識があったかなかったかはあくまでも二次的・随伴的な問題にすぎず、技巧という側面だけからいえば、「沖つ藻の靡きし妹」は「玉藻なす靡かひしつまのみこと」（万葉　一九四）、あるいは「川藻のごとく靡かひしよろしき君」（万葉　一九六）など直喩を意識した表現とけっして同じではない。

水の上に浮きたる鳥の跡もなくおぼつかなさを思ふ
　←浮きたる鳥の跡もなく～跡もなくおぼつかなさを思ふ
岩代《いはしろ》の野中に立てる結び松心も解けず古《いにしへ》思ほゆ
　←岩代の野中に立てる結び松・解けず～心も解けず
秋の田の穂のへに霧らふ朝霞いづへの方にわが恋やまむ
　←[…]朝霞いづへの方に・やまむ～いづへの方にわが恋やまむ

用法について見ると、短歌の場合、枕ことばは一句目か三句目、まれに双方に置かれ、長句に現われることはまずない。万葉の短歌に二句切れ、四句切れが多いのは、それが長歌のかたわらに成立していた時代としては当然の成り行きである。しかし短詩という性格からして、第一句、第三句に枕ことばを置くことがパタン化し、韻律上の要請を充たすための、いわゆる定型表現としての性格を強めてゆくと、その機能はいくぶん変質せざるをえない。たとえば、

しきたへの 袖交《か》へし君たまだれの越智《をち》野《の》過ぎゆくまたも逢はめやも（万葉 一九五）

のように枕ことばを二度使用したり、あるいは序ことばと併用して多くの字数を定型句に割くことは、単に装飾過多の弊をまねくだけでなく、その分だけ表現の可能性をせばめることになる。「しきたへの」はまだいくぶん描写機能を残しているが、一方の「たまだれの」のほうは、「玉垂れの（緒）」が形骸化して「を」という一音を誘い出す目的しかはたしていない。悪くいえば、随意的に詩律の調整機能を受け持たされているだけで、表現上は虚辞化していることになる（これらは散文訳や外国語への翻訳ではふつう訳出されない）。

枕ことばの弊害

しかし詩律の調整は用語や語順を入れ替えることによっても行なわれうるので、和歌の歴史から見て、枕ことばの廃用は『古今集』あたりからよく見られる倒置法、とくに「あ

らざらん」「いかにけん」「靡かじな」など、述語や単独節を首句に置いたり、あるいは「梅の花」「さくら花」などの中心的な景物を第三句におく語法が、しだいに増加していったこととおそらく相関していると予想される。別の角度からいうと、これは「五七」というまとまりが崩されて、韻律と統語構造とのあいだに「五―七五七―七」「五七―五―七」という新しい関係が加わったことを意味する。

しかしこのように枕ことばに意味機能上の濃淡があり、一方ではほとんど虚辞にちかい用法から実辞として使われたものまでの両極にわたるだけでなく、音声によって掛かることすら許容したことは、和歌という詩的言語にとって有利とばかりはいえなかった。枕ことばのもっとも大きな欠点は、それが逆効果を生み、却って詩趣をそこなう危険を原理的にそなえていたという点にある。長歌では枕ことばの多用が意味の障碍となっている場合がしばしば見られるが、短歌にあっても、実辞としての使用と紛らわしい用法が生じ、時によっては、興趣をいちじるしく損なう結果を招いた。

［子らが手を］巻向山に春されば(68)木の葉しのぎて霞たなびく（万葉　一八一九）
［もののふの］八十《やそ》をとめらが汲みまがふ(69)寺井の上のかたかごの花(70)（万葉　四一六七）
ぬばたまの夜霧は立ちぬ［衣手の］高屋の上にたなびくまでに（万葉　一七一〇）
わがころも匂ひぬべくも(71)［旨酒《うまさけ》］三室の山は紅葉しにけり（万葉　一〇九八）

現代の感覚をそのまま当てはめることは慎むべきであろうが、それにしても巻向に霞の

(68) 春の時節がやってくると
(69) 入り乱れて水を汲む
(70) かたくり
(71) わたしの衣服に照り映えるほど

たなびく情景に手が割り込むのは鑑賞にとっては邪魔であるし、おとめたちに「もののふ」いう冠辞が被せられるのにも興醒めがする。これは、もし枕ことばが意味上の妥当性を前提とする形容の範囲内にとどまっていればとうぜん防がれえた弊害であり、たとえば恋人どうしの共寝の描写に「剣太刀身に添え寝《い》ねば」という語法を許容したとき、和歌の言語は言語芸術のもつべき節度を重要な点で踏み外してしまったのである。そのことを知るには、次のように必然性のある用法を引き比べるだけで充分であろう。

Like sculptured effigies they might be seen
Upon their marriage-tomb, *the sword between*;
Each wishing for the sword that severs all. (Meredith, *Modern Love*)

めおととは名ばかり、傍目には
結婚という墓石に刻まれた彫像と見えたかも知れない——
あいだに太刀を置き、ふたりともその太刀が
すべてを断ち割くことを希っているかのような

3　掛けことば——掛けていへばもの思ひまさる[72]——

同音多義語の文脈化

西洋では、掛けことばは概して児戯に類する低俗な趣向と見なされることが多く、たと

(72) 和泉式部集　六九八。

えばシェイクスピアが掛けことばを多用したことはこの偉大な詩人の名声を傷つけかねない瑕疵であり、かれの賛美者たちにとって残念きわまりない一点の留保となってきた。たとえばサミュエル・ジョンソンは、掛けことばはシェイクスピアの運命を狂わせたクレオパトラにもひとしく、「かれはそのために世界を失った」と書いている。

もうすこし突きつめていえば、こうした判断のもとには本質と偶然という二分法がある。この二分法は、一方では、偶然の一致にたよる掛けことばは機知の証明になることは出来ても創造的思考の重要な成分ではないという考え方を導き、他方では、けっしてそれが頓知などという底の浅いものではなくて、言語と精神の大切な産物のひとつをなすという考え方につながる。しかし結果として見ると、西洋では後者が決定的に分が悪かった(Culler ed. 1988:4)。ポストモダニズムの揺り戻しを経たこんにちでさえ、pun(だじゃれ、地口)に応わしい棲み処はせいぜいで戯詩か惹句のなかである。ある評言によれば、「隠喩とちがい、掛けことばはただ内側へ向かって、言語自身の構造的偶然に反響するにすぎない」(Steiner 1963:149)。見事な説明という他はないけれども、端的にいってこれは、掛けことばの低俗さに対する愛想づかしでしかあるまい。

これにたいしてわが国の詩歌の伝統では、掛けことば(あるいは秀句)は、「おほかたは歌のみなもと」(『八雲抄』)、「和歌の命」であり、「不堪初心の輩には作り得かねるもの」とされてきた。これはちょうど、アリストテレスが隠喩に与えた地位と理由づけに酷似していて、どうやら言語観と言語感覚をめぐる彼我の相違は、隠喩と掛けことばという二つの技法に絞られてくるように見える。この違いは、突きつめていえば、ことばを「理性」の相関物と見るか、それともその対応関係を部分として包み込んだ「意識」の表徴として見るかという対立に根ざしており、それゆえ西洋流のロゴス中心主義は、隠喩だけを超越的なものに向かって開かれたゆいいつの窓と見なし、表徴主義は他方、こころの暗部からことばに投影されるものすべてを有意味であると見なすのである。言語観としては明らかに後者が平衡がとれているにもかかわらず、これが正統な言語論・詩的言語論として結実したためしはかつてなく、また和歌における詩的実践もこの視点を活かしきることができたとは残念ながら思われない。

枕ことばを検討したさいにも、掛けことばによる意味の浸食という現象に出会ったが、掛けことばの偏重は歌語の範囲を超えて和歌の構造にもおよんだ形跡がある。たとえばつぎの歌に見るような修辞構造はたぶんその極点をしめしており、掛けことばの重層化そのものが一首の構成原理をなしている。これは、言い掛けの仕方が異なるだけで、まえに一七七七番（五二頁）について見られたものとまったく同じ構造である。

「をみなへし」咲く野に生ふる白「つつじ」知らぬこともち言はえし(73)わが背
（万葉　一九〇九）

「白真弓」いま春　山にゆく雲の」行きや別れむ恋しきものを（万葉　一九二七）

「つばな(74)抜く」浅茅が原のつぼすみれ」いま盛りなりわが恋ふらくは
（万葉　一四五三）

（73）身に覚えのないことで噂を立てられた

（74）茅（ちがや）の若穂で食用。浅茅の「ち」の母音交替形であることも意識されていたか。

歌の眼目は明らかに「知らぬ」あるいは「いま盛りなり」と表現することにある。しかしその「知らぬ」の使用を詩的に正当化するために、同形のくり返しを可能にする「白つつじ」が引き合いに出され、さらにそれを言うために「をみなへし」が置かれ、結果として修飾部が意部を押さえ込む恰好になっている。

これは音声が掛かる場合である。つづく例、一九二七番の第一層には意味が関係し、「張る」と「春」の同音異義という言語的偶然が表現を正当化している。しかしこれが掛けことばのひとつのタイプをなすと同時に、その性質をもっともよく現わしていると言える。枕ことばを検討したさい、掛けことばが比喩に隣接しているようすを見たが、それは掛かることばが二項に共通する属性語である場合に限られる。うえの例でいえば、「いま盛りなり」という形容は「つぼすみれ」と「わが恋ふらく」の二つに掛かっているものの、それは両者の偶有性に関して同一の述語が適用可能というだけで、そこに、すぐれた比喩の条件である至当な類比性が言い表わされているわけではかならずしもない。類比構造ではなく、いわゆる「ものはづけ」の平面で成立しているのである。

いわゆる掛けことばという手法によって作り出すことのできる綾の種差は、おそらく次のかたちで示すことができる。二義性ないし多義性は言語の運用に付随する現象なので、同音多義語が単独で掛けことばをなすことは原則的にはありえず、かならず文脈化をともなう。しかし掛けことば（＝折り重ね構文）の契機をなす言語条件は、明らかに同音多義と連語関係のふたつである（後述）。

■同音多義

よ（世、夜、節《よ》）、かる（離る、枯る）

■同音多義＋掛け

開けがたき蓋＋明けがたき二見が浦、妹とわが寝《ぬ》るとこ＋とこなつの花

■比較

ゆく雲の行きや別れむ＋行きや別れむ恋しきものを、つぼすみれいま盛りなり＋いま盛りなりわが恋ふらくは

■比較＋隠喩

薄らひのうすき＋うすき心、山川のたぎつ＋たぎつ心

比較として区分した二表現では、妥当性の程度はべつとして「ゆく雲」「つぼすみれ」をいちおう比較項として解釈するしくみが整っているけれども、比喩としての表現性にはきわめて乏しく、むしろよけいな、修辞のための修辞のように映る。「薄らひのうすき心」では同じ構造に加えて、受けの部分「うすき心」に統語的な隠喩が含まれており、全体としては直喩と隠喩との複合が生じている。あとで見るように、この複合形態は、解釈の手がかりの与えられた隠喩という角度から把握するのが正しいと考えられる。

このような階層性と、さらには個々の歌におけるその実現の多様性とを明確に意識しておくことは、解釈にとっても重要なことであると思われる。たとえば、つぎの歌では、助詞「に」の解釈が分かれており、荒磯《ありそ》〈にありたい、行きたい〉と〈でありたい、になり

たい〉という二つの読みが可能であることが言われている（高田　一九九八、三〇頁）。

　白波の来寄する島の荒磯にもあらましものを恋ひつつあらずは（万葉　二七四二）

しかし、「白波の来寄する島の荒磯にも」は「ある」を引き出す形象にすぎず、実際には、さまざまに工夫をこらすことのできる可変部をなしてる。数多い類歌（八二三、七二九、二六四四　ほか）を見ると、そこにはたいてい場所ではなくて事物が来るので、歌の趣意は、〈こんな遂げられぬ恋に苦しむくらいなら、いっそ（波だけでも寄る荒磯）になってしまいたい〉ということ以外にはありえない。したがって、「に・ある」は「梅の花にも成らましものを」（八二三、八六八）その他の「に・なる」と完全に同義であり、そして、その転生への願望は、〈（当の愛しい人とゆかりのある）非情のものと化して）この惨めな命を棄ててしまいたい〉という三層をなしていることが確かめられる。いくつか例を挙げる。

かくばかり恋ひつつあらずは高山の磐根《いはね》しまきて[75]死なましものを（万葉　八六）

（75）抱いて

わぎもこに恋ひつつあらずは秋萩の咲きて散りぬる花にあらましを（万葉　一二〇）

かくばかり恋ひつつあらずは岩木にもならましものを物思わずして（万葉　七二五）

かくばかり恋ひつつあらずは朝に日《け》に妹が踏むらむ地《つち》ならましを（万葉　二七〇一）

期せずして『万葉』での掲出順に並んだのは、あるいはこれが、この詩想の史的展開をそのまま反映しているからなのかも知れない。各層の意味を読み分けてみると、まず基本には片思いの苦しみを誇張した表現としての「死ぬ」があり、これへ万葉期の基本的な世界観をなす有情／無情という二項対立が重なり、さらに叙情的心性が付け加わっていったものと知れる。

反復・語呂あわせ・掛けことば

掛けことばはふつう「同音異義を利用して、一語に複数の意味をもたせる修辞法」というふうに定義されるが、しかしすでに指摘したように、和歌の利用した掛けことばはこの定義には収まりきらないので、さきに進むまえに、用語をまず整理しておかねばならない。

理屈からいうと、掛けとは結局、ひとつかあるいは二つ以上の形態が、同じ意味か違った意味で、一回使用されるか複数回使用されるかのさまざまな組み合わせをひとまとめにした呼称で、論理的に排除される場合や通常の用法などを除外すると、特異な語法としては基本的につぎの五つの可能性がのこる。もちろん、これらすべてが掛けことばと呼ばれてきたわけではなく、あとで見るように表現効果や利用価値もそれぞれに違っている。また「部分的に同じ」という定義項をもつ②の場合、近似の程度によって色々な退行形式、いわゆる「苦しい」掛けことばが作られる余地がある。

① 同一形態の反復
② 形の部分的に同じ形態を並べる
③ 同一の形態を別の意味で反復する
④ ある形態に複数の意味をもたせる
⑤ 同じ意味のことがらを別の形態で言い換える

最初の定義に当てはまるような反復についてはすでに触れたので、ここではあとの四つの可能性を検討する。ただしうえの規定では、たとえば「世」と「代」を同一語と考えるかどうかというような同音多義語に関するめんどうな判断を回避しており、また形態が重複すべき範囲も明確にしていないので（たとえば「憂し～卯の花、日も夕暮れ～紐結ふ暮れ」）、さきざき不都合が生じてくることは充分考えられる。とりわけやっかいなのは音韻の時系列との関わりである。「お～を～ほ、ゐ～ひ、わ～は、ゆ～い」などの差異が掛けことばを妨げなかったことは実例に照らして確かである（行く～生く、貝～甲斐《かひ》～戒、とを～遠《とほ》、恋ひ～木居《こゐ》[76]など）。したがって掛けという手法は仮名づかいの問題ではなくて音韻の問題であり、しかも不完全な重複にも隣接した現象なので、掛けことばと語呂合わせを見分ける基準は事実上存在しない。

しかしそうはいっても、仮名づかいを無視して考えることもやはり不可能である。いわゆる「歌の病い」[77]は濁点を打たない書記法のもとで議論され、すくなくとも理念的には、掛けことばが清濁の音韻的対立をこえて成立すると見なされていたことは動かしがたい事

(76) 木に止まっている状態。鷹狩りの鷹についていう。

(77) 作歌のさい避けるべきとされた音声、語彙、

用字上の重複。

実であり、しかも語呂合わせとの境界はもともと意識になかった。しかし現実の問題として見ると、掛かりは歌を書きとどめるさい文字の綾として着想され、そこに音声推移からくる音韻的揺れが緩和的に作用したということであろう。それゆえ、厳密にいえば歌の作られた時代それぞれの音価を特定しないかぎり②か③かの判定は不可能であり、また判定がついたからといって受容のあり方に実質的な影響が出るわけではない。ここではしたがって、便宜的に同字か否かで見分けてゆくことにする。また最後の、別の形態による言い換え（＝⑤）とは、さきに触れた「変奏反復」に相当すると考えられるので、ここではとくに取り上げない。

　単純な反復と類似形態の反復、それに語呂あわせはけっきょく重複の程度の問題で、同形・同義、類形・異義、類音・（異義）という組み合わせの線上にある。しかし、定義により、語形に完全な一致を求めない以上、たとえば「妹がゐまひを夢にみて」（万葉　七二一）の/imo-wema-imë/という反復、とくに「ゐまひ」の重複部が当の語全体を喚起するのに充分で、したがって語義をともなうと考えるかどうかはきわめて微妙である。/imo-imë/の場合には語と語という単位性がはっきり保たれているが、しかし意味を巻き込んだ反復であるとは感じられない。

　したがって数ある類音反復のなかから、「掛けことば」という名称に値する反復を検出するもっとも簡単な作業原則は、はっきり意味上の関連が感知される事例だけに限るということであろう。字面の同一性という条件を加えればことがらは明確になるが、すでに仮名づかいが恣意性を含んでいる以上、それは、さしあたり有効ということでしかない。単なる形態の類似が呼び起こす作用ははなはだ微妙で、これは単独に取りあげるべき事柄でなく、一首の音声的な肌理《きめ》の一部として機能していることを窺わせる。

みさごゐる荒磯に生ふるなのりそ[78]のよし名はのらせ親は知るとも（万葉　三六五）
この世には人言しげし来む世にも逢はむわが背子いまならずとも（万葉　五四七）
こともなく生ひこしものを老いなみにかかる恋にも我はあへるかも（万葉　五六二）[79]
春されば樹の木《こ》の暮れの夕月夜おぼつかなしも山陰にして（万葉　一八七九）
暮るゝかと見れば明けぬる夏の夜を飽かずとや鳴く山ほととぎす（古今　一五七）

これに対して、同一形態が別義において反復される綾は、その形態に語としての同一性を要求するかどうかで二種に分かれる。緩やかに受けとると、これは同音異義語の反復（ないし隣接使用）ということで、表現効果のうえではいま見た類似形態の反復とそう変わらない。次の例では、厳密な意味で一詞二義にあたるのは「たつ〈発つ、立つ〉」と「ある〈とどまる、存命する〉」だけであろうが、この技法は結局、それにつづく「染《し》む」「消ゆ」などの辞義と喩義との対照に流れ込んでゆき、比喩の問題と接続している。

わが里に大雪ふれり大原の古りにし里にふらまくはのち（万葉　一〇三）
わが宿の君松の樹にふる雪の行きにはゆかじ待ちにし待たむ（万葉　一〇一五）
大和へに[80]君が発つ日の近づけば野に立つ鹿もとよみてそ鳴く（万葉　五七三）

(78) ほんだわらの古称。「名告りそ」〈名前を告げるな〉と同音であるため多用された。

(79) この第二句の「生来之物乎」については「おひこしものを」のほかにも、「あれこしものを」「いきこしものを」などの異訓がある。大系本は「生き来しものを」と読んでいる。

(80) 「大和へ」の訓も行な

神風の伊勢の国にもあらましを何しか来けむ君もあらなくに（万葉　一六三）
綜麻形《へそかた》(81)の林のさきの狭野榛《さのはり》の衣につくなす(82)目につくわが背（万葉　一九）

「狭野榛の衣につくなす」というのは、〈ハンノキで布が染まるように〉という直喩であるから、それに導かれたわが背が「目につく」は、〈目に染みつく〉という生々しい隠喩として使用されていることになる。

加羅ひとの衣染《し》むとふ紫のこころに染みて思ほゆるかも（万葉　五七二）
雪こそは春日《はるひ》消ゆらめ(83)心さへ消え失せたれや言《こと》もかよはぬ（万葉　一七八六）
川風の涼しくもあるか打ちよする浪とともにや秋は立つらん（古今　一七〇）
夏はつる扇と秋の月霜といづれかまづは置かんとすらん(84)（新古　二八三）

ここでは同じ語幹が二義に使われており、いっぽうはその比喩的転用である。冒頭の一首はやはり染めの用語に訴えていて、この時代、染色ということがきわめて大きな関心事であったことはかずかずの類歌の存在、あるいは「摺る、染む、匂ふ、色に出づ、移ろふ、褪める、消ゆ」その他の関連語が多用され、さらには心の変化をいうときの重要な語彙体系を形成していったことからも分かる（主題としての〈色にいづ〉については後述）。歴史的に見ると、いわゆる「縁のことば」の効用が発見されるにともない、『古今』、『新古今』からの例のように連語関係（＝「浪、秋・立つ」「扇、霜・置く」）をふまえた一詞

われる。
(81) 三輪山の異称。語義のうえでは〈糸巻きの形をした〉
(82) 「なす」は直喩指標。〈〜のように〉
(83) 雪なら春の陽射しに会えば消えようが
(84) 夏が過ぎて扇を手放すの「置く」と、「露霜・置く」を掛けた。

二義の手法がしだいに増加していった。

地と綾

このように、反復、語呂あわせ、掛けことばという三種の技巧は、その実きわめて近い関係にある。歌びとたちも、これらが詩歌を彩る綾としてひとつの順序系列をなしていることをはっきり意識していたらしく、『新古今集』にはもはや学術的としか言いようのない精密な《分類》を見ることができる（新古　六四六-五〇）。ただし、もういちど繰り返しておくと、掛けことばがさらに比喩に接続しているという認識はなかったと見え、ここにもさきに述べたような処遇の差が明らかに認められる。

浦風に吹上の浜のはまちどり波立ちくらし夜半に鳴くなり
月ぞ澄む誰かはここにきの国や吹上の千鳥ひとり鳴くなり
さ夜千鳥声こそ近くなるみ潟かたぶく月に汐や満つらむ
風吹けばよそになるみのかたおもひ思はぬ浪に鳴く千鳥かな
浦人のひもゆふぐれになるみ潟かへる袖より千鳥鳴くなり

これらの歌は、まず「千鳥」という詠題によってまとめられ、ついで形意の重なりの濃淡にしたがって順序づけが行なわれている。第二首あたりからが、正真正銘の掛けことばである。たとえていえば、それは語形の反復を一箇所に凝縮する技法で、意味がずれるか重なるかは副次的な問題である。むろんどちらにせよ形態の部分的一致や同音異義という「言語の構造的偶然」があればこそ可能な手法で、その意味では、音節構造が単純で、とかく同音異義語の多い日本語でこの技法が尊重されたことにはそれなりの理由があると思われる（後述）。

歴史的に見ると、単純な反復や語呂あわせは『古今』、『新古今』と時代を追って減少してゆくけれども、掛けことばにはいっこうにその傾向が見えない。それどころか演劇言語や俗謡、さらには慶びごとや祭事などのしきたり、供え物の選択まで含めて、ひとつの汎記号論的な原理に生長していったとさえ見られる。その盛行はほとんど、中世の人たちは掛けことばによって思考していたかと思わせるほどである。掛けことばが成立するためには完全な同音異義語の存在が必要なわけではなく、せいぜい別語を連想させるだけの類似性があれば充分なのであるから、[後注11] この格別な愛好をすべて日本語の特性だけに帰するわけには行くまい。

『新古今集』からの引用に話をもどすと、歌は単純なくり返しから掛けことばとの複合へという順に並べられているが、とくに構造の入り組んだ最後から二番目の歌（新古　六四九）では、各種の技巧がつぎのように階層をなして用いられている。歌論の用語にならって、一首の指示部をとりあえず地と呼び、潤色に当たる部分を綾（＝文《あや》）と呼ぶことにするが、すぐあとで見るように、両者の関係は読みに応じて容易に反転する。

地	風吹けばよそに	なる身の	片	おもひ	
綾					思はぬ浪に鳴く千鳥かな
掛けことば		鳴海の	潟		
音の反復	ka	na	ka	omof	omof na na
意味の対照				肯定	否定

これは恋の歌の部に収められているので、「思はぬ浪に鳴く千鳥かな」はみずからの境涯を比喩した表現と読める。そうでなくて、もしこれが実景を指しているのであれば、ひとつ、綾としての隠喩の層が除かれることになるけれども、そう読めばしかし、二層を文字どおり《掛けつなぐ》、結合辞としての「鳴海の潟」は行き場を失なう。

「おもひ思はぬ」は、便宜的に、意味の極性（＝肯定／否定）を利用していると見なした。品詞その他を考慮すれば、これはあまり正確な分析とはいえないが、しかし正確な記述より重要な点は、この言い回しが極性や対義その他多くのヴァリアントを包括する定型表現のひとつで、万葉期に始まり『古今集』で頂点にいたる表現の綾の一形式であるという事実である。この語法には「逢ふ夜逢はぬ夜」（万葉　五五二）にはじまり、「行くも行かぬも」（万葉　五七一）「梅の花折りも折らずも」（万葉　一六五二）「ありきあらぬは知らねども」（古今　三五三）「見まれ見ずまれ富士の嶺《ね》の」（古今　六八〇）「かずかずに思ひ思はず」（古今　七〇五）その他、おびただしいかずの作例がある。つぎの歌などはこの綾をほとんど唯一の拠りどころとして成立している。

春の色の至り至らぬ里はあらじ咲ける咲かざる花の見ゆらん（古今　九五）
これやこの行くも帰るも別れつつ知るも知らぬも逢坂の関（後撰集、蟬丸）

辞項的掛けことばと構造的掛けことば

もう一点だけ注記しておくと、上掲の歌すべてに（掛けことばを介して）地名が含まれている点も関心をひく。このように地名が冠飾の対象になることも和歌に一貫する特徴で、「釧路つく手節《たふし》の崎に」（万葉　四一）、「山のまゆ出雲」（万葉　四二九）、「紀へゆく君が真土山」（万葉　一六八〇）、「川風さむし衣かせ山」（古今　四〇八）、「ほのぼのと明石の浦」（古今　四〇九）、「このたびは幣《ぬさ》もとりあへずたむけ山」（古今　四二〇）、「夜をかさね待兼山」（新古　二〇五）、「朝霧や立田の山」（新古　三〇二）、「時わかぬ浪さへ色にいづみ川」（新古　五三二）その他枚挙にいとまがないほどである。これは地名に誉めことばを冠する呪詞に枕ことばの原初が窺える事実とも暗合している。

吉本（一九七七、一八九頁）は地名に冠詞がつけられることの意味を、「地名で示された具体的な空間を、共同の観念の象徴に転化する」ことにあると見たが、うえにあげたような冠飾句と枕ことばを併せて考えると、いわゆる「民間語源」と同じく、むしろことばと意味との関係を有縁化するという言語的契機が先にあるように感じられる。詩法という角度から見れば、これは表現（この場合は地名）を焦点化するきわめて有効な手段で、指示的意味に限定され、がんらい内包をもたない固有名に意味づけをすることは、死喩を蘇らせるのと同じ詩的効果をもつことができる。うえでは有意味化の例しかあげなかったが、冠飾句が音声的契機（「香椎潟《かしひかた》潮干の」）、意味的契機（「沖つ白波立田山」）、形容（「青丹よし奈良の都」）、あるいは説明（「淡海路の鳥籠《とこ》の山なるいさや川」）すべてにわたるという事実を統一的に説明する方法はこれよりほかにないように思われる。

いわゆる掛けことばに二種のあることは、歌論でもよく知られていた。いちおう辞項的掛けことばと構造的掛けことばという呼びかたで区別することが出来るが、その表現機能のうえでの違いは、定義するより実例を見たほうが分かりやすい。

《辞項的》

わが宿の池の藤なみさきにけり山ほととぎすいつか来鳴かむ（古今　六七）

すだきけむ昔の人はかげ絶えて宿もる(85)ものはありあけの月（新古　一五五〇）

忍ぶるに心の隙《ひま》は無けれどもなほ洩るものは涙なりけり（新古　一〇三七）

おしてるや難波の御津《みつ》にやく塩のからくも我は老いにけるかな（古今　六九四）

《構造的》

あはぬ夜のふる白雪とつもりなば(86)我さへともに消《け》ぬべきものを（古今　六二一）

逢ふことを今日まつが枝の手向け草いく世しをるる袖とかは知る（新古　一一五三）

秋の田の穂のへに霧らふ朝霞いづへの方にわが恋ひやまむ（万葉　八八）

(85)「守る～漏る」

(86)「あはぬ夜の・つもる～白雪と・つもる」

夏野ゆく牡鹿の角の束の間[87]も妹がこころを忘れて思へや（万葉　五〇二）
都より雲の八重たつ奥山の横川の水はすみ[88]よかるらむ（新古　一七一六）

最初のタイプは歌中のどこかの切片に二つの意味が潜められている場合で、たとえば『古今』からの例（古今　六七）のように手の込んだものでも構造自体は単純で、「なみ・さき」の部分に裏の意味が響いている。「藤浪さく」は現在ではかなり意識的な隠喩表現のように映るが、「白波のい開《さ》[89]き廻《めぐ》れる」（万葉　九三二）、「波な開《さ》きそね」（万葉　四三五九）などの用例から判断して、「花さく」「波さく」はもともと同一の語で、眼目はむしろ「藤波」と「藤並」とを掛けることのほうにあったのかも知れない。

「心の隙《ひま》無し」は、読み下してゆくと「間なく隙なく」〈ひとときも忘れず〉のバリエーションのように見えるけれども、「洩る」に至って空間的な〈隙間〉の意味に修正されるのを感じる。「からくも」についても同様で、あるいはこれは、中間形態としてひとつのタイプをなすのかも知れない。

辞項単位の掛けことばは歌のなかでは比較的にかずが少なく、和歌が一貫して執着してきたのは構造的掛けことばのほうで、修辞学でいうsyllepsis（兼用法）に当たる。この場合、二つの構文が両義語を交点としていわば「折り重ね構文」をなし、地とも綾ともつかぬ不思議な形象をつくりだす。詩的言語の意味相として何が追求されていたかは明らかすぎるほど明らかである。「あはぬ夜の」（古今　六二一）は厳密にいえば共格助詞「と」をもちいた一種の直喩であるが、「ふる白雪」という同化願望の対象が「我さへともに消《け》ぬ」

(87) もとの意味は〈握り指四本の幅〉、転じて〈短いあいだ〉。もとの空間的な意味と時間的な意味とが掛かっている。
(88) 「澄み〜住み」
(89) 「い・さき」。「い・」は「い・這い」「い・行き」などのように動詞に付く接頭辞であるが、意味は不明。

の下地となって、作用のうえでは構造化が起こっている。

地	わが宿の池の藤	並　咲き	にけり山ほととぎすいつか来なかむ
同音異義		波　裂き	

地		いづ	への方にわが恋ひやまむ
綾	秋の田の穂のへに霧らふ朝霞	いづ	

こうして「近江（逢ふ身）」「逢坂（逢ふ坂）」「立田（立つ）」「信夫山（忍ぶ）」などの固有名は、それらが隠しもつ動詞語尾ゆえにこの種の掛けことばにとってとりわけ有用な素材となった。同じように「あふご（あふご[90]、逢ふ期）」「あふひ（葵、逢ふ日）」「まつ（松、待つ）」「ゆふ（夕、結ふ、木綿）」「すぎ（杉、過ぎ）」「ふる（経る、降る）」などの形態も、多義性という構造的偶然によって詩語としての地位を獲得していった。歌集をしらべて行くと、語によって一時的なはやりのあとも見られるが、一貫して愛用されたのが「まつ」〈松、待つ〉であったことは言うまでもない。

汎記号過程としての掛けことば

掛けことばという動機づけがいかに強かったかは、習俗のうえでも言語のうえでも確かめることができる。

(90) 担い棒、てんびん

『万葉』には結び松の風習をつたえる歌が何首か掲げられている。この風習は有間の皇子の挽歌と結びついて悲劇的な連想が強いけれども（「岩代の野中に立てる結び松　心も解けずいにしへ思ほゆ」〔万葉　一四四〕ほか）、もともとは再会の誓願を立てるまじないであったと考えられる。辞典には「契りを結び、または幸福を願って松の枝や草を結ぶ習俗があったようである」（『時代別国語大辞典、上代編』）という控えめな記述が見えるが、これが「結ぶ、待つ」のことばの縁起から起こり、そしてたぶん「結う」や「紐解く」などの連想語を巻き込んだ習俗であったことはほとんど疑う余地がない。縁起ことばや忌みことばなど、現代のさまざまの俗信も同じ線上にあるからである。

言語的なあかしは、『古今集』にはじめて登場する「嘆き〔を〕・こる、こりつむ」という奇妙な連語に窺うことができる。「こる（樵る）」はいうまでもなく〈切る〉ことを原義とする「切る、刈る」などと同じ系列のことばで、通常「嘆き」とは結びつかない。したがって、「木：嘆き＝木をこる：嘆きをこる」という、同音を契機とした比例式によって新たな連語関係が創成され、ついには逆推から、焚き木などの具体的イメージを伴なった「投げ木・こり積む」が派生したものと推測できる。

なげきこる山とし高くなりぬれば　頬杖《つらづゑ》のみぞまづつかれける（古今　一〇五六）
嘆きをばこりのみ積みて　あしひきの山のかひ(91)なくなりぬべらなり（古今　一〇五七）
今朝よりはいとど思ひをたきまして(92)嘆きこりつむ逢坂の山（新古　一一六三）

（91）「交ひ」と「甲斐」が掛かっている。
（92）「おもひ」の「ひ」に掛けて「燻く」をもちい

こうして「こりつむ」という語は歌ことばとしての地位を固めてゆき、のちには、明ら　た。かにこの語法にヒントを得たとおぼしい「楽しき・こりつむ、しばし・こりつむ」という表現まで生み出すに至った。

あふごなく恋しきのみをこりつみて夏のよすがらもえ明かすかな（師時歌合、二五）
賤《しづ》の男《を》の朝なあさなにこりつむるしばしのほどもありがたの世や（山田法師集、一八）
年くれて雪はふれれど山里にたのしきをのみ我ぞこりつむ（挙白集、一三三八）

このプロセスは、文法の拡張という角度から見ると、つぎのように図示することができる。

木　妻木、藻塩木、冬木、薪 柴　真柴 ほだ	こりつむ
嘆き	
楽しき 恋しき しばし	←　←

つまり、文法体系の側から見ると、日常語の「{焚き木}・こる」を基底として、掛けことばという音声的契機により「嘆き・こりつむ」が造り出され、その類比から「恋しき・こりつむ、しばし・こりつむ」などの連語が歌ことばに加わったと推定できる。

しかし和歌という詩的言語の流れはそうではなかった。最初に、「嘆き・こりつむ」という目を惹く表現によって「こりつむ」という語が詩化され、ついでそれが統語的契機を通じて「藻塩木・こりつむ、妻木・こりつむ、真柴・こりつむ」その他の詩的世界に呼び戻され、その過程からふたたび「しばし・こりつむ、楽しき・こりつむ」などの詩的拡張が生まれたのである。その動因は一貫して、ことばを掛ける、雅の世界にあそぶという二点にあったと言って構わないだろう。

すでに何回か触れたように、和歌における掛けことばの特殊性は、かな書きの慣習のせいで清濁（＝無声／有声）の音韻的対立を越えて成立する点である。さきに立てた分類枠に当てはめていうと、「類似した形態」が書記法という偶然によって「同一の形態」として登録されているということになる。この緩やかな慣習によって生じる両義性はいちじ競って活用された形跡がある。(93)

逢ふことのなぎさにし寄る波なればうらみてのみぞ立ち帰りける（古今　六二六）

みかの原分きて流るるいづみ河　いつ見きとてか恋しかるらむ（新古　九九六）

なみだ川身も浮くばかりながるれど消えぬは人の思ひなりけり（新古　一〇六〇）

訪ふ人もあらし吹きそふ秋はきて木の葉に埋む宿の道しば（新古　五一五）

(93) ある注釈書では基泉法師の「我が庵は宮この辰巳 しかぞすむ 世をうぢ山と人は言ふなり」について、「〈うぢ山〉は〈憂し・宇治山〉の仮名遣いの異なる懸詞」であると述べている（樋口・後

それながら昔にもあらぬ秋風にいとどながめをしづのをだまき（新古　三六八）

一般論としては、清濁の中和が一意の伝達を阻害する否定的要因であることは間違いない事実である。たとえば、「立田川から紅に水くくるとは（括る、潜る）」（古今　二九四）や「降る雨に出でても濡れぬわが袖の（出でても、出でても）」（後撰集、紀貫之）、あるいは「あけがたき（開けがたき、上げがたき）」（新古　一一六七）などのように、清濁の別がのちに解釈上の争点となったケースも少なくない。

しかしこれが表現者の軽率に帰せられることはなく、重層化された意味の読み分けは受け手に「知識を与えてくれる快適な表現」（Aristoteles. *Rhet.* 1410b）の技法として、却って重んじられた形跡がある。

人しれず落つる涙は津の国のながすと見えで袖ぞ朽ちぬる（歌枕名、読人不知）

仮名書きの習慣では「見えて／見えで」「ながす／なかず」を区別することが出来ず、そのかぎりでも四通りの解釈を生みだしているが、形と意味との二層にわたるこの縺れを注釈者は平然と、「〈見えで〉を清めば長洲とばかり也。〈て〉もし濁れば見えずしてなり」（『八代集抄』[94]）と裁いてみせる。解釈上のこうした腕の見せどころが、受容と鑑賞の勘所でなかったはずはない。

藤 一九九六、三二五頁）。しかし音声的にも表記的にも〈うし、うち〉が掛かる可能性はすくなく、むしろ「憂、卯の花」「憂・辛、うづら」あるいは「忘らる、身を宇治橋の中たへて人も通はぬ年ぞへにける」（古今　八二五）などに見るように、第一音節だけで機能していたと考えられる。「あなうの世」（新古　一八三〇）も傍証となりうる。

（94）Kristeva 2001:184. ただしこの歌の場合は「濡れぬ」〈濡れてしまった、濡れない〉の両義性も絡

4　和歌のシンタクス

文肢の数と構造

これまでの記述から明らかなように、統語構造は韻律を強く支配しているが、構造という角度から見ると、和歌に許されたバリエーションはそれほど大きいものではない。それが現実に多彩な様相を見せているのは、ひとつには、詩的言語の特性として文の結構から比較的に自由なのと、語順に関する制約も緩やかで、どちらかというと口語文に近づくという面が寄与しているように見える。最も単純なものとしては、名詞句を核にもつだけで陳述構造を備えていない歌がある。

綜麻形《へそかた》の林のさきの狭野榛《さのはり》の衣《きぬ》に付く　なす目につくわが背（万葉　一九）
とどむべきものとはなしにはかなくもちる花ごとにたぐふ心か（古今　一三二）
うすくこき野辺のみどりの若草に跡までみゆる雪のむら消え（新古　七六）
ふるさとの花の盛りは過ぎぬれどおもかげさらぬ春の空かな（新古　一四八）
飛鳥川瀬々に浪寄る紅[95]や葛城《かづらき》山の木がらしの風（新古　五四二）

文法でいう（名詞）一語文は意味機能が不定で、場面によっていろいろの役割をおびる。しかし歌の場合には、まず述懐という機能が明らかなうえに、たいていは格下げされ

んでおり、濁点の不在のせいばかりでもない。

(95) もみじの落ち葉をさす。

た術語が形容部分に含まれたり、あるいはより原初的な述語として切れ字が使われたりするので、「目につくわが背」と「わが背、目につく」とのあいだにそれほど大きな意味機能の隔たりはなく、これも焦点を異にした一種の詩的命題として受け取ることができる。概してそれは名指し部に核心をもち、陳述部は格下げされたり、ときには切れ字やゼロであっても許容度はそれほど落ちない。最後の歌などは木枯らしに散り、川の瀬に紅葉のうち寄せるようすがイメージの形で呈示されているだけであるが、情景の卓立部を点綴しただけで、やはり一個の詩的命題が成立していると考えることができよう。

このように見ると、和歌の許容する陳述構造は形式の整わないものから完文までふくめ多くて三個までで、その間にさまざまのバリエーションがある。「春過ぎて夏来るらし」は二個の命題を含むが、陳述構造としてはひとつという理解になる。

《一肢》

山越しの風を時じみ[96]、寝る夜おちず家なる妹をかけて偲ひつ（万葉　六）

霰うつ安良礼《あられ》松原、すみのえの弟日《おとひ》をとめと見れど飽かぬかも（万葉　六五）

あみの浦に船乗りすらむ娘子《をとめ》らが玉裳の裾に潮満つらむか（万葉　四〇）

大宮の内まで聞こゆ、網引《あび》きすと網子《あこ》ととのふる海士《あま》の呼び声（万葉　二三八）

いづくにか船泊てすらむ、安礼《あれ》の崎漕ぎたみ[97]行きし棚なし小舟（万葉　五八）

《二肢》

春過ぎて夏来るらし。白たへの衣干したり天の香具山（万葉　二八）

(96)「時じみ」は形容詞「時じ」〈時を選ばない〉に「み」が付いたもの。山越の風がたえず吹いてくるので。

(97) 漕ぎめぐって

桜花咲きにけらしも。足引きの山のかひより見ゆるしら雲（古今　五九）
降りつみし高嶺《たかね》のみ雪とけにけり。清滝川の水の白波（新古　二七）
神風の伊勢の国にもあらましを。なにしか来けむ、君もあらなくに。（万葉　一六三）
雪のうちに春は来にけり。鶯の氷れる涙今やとくらん。（古今　四）

《三肢》

三輪山を然《しか》も隠すか。(98) 雲だにも心あらなも。隠さふべしや。（万葉　一八）
春日野はけふはな焼きそ。若草の妻もこもれり。我もこもれり。（古今　一七）
秋は来ぬ。紅葉は宿に降りしきぬ。道踏み分けてとふ人はなし。（古今　二八七）
憂き身をば我だにいとふ。いとへただ。そをだに同じ心と思はん。（新古　一一四三）
いかが吹く。身にしむ色の変はるかな。たのむ暮の松風の声（新古　一二〇一）

(98) 三輪山をそんなふうにも隠すのか

これらが基本的な構造だとすると、歌では結局、つぎの三つの枠内で名詞句かまたは文を単位要素として変化が付けられることになる。たとえば上例の最後は、ふたつの文とひとつの名詞句（いわゆる体言止め）から成り立っている。

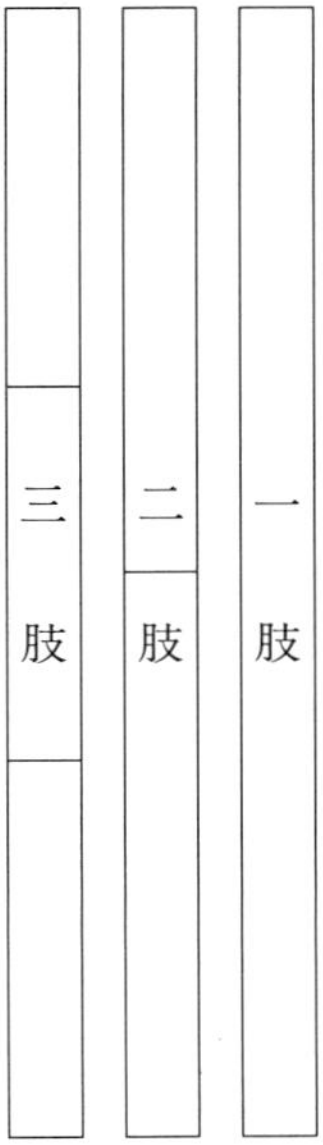

変化を付ける手段としては「倒置」がもっとも有力であると見られるが、理論的には、倒置法もこの枠組みに従って文順の倒置、文の構成要素の倒置、その他という形で整理してゆくことができる。

文肢の倒置

×月やあらぬ。春や昔の春ならむ。わが身ひとつはもとの身にして。（古今　四九一）

節の倒置

×うらさぶる心さまねし(99)（ひさかたの天の時雨の流らふ見れば）（万葉　八二）

×夕さればもの思ひまさる（見し人の言問ふすがた面影にして）（万葉　六〇二）

飫宇《おう》の海の潮干の潟の片思ひに×思ひや行かむ（道の長てを）（万葉　五三九）

言語レベルからいうと、このほかにも句内部における連語関係の倒置（たとえば「待ちかてにわがする月」、「見まく欲《ほ》りわれはすれども」、「帰りはや来《こ》」）、係り結び（たとえば「珠裳の裾に潮満つらむか」〜「名張の山を今日か越るらむ」）その他、種々のケースが考えられるけれども、現代語の感覚で、しかも詩的言語について語順倒置の有無を判断し、それぞれの働きについて一般論を立てることはおよそ望みがたい。

(99) おびただしい

しかしわずかな引証でうち切ったのはその理由からではなく、倒置が末尾への引き下げに集中していることがあまりにも明らかだからである。これは、たとえば英語における語順倒置が文頭への引き上げを中心にした前方移動であるのと著しい対照をなしており、言語類型論でいうVO言語(100)とSOV言語との対蹠的な性格が文要素の移動原理をも支配していると見てよかろう（山中　二〇〇〇参照）。したがって和歌における倒置は、日本語の性格からして前方への引き上げが文体的価値をもたないという類型論的な側面と、また一般に、「情報の遅延」に修辞的な効果がともなう、という二面からながめる必要がある。効果という点からみると、主要な文節の引き下げは韻律上の要請を充たしたり（それもあるにはあろうが）、あるいは掉尾に変化をつけるというような消極的な理由からではなく、ちょうど謎掛けの種明かしのように、最後の一句に効果的な落ちを託す技巧として選ばれており、それ自体ひとつの詩法をなしているのである。つぎのような局所的な倒置に同じ効果を求めることはできないが、その場合でも、下の句と構造的な並行性をたもつという意図から出ていることは疑う余地がない。

(100) SVO、VSO、VOSの総称

しくしくに思はず人はあらめどもしましも我は忘らえぬかも（万葉　三二五六）

＊しくしくに人は思はずあらめどもしましも我は忘らえぬかも

名詞句の多様な役割

しかし、語順の問題を錯綜させるだけでなく、一面で明らかに和歌の構造に多様性をも

たらしているのは名詞句の特殊な役割である。論理的主述関係から遊離した名詞句を許容するという日本語の特性がなければ、つぎのような音声的、連語的掛かりが生まれる可能性はおそらくなかったはずである。

〔東路《あづまぢ》の小夜《さよ》の中山〕　なかなかに何しか人を思ひそめてん（古今　五九四）

〔藻しほ焼くあまの磯屋の夕煙〕　立つ名もくるし思ひ消えなで（新古　一一一六）

のみならず、同じ名詞句とはいっても、古典語ではふつう主格、対格、提題、さらには呼格までも文法的には無標識なので、文法構造、文肢のかず、要素の正位置が判然としないまま、音律によってかろうじて全体が統括されていることがきわめて多い。次はすべて一肢構造であるが、名詞句の役割は多種多様である。

〔高円《たかまと》の野辺《のへ》の秋萩〕　いたづらに吹きか散るらむ見る人なしに（万葉　二三一）

〔山吹の立ちよそひたる山清水〕　汲みに行かめども道の知らなく(101)（万葉　一五八）

〔妻もあらば摘みて食《た》げまし沙弥《さみ》の山〕　野のうへのうはぎ(102)過ぎにけらずや（万葉　二二一）

〔岩屋戸に立てる松の木〕　なを見れば昔の人を相見るごとし（万葉　三〇九）

この緩やかな言語特性は、ことに連歌における場面転換において威力を発揮するが、短

(101)「やまぶき」の「き」に黄を、「山清水」に泉を潜ませ、黄泉を暗示しているという。

(102) よめな。若葉を取って食用にする。

歌の場合、黒人の歌にはじめて見えるつぎの両掛かり構文において詩的手法の地位を手にいれたと見ることができる。

大和には鳴きてか来らむ［呼子鳥[103]］象《さき》の中山呼びぞ越ゆなる（万葉　七〇）
妹が見てのちも鳴かなむ［ほととぎす］花橘をつちに散らしつ（万葉　一五〇九）

掛かりが引き違えになって第三句、いわゆる「腰」の主題部分で重なるこの歌形は、五音節語の「梅の花」や「ほととぎす」などの景物を詠むのに絶好のパタンとして、正順、前後倒置をふくめ、おびただしいかずの類歌を生んでいる（とくに『万葉集』巻八、巻十の雑の歌を参照）。『古今集』では、「さくら花」「菊の花」「をみなへし」「ふぢばかま」「涙川」、さらには四音節の「うぐひす」にいたるまで、宮廷歌人たちの愛惜した歌まくらはしばしばここに理想の位置を見いだした。

（103）何鳥をさすか不明で、郭公ないしホトトギスではないかとされる。

第III章　和歌の発想

1　比喩と形象——藤波の思ひまつはり(104)——

「誘い出し」機能

比喩もやはり、多岐にわたる言語事象をとりまとめていう用語で、これを整合的に扱うには掛けことばの場合よりもいっそう周到な準備が必要である。これまで「直喩、隠喩、換喩」ということばを定義もせずに使ってきたが、現実には、これらは一般的な理論枠を欠いては術語としてほとんど用をなさない。また反対に、あまりに精密な弁別基準をもうけても、その背後にある一般的な性格や機能の共通性を見失なわせるおそれがある。これがどのような言語過程であるかを確認するために、ひとわたり問題圏を概観しておく必要がある。

これまでの議論の流れからすると、まず必要なことは掛けことばと比喩とのかかわり、ないし相違を明確にすることである。

臨界的なケースは、「藤波の思ひまつはり」(万葉　三二六二)「沖つ藻のなびきし妹はも

(104) 万葉集、巻第一三、三二六二。

みち葉の過ぎていにき」（万葉　二〇七）に見るような「の」の用法にある。注解や評釈のたぐいを見ると、一般にこの種の掛けことばは直喩と同等に扱われており、またそのような主張もある。(105) たしかに、見掛けも「玉の露」「波の花」などの隠喩によく似ているうえ、辞義・転義二通りに読むことさえ可能である。

さらに紛らわしいことに、どちらの意味に取るにせよ、「思いが藤波のようにまつわる」もしくは「藤波のような思いがまつわる」と翻訳することにより、すくなくとも解釈の方策としてはうまく運ぶことが多い。しかしうるさくいえば、前者は掛けことばを直喩に、後者は隠喩を直喩に翻訳しているのであり、ことがらとしてけっして同じではない。

君に恋ひいたもすべ無み(106)あしたづの音のみし泣かゆ朝よひにして（万葉　四五九）
天雲のよそに見しよりわぎもこに心も身さへ寄りにしものを（万葉　五五〇）
飛鳥川河淀さらず立つ霧の思ひすぐべき恋にあらなくに（万葉　三二八）

これらの傍線部に、「〜のように」を補って読んでも何ら破綻は生じないかもしれない。しかし、それがことの本質ではなく、前にも触れたように肝心の問題は、「の」に「〜のごと、なす」その他と同じく直喩指標としての用法が認められるかどうかという点である。

単に機能のほうから、これらが特定のことばを誘い出す役目をはたしていると説明される場合もあるが、なるほどこちらは、意味作用について何も立ち入らない分だけ安全な解釈である。なぜなら、直喩に還元するという便法が次のような同種の表現形式について破

(105) 辞書類では「ふぢなみの」「沖つ藻の」「もみち葉の」はふつう枕ことばと見なされている。すでに述べた理由により、この見方に完全に同意することはできないが、いまはそのことを離れて、掛けことばの問題としてこれらの表現を例にとる。

(106) 全くするすべがなくて

綻するのにたいして、ことばの「誘い出し」という考え方はいちおう妥当するからである。

山川《やまがは》の水陰《みかげ》に生ふる山菅の止まずも妹を思ほゆるかも（万葉　二八七四）
水底に生ふる玉藻のうちなびき心を寄せて思ふこのころ（定家八代、九四六）
吹きまよふ野風をさむみ　秋萩のうつりもゆくか人の心の（古今　七八一）
津の国の難波の蘆のめもはるに繁きわが恋　ひと知るらめや（古今　六〇四）
青柳のいとに玉ぬく白露の知らずいく世の春か経ぬらむ（新古　七五）

最初の歌では三回くり返しという定型にしたがって、「ヤマ」が「止まず」を引き出す序ことばの役割をはたしているが、肝心な点は、この種のいわゆる声の綾も「〜の」という同じパタンを、しかし音形という平面に局限して使用しているという事実である。このような場合、一般には「あのヤマ菅ではないが、ヤマずに恋人のことが思われる」というふうに訳読されており、直喩の基本的性質である類似性ははっきり否定されざるを得ない。図示してみると、たとえば二八七四番の歌はつぎのような仕組みになっている。

地		止まずも妹を思ほゆるかも
綾	山川の水陰に生ふる山菅の	
	/yama/　/yama/	/yama/

これは単なる語呂あわせで、表現の技巧性を高めることはあっても意味を左右することはなく、とうぜん比喩的な解釈も生じようがない。それに対して、ある語句が別の語句に言い掛けられると意味解釈の経路は多重化し、一文に二つ（あるいはそれ以上）の表現が共存することになる。わざわざ表現という用語をつかう理由は、表層構造がそのままで複数個の、文法的に整った単位を構成することはかならずしも前提条件をなさないからである。

地	吹きまよふ野風をさむみ		うつりもゆくか	人の心の
綾		秋萩の	うつりもゆくか	

ここでは、「秋萩、うつりゆく」と「人の心、うつりゆく」という表現が、述部を掛けることによって同時に、しかも語順を別にすれば同じ統語構造によって表現されている。つまり「吹きまよふ野風をさむみ秋萩の」は、構造上、序ことばとも、地としての叙景部分とも受け取れる。万葉期の歌では形象として截然と別のレベルにあった序ことばが、次第にこのように叙情部分と溶け合い、一種曖昧とした意味層を形成してゆくのも、和歌の歴史におけるひとつの流れである。これは洗練といえば洗練に違いないけれども、あとで述べるように、歌語における意味の摩滅とも根底においてつながっている。

くびき語法

時代が下がると、この技巧の背後にある論理構造ははっきり意識されるようになり、実際これが現在おこなわれている言い換えの拠り所になっているかと思われる。

ひとり寝《ぬ》る床《とこ》は草葉にあらねども秋くるよひは露けかりけり（古今　一八八）
人を思ふ心は雁にあらねども雲ゐにのみもなきわたるかな（古今　五八五）
知るといへば枕だにせで寝しものを塵ならぬ名のそらに立つらむ（古今　六七六）
沢に生ふる若菜ならねどいたづらに年をつむにも袖は濡れけり（新古　一五）
霜さやぐ野辺の草葉にあらねどもなどか人目のかれまさるらむ（新古　一二四四）

等価性がたとえ文法的には否定されても、等式そのものは残る。ことは同じでないのに、同じことばで言語化されうるという言語意識が詩化されるのである。その点では「草葉のごと」と言おうが「草葉なれや」と言おうが、あるいは「草葉にあらねど」と言おうが効果はさほど変わらないことになる。否定のもたらすこの残像効果を利用して、たとえば最後の例でいうと、人目が離《か》れるのと草葉の枯れることとは同じでないという認識と、しかしその全く別のことが、同じことばで表象されうるのだという軽やかな眼差しへの転移が、同時的に、ちょうど見せ消《け》ちのように、自覚的な綾として言い表わされていると言えよう。これは後で取り上げる類似性の否定による綾（たとえば、「楊《やなぎ》こそ伐れば生えすれ恋に死なむをいかにせよとぞ」［一二二頁］）とは根本的に違っており、事柄の類似性

（あるいは対照）でなく、ことばの虚構性を衝くという角度から発想されている。この詩想が、掛けことばの直接の産物であることは言うまでもない。

打ち消しのもつ表現効果はこのように命題と様態表現との二重性に根ざしているが、命題部分の基底をなしているのは「折り重ね構文」とでも呼ぶべき、要するに掛かりの仕組みである。したがって、同じ仕組みを統語的に展開すれば「離る～枯る」を掛けた「人目も草もかれぬと思へば[107]」（古今　三一五）、あるいは「降る～古る」を掛けた「雪もわが身もふりまさりつつ」（古今　三三九）などの、いわゆるくびき語法（zeugma）に行きつく。しかし、西洋語のくびき語法は、たとえば、

Or lose her heart, or necklace at a ball.（舞踏会で恋かネックレスを失くすかも）

Gathering her skirts and her courage about her, she swept through to the adjoining room.（スカートと気を取り直して、次の間へ進んだ）

のように同一の連語関係の範囲内で、たいていは具体／抽象という対照の面白みを狙うことが多く、He bolted the door and his dinner のように同音異義（bolt＝〈閂をかける、逃げ出す〉）を利用することはむしろ稀のようである（Culler ed. 1988：5）。これには明らかに、英語がSVO語順でVO and O′型あるいは V and V′ O 型の、要するに折り重ね構文でなく束ね構文が作りやすい[108]、同音語がさほど多くない、その他の言語的な事情が作用しているはずであるが、しかし、その種の鮮やかな意味の対比を含んだ発現形式

（107）ただし稿本では「人め」とかな書きされているので、ここには「目」と「芽」の双方を潜ませてあるのかも知れない。もしそうだとすれば、こちらのほうはくびき語法に掛けことばが重なったケースで、残念ながら純粋な例ではない。

（108）ただしEggs and oaths are easily broken（諺）

のような形式もない訳ではない。

がたとえば英語ではpunと呼ばれており、ある論考では、掛かる二項（a、b）と、それを含んだ全文（A、B）とがそれぞれ具体的な意味か、それとも抽象的・比喩的な意味かという組み合わせによってpunの型分けを行なっている（Brown 1956）。掛けは喩法とのかかわりにおいて評価されていると考えられ、ここにもやはり「掛け」対「比喩」という彼我の記号論的対立が姿を現わしている。

　掛けことばとくびき語法との違いは、掛けことばのばあい二層の従属関係が明らかで、たとえば「秋萩の移りもゆくか人の心の」だと、〈（恋しい）人の心がうつりゆく〉ということが指示的な様態のもとに陳述されており、秋萩の紅葉はただ引き合いに出されているに過ぎないのに対して、くびき語法では双方がともに指示的意味を担っている点である。掛けのことばは一般に主節の格配置に対して斜交いに置かれるので、受けのことばはもっぱら動詞、形容詞、副詞などの述語要素に限られるが、当の名詞句がこれらとどのような統語関係をとるかは重要でない。

　ただ見逃してならないことは、焦点化された辞項（うえの例では「移りゆく」）は、たとえ二重に意味解釈を受けることはあっても、それぞれの語義はまったく変質しないという事実である。したがって言い掛けの部分abと受け継ぎ部分bcとで連語の位相が異なっているときは、たとえば、「つるばみの一重の衣うらもなくあるらむ児」（万葉 二九六八）「三笠の山にゐる雲のたてば継がるる恋」（万葉 二六七五）などのように、焦点化された「裏なし」「立つ」にたいして〈裏地がうたれていない、雲が立つ〉と〈誠実な、途絶える〉との読みがそれぞれ別個に成立する。

したがって同じ表現構造は、たとえばつぎに見るように「の」が存在しなくても実現されうる。

春去ればもずの草潜《く》き(109)見えずともわれは見やらむ君が辺りをば（万葉 一九〇一）
潮みてば水沫《みなは》に浮かぶ細砂《まなご》にもわれは生けるか恋ひは死なずて（万葉 二七四三）(110)
との曇り(111)雨ふる川のさざれ波間なくも君は思ほゆるかも（万葉 三〇二六）
石間《いはま》行く水の白波立ちかへりかくこそは見めあかずもあるかな（古今 六八二）
わが恋はあまのかる藻に乱れつつかわく時なき浪の下草（千載集、俊忠）

地		間なくも	君は思ほゆるかも
綾	との曇り雨ふる川のさざれ波	間なくも	

すなわち、「の」の有無にもかかわらず「後瀬の山ののちも逢はむ君」（万葉 三〇二六）、「後瀬山のちも逢はむと思へこそ」（万葉 七四二）は、表現機構のうえでは変わらないということになる。しかし万葉からの例一九〇一番、三〇二六番のように周縁格としての標識「の、に」を欠くと、その名詞句は文法的には主題や主格との弁別標識をうしない、遊離条件は歌全体の構造や述語の統語特性だけに依存することになる。しかしその紛らわしさの代償として、「記号の併置」という、より基本的な構造化が得られ、却って比喩的・象徴的な解釈の空間はひらける。

(109) 春になってモズの姿が見えなくなるのを草に潜ると信じたことから。
(110) ただし第四句「われは生けるか」〈吾者生鹿〉には、「われは生きてしか」の異訓もある。
(111) 一面にかき曇る。「たなぐもる」の別形。

うえの例だけで立証することはそもそも無理であるが、もし万葉がこの手法の力を熟知しており、後世がそれを手放したとしても、それは驚くべきことではすこしもない。日本の言語文化における掛けことばの栄耀が同音異義語の多さに支えられているという議論がしきりになされ、それはそれで発生論としては間違いでないと思われるけれども、詩歌が自覚的な創造行為である以上、目的意識という角度からも答えを見いだす必要があろう。

掛けという技法の極点

こうしてみると、掛けことばは手法として枕ことばの一部、序ことば、その他の上位にたつ表現形態であり、「の」の語義・用法は末節の問題でしかない。もう一度くり返すなら、掛けと受け双方のあいだに類比関係があるかないか、隠喩が成立するかどうか、序ことばが描写性をもっているかどうか、あるいは受けの部分と情感のうえで響きあうかどうかというような問題は、この構造にとっては全く偶有的である。むろん「かぎろひの心燃えつつ　嘆きわかれぬ」（万葉　一八〇八）に見られるように、「かぎろひの心」という等式的隠喩と「かぎろひの燃えつつ〜心燃えつつ」という掛けことばとの構造的多義が生じる場合もありうるけれども、しかし、あくまでもこれは偶然の所産にすぎず、言語事象としての仕組みは単純で、しかも解釈のうえでも割り切れることがらである。

これまでおもに意味構造に関する議論をすすめてきたが、誤解をふせぐためにつぎの二点を注記しておかなくてはならない。

ひとつは、いままで述べてきたことは基本的に掛けことばの仕組みについてであり、枕ことばと序ことばを同列に扱おうなどとしている訳ではないという点である。もう一点は、この二つが単に長短のうえだけでなく、機能においても別物であるという点である。枕ことばは一言でいえば形容辞である。意味のうえで幾分か濃淡の違いが認められるとはいえ、一般には文脈や歌意にかかわりなく特定の語（群）を選ぶので、もし使うにしても、雅語としてそれ自体の詩的流露に期待するほかにあまり活かす余地はない。『古今』の段階になると、「春日野は けふはな焼きそ 若草のつまもこもれり 我もこもれり」（古今 一七）のように、枕ことばに新たな詩脈を与えて描写力を蘇生させることがしきりに試みられるようになるけれども、しかしこれは逆に、その分だけ虚辞化が進行していたことの証拠と見なして良かろう。枕ことばの廃用の原因もおそらくここにあるが、しかし序ことばはそうではない。

あづさゆみ末の腹野に鳥猟《とが》りする君が弓弦《ゆづる》の絶むと思へや（万葉 二六四六）
秋の田の穂のうへを照らすいなづまの光のまにも我やわするる（古今 五四八）
秋萩の枝もとをを[112]に置く露の今朝きえぬとも色に出でめや（新古 一〇二五）

（112）「たわわ」の別形

「序ことば」という命名自体、それを受ける側だけを内容部として重視するという大きな誤謬を犯している。これらの詩句をわずか一語を引き出すための序、あるいは詩を圧殺しかねない過剰な装飾と考えるのは、おそらく、われわれ近代人の言語感覚に過ぎまい。比重はちょうどその逆で、この部分にこそ詩らしさの核心があり、往時の歌びとにとっては、ここに新工夫を凝らすことが歌を詠むことの眼目のひとつだったに違いないのである。そのことは、いちいち例を引くまでもなく、「間なく思ふ」というたった一言を活かすために、どれだけの人が精魂を傾け、どれだけ多くの修辞を編み出してきたかに考えを致すだけで足りる。

和歌がさまざまの形で愛用してきた掛けという手法は、それではどこに極点を持つのであろうか。川本（二〇〇〇）は素性法師の「音にのみきくのしら露 夜はおきて昼は思ひにあへず消ぬべし」（古今　四七〇）を引き、掛けことばの域を越えてもはや「掛け句」としか呼びようのない歌の存在に触れた。かれの説では、この歌は「思ひ」一語を交点として、つぎのように地と綾が完全に別個ふたつのテクストを、しかも意味上和解しようのないかたちで構成している。（ただし以下では、もとの図式をこれまでの方式に従ってすこし改め、また縁語と連想語をそれぞれ（　）と［　］によって区別してしめした。

地1	菊	の白露	夜は置きて昼は	日にあへず消ぬべし
綾	音にのみ聞く	白露	（干る）（火）	
地2	音にのみ聞く	［知ら］	夜は起きて昼は	思ひにあへず消ぬべし

現代の感覚からすると、「思ひ」の「ひ〈火〉」だけが前景化されて独自の機能を帯びることは、発音から言っても表現手法としてもあり得ないことに思われる。しかし、歌こ

とばの伝統からいうと、「恋ひ」「思ひ」の「ひ」と「火」の相通は心を火によって表象するさまざまの語法の大本をなす意想であり、「消《け》ぬ」との連合は疑う余地がない。「干る」と「日」にこれほど強い連合はないが、すくなくとも同音という条件は充たしており、しかもまえに赤人の長歌で見たように「ひ〜ひる、よ〜よる」は派生系列として捉えられていた形跡もあるのでこれを除外する理由は見あたらない（第I章、2節を参照）。

実際、同音異義や連語関係をもとに隣接する二句のつづきをこのように緊密・円滑にすることは歌づくりの基本箇条であった。のちの歌論用語でいえば、この歌はむね（＝一・二句）に「縁の字」、すそ（＝四・五句）に「縁のことば」を置いて、そうした歌格を具現しているのである。この種の「ことばのたより」は、いわば掛けに必要な言語的条件が詩法として一般化されていったものと考えられ、そのため、直に一首の意味形成にかかわるというより、詠歌作法としての傾きがつよい。「聞く／菊」のように表現の多重化に統語的契機を与える場合もあれば、「火」のように、ことばの選択のいわば痕跡として、知覚の片隅に留まることしか要求しないこともありうるのである。しかし「シラ（白・知ら）」には、かすかではあるが、噂を耳にするだけで〈直に逢ったこともない〉という意味が響いており、明らかに同音多義を利用した「意味の綾」をなしている。地2をテクストと見れば、それは「白露」ということばに潜められた hypogram（埋《うず》みことば）ということになる。

この、表・裏の反転したかのような歌は、地と綾、ゼロ度と彩り[113]といった常識的な解釈の範囲をはるかに越え出ており、なるほど掛けの技法のひとつの極点を示していると見る

(113) ことばの彩りは古くから普通の言い回しを外

ることができる。その特徴はしかし、あくまでも表現の二重性であって、隠喩がもたらしうる意味の合一とは明らかに性格が違っている。

類比表現の種別

掛けことばに訴える場合、関係する二つの項、たとえば「藤波」と「思ひ」が比較されているかどうか、乱れる思いを藤波の乱れによって比喩しているかどうかは、表現者、あるいは読み手の内面の問題であって、当の表現形式の意味機構とは直接の関係がない。しかしそのような類比的な認識や言語化の様態がはっきり明示された形式もいっぽうにはあり、これが比較、比喩、直喩、明喩その他の名で呼ばれている。

まずこれらがどのような範囲にわたるかを調べるために、それと思しい表現を目につくままに拾ってみる。とくに包括性を意図してはいないが、和歌の言語を代表する《類比表現》——ただしいまはまだ未定義——は出揃っているのではないかと思われる。掛けことばや不明事項がまだ残されていることから分かるように、左の名称は当座の参照のためで、考察の結果をしめしたものではない。用例中の〔 〕は補足箇所。

《類　比》妹《いも》に似る草と見し山吹の花（万葉　四二三二）
吾《あ》が思ふ君はなでしこが花になそへて見れど飽かぬかも（万葉　四四七五）
花の香を風のたよりにたぐへてぞ（古今　一三）
玉としぞ見る置ける白露（万葉　二一七二）

れた表現として定義されてきた。その仮説的な「普通の言い回し」がゼロ度、そこからずれた箇所が綾、あるいはさまざまの喩法ということになる。

《同　化》
流るる川を花と見て（古今　三一）
いざ桜われも散りなん（古今　七七）
雨も涙も降りそぼちつつ（古今　六三九）
わが身も〔露とともに〕草に置かぬばかりを（古今　八六〇）
心ぞ〔花と〕ともに散りぬべらなる（古今　四六八）
花とともにも散る涙かな（新古　一二四）

《類　同》
道芝の露に争ふわが身かな（新古　一七八七）
嵐の山の紅葉涙にたぐふ(114)（新古　五四三、詞書き）
うつせみの世にも似たるか花桜（古今　七三）
たまづさの妹は花かも（万葉　一四二〇）
白露にあらそふ萩（争ひかねて咲ける萩）（万葉　二一〇六〔二一二〇〕）
何かは露を珠とあざむく（古今　一六五）
さくら花雪かとのみぞ誤たれける（古今　六〇）
春雨のふるは涙か（古今　八八）
白菊は花かあらぬか浪の寄するか（古今　二七二）
わが恋ふる君　玉ならば　手に巻きもちて（万葉　一五〇）
白露は珠なれや（古今　二二五）

《掛け詞》
蜷《みな》のわた　か黒き髪に（万葉　一二八一）
朝霧の消《け》やすきわが身（万葉　八八九）

(114)「紅涙」の訓読語として、「くれなゐの涙」は悲嘆の涙をいう歌ことばであった。

《直　喩》

凍りわたれる薄氷《うすらひ》のうすき心（万葉　四五〇二）

み鴨なす[115]ふたり並びゐ（万葉　四六九）

入り日なす隠りにしかば（万葉　二一〇）

雲の行くなす言は通はむ（万葉　三一九二）

水泡《みなわ》なすもろき命（万葉　九〇七）

わがの大君の　立たせば　玉藻のもころ（万葉　一九六）

夢のごと道のそら路に別れする君（万葉　三七一六）

むささびの鳥待つがごとわれ待ち痩せむ（万葉　一三七一）

草のごと寄りあふをとめ（万葉　二三五五）

わがごとくものや哀しき時鳥（古今　五七八）

岩床と川の氷凝《ひこ》り（万葉　七九）

逢はぬ夜の降る雪とつもりなば（古今　六二一）

泣く涙雨と降らなん（古今　八二九）

わが身も露と消えななむ（新古　一三四三）

泣く涙氷雨にふれば（万葉　二三〇）

木綿花《ゆふはな》み吉野の滝の水沫《みなわ》に咲きにけらずや（万葉　九一七）

わが身時雨《しぐれ》にふりぬれば（古今　七八二）

山ぢさの花にか君が移ろひぬらむ（万葉　一三六四）

《比　較》

秋萩しのぎ鳴く鹿も妻に恋ふらく（万葉　一六一三）

(115) 美しい鴨鳥のように

君にまされる玉寄らめやも（万葉　一二二五）

行く水に数かくよりもはかなきは思はぬ人を思ふなりけり（古今　五二二）

〔われ〕蛍より異《け》に燃ゆれども（古今　五六二）

《その他》

楊《やなぎ》こそ伐れば生《は》えすれ世の人の恋に死なむをいかにせよとぞ

（万葉　三五一一）

解き衣《ぎぬ》の恋ひ乱れつつ浮き細砂《まなご》生きても我はありわたるかも

（万葉　二五〇九）

類比関係の基本要件は、「較べるもの」と「較べられるもの」との二つの項があり、二者のあいだに、類比を成り立たせる根拠、両者の共通項（tertium comparationis）が見いだされるということである。これを判断の基準とすると、うえの例は表現形式を横断して二つの主要な型に分けられる。その差異を決定する因子は、明示的もしくは暗示的に、共通項が立てられうるか否かということである。共通項のあるなしは形式的な基準ではけっしてなく、それがあればひとつの認識の様態が、もしなければ単なる知覚が表現されていることの目安になる。

「類比」と「同化」としたものにはともに共通項が見られないけれども、そうかといって両者が同じわけではなく、そこにははっきりした構造的差異が認められる。前者は二項のあいだに知覚上類比関係が立ちうることを明言しており、同化のほうは述語の共通性という言語的機縁によって関係の平行性がうち立てられている。したがって、そこに含意される「桜、われ・散る」[116]という二つの命題のうち、一方（＝「われ・散る」）は隠喩的契機を含んでいる。

「類同」表現として分類したもののうち、最初の四例はそれぞれ、〈はかなさ、紅色、はかない散り〉というような比較項の存在を感じさせるが、あとはすべて、類比関係が成りたつことを仄めかす語法で、表現の様態こそちがえ、基本的には「類比」と同じであると考えられる。類同表現に感じられる比較項の存在は、つまるところ言語文化の産物というほかはなく、たとえば和歌に親しまない受け手にとって、紅葉が涙にたぐう理由はなんら存在しないに違いない。したがってこの部類も、別立てにする理由はとりたててないのではないかと思われる。

あとはおおむね類比を成立させるのに必要な三項をそなえており、問題なのは比較と、その他として残した二例だけである。比較表現が比喩性を感じさせるのは、突きつめていえば、〈君は玉なり〉〈われ異《け》に燃ゆ〉という含意をもとに比較が成立しているからであると考えられる。別の角度からいうと、ここでは隠喩が「前提されている」ということになる。

楊《やなぎ》の歌は、中国詩によく見る対句式の打ち消し、「韮の露[117](B)は乾いてもまた置く(C)が、ひと(A)は死すれば何時戻ってこようか（～C）」になっている。やはり含意に働きかける表現であると考えられ、「楊は伐れば生える：〈人は死ねば生き返れない〉」という、ちょうど同化表現の対偶をなす意味構造が裏にある。もっと技巧的で構造が見えにくくなっているけれども、人麿の挽歌に見えるつぎの表現なども、同じ意味機構に訴えようとした表

(116)「桜・散る」「われ・散る」が文法的に双方とも成立しうるとき、つまり、「散る」という述語に関して「さくら」と「ひと」とが慣用上同じ範疇として分類されているようなとき、句点「、」をもちいて「桜、われ・散る」のように表記することにする。

(117) 柩を引くときの薤露《かいろ》歌《か》に出るパターン。

現であろう。

玉藻ぞ　絶ゆれば生ふる　打橋に　生ひをゐれる[118]　川藻もぞ　枯るれば生ゆる　なに　（118）茂りたわむ
しかもわが大君の［…］朝宮を　忘れたまふや　夕宮を　背きたまふや（万葉　一九六）

含意を酌み取るには言い表わされたことばを経由せざるをえないので、〈人は死ねば生き返れない〉という含意は、その実、「人は伐れば［死ねば］ふたたび生えてこない」という隠喩的な仮想命題の解釈項にひとしい。

浮き細砂《まなご》の歌は表現構造の上だけからは説明がつかない。指摘できるのは、おそらく「浮き」と「生き」との語呂合わせと、併置（juxtaposition）という記号論的な手法によって「イメージ」が導入されているという点だけである。この種の表現については、あらためて別の章（一三〇頁）で検討する。

東国方言を別にすると、『万葉集』では直喩の指標として、「（玉藻）なす」「（玉藻）のもころ」のほか、「と」「に」「ごと（く）」などが使用されている。古くはほかに「～じもの」〈～のように、～らしい〉という言い方もおこなわれ、万葉にも「獣《しし》じもの膝折り伏せて」（三八二）、「男《おのこ》じものや恋ひつつをらむ」（二五八五）その他の使用例がある。あるいは「山川《やまかは》も依りて仕《つか》ふる神ながら」（三九）の「～ながら」もここに含めることができるかも知れないが、しかし見るように原義は比較の表現で、たとえば「獣／ひと（上例で膝折り伏せるのは坂上郎女《いらつめ》）」のように範疇どうしが矛盾するときだけ比喩的に解される。

直喩指標の意味用法には、それぞれに多少の傾斜がある。とくに「と」には同化表現との類似性が強く感じられ、そこに起源をもつことはまず疑いない。わが身が「露と消える」のは、「露とともに、露と同じく」消えるの意で、掛けことばと同じ言語的契機によっている。「に」の直喩指標としての用法は、転化をあらわす「A、Bに、なる」の統語的拡張ではないかと思われるが確かなことは分からない。由来はどうであれ、双方とも詩的コンテクストと緊密に結びつき、それ以外の分野ではあまり用いられることなく廃用に帰した。直喩指標には連用と連体（たとえば「ごとく」と「ごとき」）との二つの機能が要求されるが、「と」と「に」はこの要求を充たすことができず、また自動詞構文だけに限定される、という用途の乏しさが、おそらくその原因ではなかったかと考えられる。

類比表現の型

以上の考察を総合すると、最終的にはつぎのような区分が得られる。

①　類　比　道芝の露に争ふわが身かな
　　　　　　　嵐の山の紅葉涙にたぐふ
　　　　　　　　うつせみの世にも似たるか花桜

②　同　化　いざ桜われも散りなん
　　　　　　　雨も涙も降りそぼちつつ
　　　　　　　　花とともにも散る涙かな

③掛け詞　蜷《みな》のわた か黒き髪に
　朝霧の消《け》やすきわが身
　凍りわたれる薄氷《うすらひ》のうすき心

④直　喩　水泡《みなわ》なすもろき命
　夢《いめ》のごと道のそら路に別れする君
　泣く涙雨と降らなん

⑤比　較　泣く涙 氷雨《ひさめ》にふり
　〔われ〕蛍より異《け》に燃ゆれども
　君にまされる玉寄らめやも
　楊《やなぎ》こそ伐れば生《は》えすれ世の人の恋に死なむをいかにせよとぞ

⑥イメージ　解き衣の恋ひ乱れつつ浮き細砂《まなご》生きても我はありわたるかも

それぞれ独自の構造をもつにもかかわらず、ことごとく具体的な事物を類像（icon）として引き合いに出すという点でこれらは共通している。したがって表現効果という角度から見ると、決定的なのは類像効果の大小（ないし善し悪し）、隠喩的契機をふくむかどうかという二点である。構造上、隠喩的契機を含みうるのは最初の類比を除いた五つの表現形式で、おそらくここに表現の綾としての効用を求めることができよう。

ここでは取り上げなかったが、助詞「も」も、含意とのあいだに類比・対照をもうける語法としてその詩的効能がよく知られており、ことに、詩句の凝縮性がいっそう厳しく要求される連歌、あるいは俳諧連歌においては必要欠くべからざる技法とされた。時代はずっと下るけれども、紹巴（一五二六―一六〇二）の説いた「下の句一筋《ひとふし》」の教えは、その言いようとはむしろ逆に、一筋によって、二筋のこころを表わす表現技術論であったと見ることができる。かれは、「風もいづくのやどり問ふらん」という附け句を引いて、「この心は、旅にて宿を問いかぬるをり、風もわが如くいづくに宿りを問ふらんとなり。〝風も〟と云える、〝も〟の字にて旅の心を含めり」（『連歌教訓』）と説いている。その働きが喩法と同列にあることは念を押すまでもなかろう。

最後の「浮き細砂」は句柄が複雑でまことに扱いにくい。仕組みはまえに「両掛かり」と見なしたもので（七二頁、一〇二頁を参照）、「浮き細砂」は「乱れつつ」に掛かるいっぽう、同格表現として「ありわたるかも」の形容をもなしており、そこに比喩がはたらく仕掛けになっている。「〜にあらねども」その他と結びついた打ち消しの比喩についてはすでに触れた（一一三頁）。

2　隠喩——言葉の花、思ひの露——

謎じかけの類比

掛けことばの栄耀に隠れてか、和歌にあって「言葉の花」としての隠喩はあまり目立たない存在である（その真因についてはあとで考える）。意味構造のうえで掛けことばと直喩と隠喩はすこぶる類似しているが、重要な一点で大きく違っている。古くから指摘されてきたように、隠喩は一種の謎じかけである。ふたたび比較との関わりでいうと、共通項（以下ではCで表記する）を欠くという性質が隠喩の基本条件であり、直喩指標の不在がそれに次ぐ第二の条件である。この点を考慮に入れるといわゆる直喩は二種類に分かたれ、かりに一方を「明喩」と呼ぶとすると、明喩と直喩と隠喩はつぎのような相関関係にある。

■明喩（AはBのようにC）

命、露のごとく［露と］消えつ、露のごとく消えにし命

命、露のごとくはかなし、露のごとくはかなき命

命は露のごとくはかなく消えゆく、露のごとくはかなく消えゆく命

■直喩（AはBのよう）

命は露のごとし、露のごとき命

■隠喩（AはB）

命は露なり、露の命、命の露

すなわち、直喩指標をもつ点で明喩と直喩は近く、共通項（＝C）をもたず謎じかけをなすという点で（狭義の）直喩は隠喩に近い。動詞は属性辞としての側面と賓辞としての側面を併せもつので、「露のごとくはかなく消えゆく」のような混淆形式を生むばかりでなく、直喩がしばしば隠喩をさそい出し、また隠喩が直喩と共生する原因ともなっている

（たとえば「師は針のごとく、弟子は糸のごとし。針ゆがむときは、糸ゆがむ」）。前章で見たように、掛けは、共通の語ないし語形によって賓述を行なうという文法的慣習に強く依存している。

意味解釈のうえで重要な点は、謎を解くにはものごとについての一般的な知識が求められるのに対して、掛けことばや比較、明喩などの場合にはとりあえず言語的な情報（＝A、B二項を括ることのできる用語）だけで足りるという相違である。掛けことばは当の言語における範疇化が一致しているか（たとえば「かはづ、我・なく」）、あるいは記号の形態が一致ないし類似している（たとえば「かはづ、間《ま》・ナク」）だけで成立しうるので、個人の感覚や創造性に対する要求がもっとも少ない。これは言語の内側／世界という対比を想起させることがらで、まえに引いた、「掛けことばはただ内側へ向かって、言語自身の構造的偶然に反響する」（七八頁）という観察はおそらくこのことを指していると思われる。けれども、もし右のような理解が正しいならば、この見方はあまりに狭すぎるともいえよう。すでに指摘したように、明喩や掛けことばその他にも「隠喩的契機」がしばしば関与する。ただそれが、解釈項のひとつとして二次的に関与するだけであって、解き明かされるべき謎本体としてでないだけの違いである。

意味機構としてはこうした微妙な差異を指摘することができるけれども、しかし差異だけに気をとられて背後にある基本的な事実を見落としてはなるまい。沙弥《さみ》の満誓《まんぜい》が「世の中を何に譬《たと》へむ」（万葉　三五一）と歌いだすとき、それは、この捉えどころのない人の世を理解するための視点として、より精細に構造化された概念を探しもとめてのことであり、ついには〈人間の存在＝航跡を残さず去りゆく舟〉という具象的把握にいたる。

強調しておかねばならないことは、なるほど航跡の「非在」こそ可視的に表現することは困難かも知れないが、この視点そのものはいまだ種々の記号過程から完全に自由であるという事実である。隠喩的プロセスは言語だけに限られず、「汎記号論的」な成立基盤に立っており、映画やインスタレーションを思い浮かべればすぐ分かるように、その文法は時間的もしくは空間的な「併置」、歌論でいう「取り合わせ」である。言語の場合でも、ただ二者を取り合わせただけの表現はもっとも単純な比喩構造として利用されており、中国詩学でいう興がこれに当たる。「浮き細砂《まなご》」の例なども本質的にこれと同じ構造であると見られる。

桃之夭夭　桃はたおやか
灼灼其華　花はあでやか
之子于帰　この子とつげば
宜其室家　いくさきよからめ（藤堂・船津　一九六六、十二頁）

世の中を舟に比喩する視点が言語を用い、そして短歌に詠まれたとき、それは「（世の中を何に譬《たと》へむ）朝びらき漕ぎ去《い》にし舟の跡なきごとし」（万葉　三五一）という直喩の形をとったが、韻文によるこの表象過程も、そのもとの把握自体から見れば偶有的なものに過ぎない。物語に仕込まれても、掛けことばや隠喩として言い表わされても構わなかったはずである。ある対象を別のものに準えることによってより具体的に把握するという記号過程は、このように言語を越えているだけでなく、言語内部においてもいくつかの因子によって連環しながら、いわば「あみだ状に」連続しているのである。その意味では、用語として弁別能力の最もよわい「比喩」という呼び名をこの記号過程に対する総称として残しておくことも無駄ではない。

こうしたことがらを頭におきつつ、いくつかの実例を検討してみる。

天の原ふりさけ見れば白真弓張りて懸けたり夜道は吉《よ》けむ（万葉　二八九）
家にてもたゆたふ命　波の上に浮きてしをれば奥処《おくか》しらずも（万葉　三八九六）

最初の隠喩は分かりやすく、「白真弓・張りて懸けたり」という部分が〈ぴんと張った弓のような半月が掛かっている〉という指示的意味を確立している。蛇足ながら、ここでは単に月明かりで夜道が安心だといっているのでなくて、裏に「弓～ヨル（寄る、[119]夜）」という慣習的な連想がはたらいており、これから訪《とぶら》おうとする相手の女性との心のつながりを占なっているようにも読める。

後者について、諸注は「波の上に浮きてしをれば」を現に船上にあるという意味に取っており、「家にても」との対比から見てもその解釈に間違いはなさそうに思われる。したがって、その意味構造はひとまずつぎのように図示することができるが、あとの「奥処」にもさらに海路のイメージが重なっており、この部分も、むしろ左の形象のレベルに置く

(119) 弓を引き絞ったときのイメージ。

べきかと思われる。〈遠く隔たった果て〉という通常の意味のほかに、この歌を引いて〈将来〉という語義を立てた辞書があるのは、そう理解するひとつの根拠となりうる（岩波『古語辞典』）。

地	家にても	？	命　波の上に浮きてしをれば	？	しらずも
綾		たゆたふ		奥処	

隠喩そのものは「命・たゆたふ」という連語関係のもとで生じており、解釈の手順としては、「たゆたふ」という語の慣用的な結合価を鍵として、命が〈波に漂い弄ばれるもの〉として捉えられていることがまず範疇的に理解される。「範疇的に」といわざるを得ない理由は、小舟や木の葉、水泡《みなわ》、天雲その他、具体的に何のイメージにもとづいているのか隠喩自体はふつう明示できないので、これらの項目すべてを包括するレベルで解釈する以外に方法がないからである。これを文脈的ないし感覚的に、たとえば〈命（地）＝小舟（形象）〉というところまで絞りこんで行くことは解釈者の、時としてきわめて肝要な技能に属する。同時にこれは「小舟がごとたゆたふ命」のように、直喩と合併し、謎をとく鍵のあらかじめ与えられた「明喩もどきの隠喩」（“metarison”）が存在する理由でもある。

文法的還元

しかし、世にあって海の荒波と同じようにひとの存在を脅かすもの、家にいてもひとを不安にさせるものとは何であろうか。ふつう船路の果てという意味で使われたらしい「奥《おく》処《か》」ということばには、ひょっとして海の奥底というイメージが被さっているのであろうか？　明喩や掛けことばと隠喩との差異は、隠喩がこのように、受け手にたいして一連の推論と構成的努力を強いる点にあり、その点からいうと、形象として使用された辞項は単なる彩りではなく、概念を模索・形成してゆくための直接の解釈項をなしている。そして、しばしば隠喩のもつ意味の深さ、掛けことばなどと違い、言語を越えた思索へひとをいざなう力はここに潜んでいる。実際、折口信夫はこの「たゆたふ」の意味、一首の抽象性、古代人を不安にさせたものの正体を十年以上にわたって考えつづけ、しかも充分な答えが得られなかったという（山本　一九九六、三六五頁）。

いま見たどちらの隠喩にも、命を〈はかなく波間に浮かぶもの〉として、あるいは弦月を〈(何びとかが)虚空に懸けてあるもの〉として把えるという特異な視点が見いだされる。この認識上の新見地を、くだくだしい装飾的文辞でなく、名指しや併置という簡便な言語操作によって一気に表現しうる点が隠喩という言語手段のはたらきである。よく知られているように、アリストテレスは、巧みにこの業をなすことは天与の才能だけに許されていると言い切った。

いうまでもなく、隠喩はさまざまの形で出現する。

心は燃えぬ（万葉　三九六二）

心を幣《ぬさ》とくだく旅かな(120)（古今　三七九）

(120)「心を・くだく」とい

まそかがみ磨《と》ぎし心をゆるしてば(121)（万葉　六七三）
雲路にむせぶほととぎす（新古　二一一五）
わが恋は益田の池のうきぬな(122)（後撰集、小弁）
われは塞きあへずたぎつ(123)瀬なれば（古今　五五七）
朝影にわが身はなりぬ（万葉　二六一九）
花の鏡となる水は（古今　四四）
月の船　星の林に漕ぎかくる見ゆ（万葉　一〇六八）
夢《いめ》のわだ(124)（万葉　三三五）
心の月はくもらざりけり（新古　一九五一）
春の着る霞の衣（古今　二三）
母とふ(125)花（万葉　四三二五）
腰細のすがる(126)娘子《をとめ》の（万葉　一八三八）
吾《あ》を待つ椿（万葉　七三）
尾花波よる秋の夕暮れ（金葉集、俊頼）
（雁のことを指して）声を帆にあげてくる舟（古今　二一二）

これらの例から、隠喩の出現形態について一般論をみちびくことはそれほど難しくなく、必要な手続きは文法的還元だけである。

たとえば「磨ぎし心」という表現は「心を磨ぐ」、「春の着る霞の衣」は「春、霞の衣を

う連語に同化表現「幣と」〈ぬさのように〉が加わったもの。
(121) 緩めてしまったなら
(122) 浮きぬなは〈水面に浮かぶじゅんさい〉。
(123) 水が激しく流れる
(124) 海
(125) 「と言ふ」の約音。
(126) 「すがる」はジガバチ類の古称。

着る」からの構造変換によって作られていることがほとんど自明である。「朝影にわが身はなりぬ」その他に見るように「なる、なす」を含む転態表現、あるいは「母とふ花」「月の舟」などの同格表現はみな「AはBである」という等式（＝繫辞構文）に還元することができる。「夢《いめ》のわだ」、それにまえに挙げた「黒牛の海」なども、実際には固有名でありながら古趣あふれる隠喩のようにも受け取られ、あえて生きた隠喩として扱っても差し支えはないだろう。実際、名づけとしては隠喩的発想に基づいており、あとで見るように、これを原義において受けとる歌も出てくるのである（二〇六頁）。

「すがる娘子《をとめ》」も同様に繫辞構文の二項が併置されたものと考えられるが、ただしそこでは「娘子」のほうが比較の主体Aで、主述の順序が入れ替わっている。「吾《あ》を待つ椿」ではおそらく妻をさして「椿」と呼んでおり、典型的な名指しの隠喩としてやはり等式命題に関係づけられ、主語、すなわち指された対象が言外に残された表現であると理解することができる。「尾花波よる」でも渚によせる白い波頭が「尾花」と呼ばれており、あとの「波」と重複気味ではあるけれど、これも一個の名指しの隠喩である。隠喩的な名指しは原則的にあらゆる辞項に起こりうるので、たとえば「心の闇」は、心そのものが闇と見なされた等式的隠喩から来ているとも、心のなかの測りがたい部分が「闇」と呼ばれているとも読め、形として両義的である。

連語関係が隠喩の生成機構のひとつであるなら、動詞や形容詞を中心語とする〈副詞＋動詞・形容詞〉という脈絡でも隠喩は発生するはずである。

わがやどに鶯いたく鳴くなるは庭もはだらに[127]花や散るらん（金葉集、平兼盛）

（127）うっすらと

この「はだらに」が、本来「雪・つもる」の修飾語であるならば求める例と言いうるが、どうやら無差別に「花・散る」「（朝）霜・おく」にも掛かるらしく、残念ながら決め手とはならない。しかし、もし転用であったとすれば、「はだらに（（雪）つもる）」「はだらに（（花）散り敷く）」のごとく連語関係が間接化するだけで、実詞「雪」と「花」との同一化が根底にあることは確かなように思われる。したがって、言語表現のレベルで還元不能な構造としては、

① 「心は燃えぬ、心を磨ぐ」その他、中心語と付属語との連語関係
② 「われはたぎつ瀬、母は花」などの等式命題（＝繋辞構文）
③ 雁のことを「（声を帆にあげてくる）舟」と呼ぶような名指し

という三つがのこり、この三種が言語的な隠喩の基底構造であると考えることができる。與ないしある種の序ことばのように、何ら文法的指標をもたない併置構造も認識のレベルでは②と同類であると考えて良かろう。ただそれが繋辞の省略であると理解するのは言語中心的な発想で、併置という手法そのものがより根源的な記号の文法であることは言うまでもない。これらの出現形態は日本語だけに限られず、さまざまの言語に共通している。

しかしすでに指摘したように、これらは別個ばらばらの現象ではなく、それらすべてを

統括する過程として、概念の結合という行為をその背後に考えることができる。たとえば心という対象を｛火｝の概念を通してより精細に把握、ないし解明しようとする認知機構、いい換えれば｛心＝火｝という概念構造がまず前提としてあり、その言語的な具現として「心は燃えぬ」「心の火」「心焼く」「下焦がれ」「わが胸裁《た》ち焼くごとし」その他、もろもろの比喩的な表現が生まれてくるのである。この、概念のレベルにおける等式化は心という対象を捉えるためのいわばひとつの仮説にも等しいもので、認識‐知解‐表象という一連のプロセスを支配する。あとで見るように、この｛心＝火｝という認識モデルは、日本語のなかで、たとえば｛心＝水｝という捉え方や、｛心＝容れもの｝という視点などと共存している。

こうした観察を取りまとめると、隠喩の発生の仕組みはうえのような形で図示することができる。

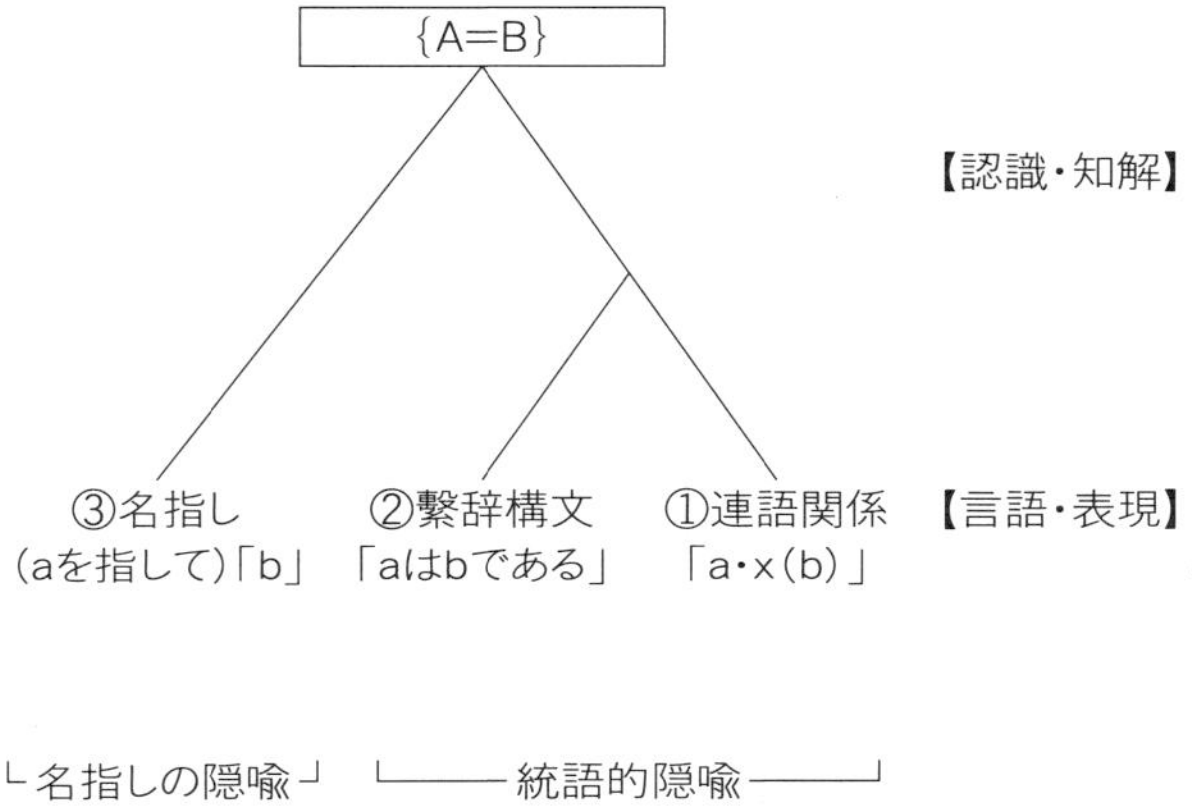

本書の目的に関係する範囲でこの見方の一般論的な帰結をいくつか指摘しておくと、

■隠喩過程にかかわる概念A、Bに対して、その言語的具現である辞項a、bは、それぞれ範疇とその諸要素の関係にある。
■ひとつの概念的隠喩構造（{A＝B}）に対して複数個の隠喩表現（a＝b, a＝b', a＝b'', etc.）が対応しうる。
■隠喩過程は基本的にはつねに等式的隠喩においては述語名詞（b）、連語的隠喩においてはそれと慣習的に共起する付随要素（x(b)）を写像元とする。
■連語的隠喩は等式的隠喩が言語の慣用レベル（＝連語関係）において間接的に、しかも多くの場合無意識に具現したものであり、等式的隠喩とは階型を異にする。
■辞項はそれぞれ独自の等位関係や上下関係をもつので、隠喩表現相互のあいだにも等位関係、上下関係を認めることができる。

まえにも指摘したように、根源にある概念構造そのものは画像、ことば、その他、記号の種類にも、また比喩の種別にも縛られないので、これはあくまでも言語的隠喩だけに限定した図式であることを銘記しておく必要がある。たとえばすでに見たさまざまの類比的表現も、究極的にはうえのような概念構造から派生しており、だからこそあのように、名辞の時間的な併置である等式表現の間近に成立するのである。これが視覚記号であれば、隠喩はもっと単純に二つの類像の併置、あるいは映画のように、カットとカットとの連続として表現される。言語、ないし言語表現を認知機構という角度から検討しようとするとこの見取り図だけではまだ充分でなく、等式表現そのものの抽象性のレベル、換喩、あるいは「イメージ」といった概念に訴えねばならなくなるが、これらについては実際の表現とのかかわりで改めて検討する。

むしろ、和歌の言語とのかかわりで重要なのはこの考え方の帰結するところ、つまり、もし隠喩（あるいは一般に比喩）の基盤を概念のレベルに置くならば、「言葉の花」としての隠喩と、意識化されることなく認識および言語化の装置として日常語に埋もれている隠喩とのあいだに、階型の差を除いて本質的な違いはなくなるという点である。べつの言い方をすると、和歌という詩的言語が隠喩を愛好したか否か、どれほど素晴らしい隠喩表現を提供してきたかではなくて、もともと日本語の基底にあった認知機構を和歌がどのように利用し、どのような経路で拡張、ないし詩化していったかということが、これから取り上げられるべき問題になる。

この角度から眺めると、認知モデルとしての隠喩的あるいは換喩的等置は前図のような形であらかじめ与えられているものではなくて、はじめは無意識のうちに平俗語の基本的語法に投影され、やがて詩人たちの言語的直感によって当のモデル自体が自覚化され言語化されるという屈折した経路をたどる。あとでくわしく検証するように、すくなくとも比喩的分節化という側面に関するかぎり、この自覚化のプロセスそのものが詩化の工程に相即していると見なすことができる。

3　上下知れる歌

「聞きしれ」とは何か

これまで、いくつかの局面で和歌における掛けへの偏愛を目にしてきた。これは、とくに西洋の諸言語における掛けことばの扱いに較べるとき、もはや不可解としか言いようのない現象のように見える。そして、西洋詩学において隠喩がことに尊重され天賦の詩才のあかしと見なされたことを思うとき、日本の詩歌がなぜ掛けことばにこれほど高い地位を与えてきたのか、「掛け対隠喩」という対比のもとで究明してみたい誘惑に捉えられる。あとで見るようにこの二項対立的な見方はいくぶんバランスを失しており、歌ことばにおける喩法の特質を併せて考えないかぎり適切な問題設定とはいえないが、主題構造の検討にはいるまえに一とおり疑問点と背景的事情について考えをまとめておきたい。

すでに検証したように、和歌もかずかずの印象深い比喩を生みだしており、文字どおりの意味と造形された意味、表の意味と裏の意味との二重性は歌論も知るところであった。その違いはたとえば、次のような「上下《うへした》」の定義に明確に捉えられている。

歌の上下を存知せよといふことは、上下に二種あり。一には秀句なり。二には聞きしれなり。秀句の上下とは、たとえば「五月雨やふるのたかはし」といふにつきて、雨の「降る」はおもてに立てたれば上なり。橋の「経るる」ことと聞こえたることは下なり。隠れたれば下とす。二に聞きしれの上下といふことは、ここを云はんとてはかしこを云ふ、これなり。たとへば、我が身のこがれを云はんとせんに、恥づかしくば、「舟の」、「紅葉」などによそへて、我が身のこがれを包み知らするさまのことなり。紅葉のこがれは、面に立てたれば上なるべし。我が身のこがれは隠したることなれば　下とす。かやうのことをかき合はせて読みつるを、上下しれる歌といふなり。

（『和歌大綱』）

「恥づかしくば」という素朴論には目をつぶるとして、ここでは明らかに、秀句（＝掛けことば）と聞きしれという二種の語法について、意味の上下二層を区別するという意味論が展開されている。証歌とされているのは作者未詳の歌、「五月雨やふるのたかはし水越えて涙ばかりこそ立ちわたりけれ」、聞きしれについては和泉式部と敦道《あつみち》親王のあいだで交わされた一連の贈答歌、とくに、その最後に当たる和泉式部の返しである。紅葉狩りをめぐって何首かの恋のかけひきがあったのち、つぎのように終わっている（『和泉式部日記』）。

宮

山べにも車に乗りて行くべきに高瀬の舟はいかが寄すべき

返し

もみぢ葉の見に来るまでも散らざらば高瀬の舟の何かこがれん

このくだりは、『日記』の原文に省筆があり事実関係がはっきりしないだけでなく、当の歌も掛けことば「こがれん（漕がれん、焦がれん）」と複合し、しかも、隠しきれず色に出た恋情を象徴する「もみぢ葉」まで使用されていて、例証としての純度にはいくぶん欠けるところがある。そのぶん、聞きしれという用語で何が捉えられていたか不明瞭になっているけれども、ひとまずはっきりしているのは、「漕がれん」と読めば字面において贈歌と呼応し反語的に誘いかけの意味が生じるのに対して、「焦がれん」と読んだときは「高瀬の舟」と内容が抵触し、したがってその意味を曲げて解釈せざるを得なくなるという点である。反語的な含意は修辞疑問の所産で、一般的な意味タイプではないので、おそらく後者が「わが身のこがれ」をほのめかす下の意味である。ふつう「高瀬の舟」は「漕ぐ」の序ことばとして使われることから、多少この寓意は減殺されているが、『和歌大綱』はおそらくそこを、〈紅葉が、ひとの見に来るまで散らないのなら、なぜ（あなたを）待ち焦がれたりするでしょうか〉と読んだことになる。聞きしれとは、表現されるべき真意の側から比喩表現の一種を取り上げていると見てまず間違いなかろう。

しかし意味のこうした側面を指すものとしては、『万葉集』がすでに「譬喩の歌」という用語を部立てに用いているので、両者のあいだに意味の種別ないし意味構造のうえで大きな違いがあるかどうかをいちおう確かめておく必要がある。

『万葉集』に譬喩の歌として掲出されているのは、たとえば次のような例である。

ぬばたまのその夜の梅をた忘れて折らずきにけり思ひしものを（万葉　三九五）
梅の花咲きて散りぬと人は言えどわが標結《しめゆ》ひし(128)枝にあらめや（万葉　四〇三）
春さらば挿頭《かざし》にせむと我が思ひし桜の花は散りにけるかも（万葉　三八〇八）
大船に真楫《まかぢ》(129)しじぬき漕ぎ出なば沖は深けむ潮は干ぬとも（万葉　一三九〇）

(128) 標で自分のものと印を付けた
(129) 両舷に梶（櫓とも）をいっぱい通して

聞きしれは景物によそえて真意を包み知らせると定義されていたが、『和歌大綱』が言い残したところをもうすこし明確にしておくと、掛けことばが明らかにことばの表示項だけの問題として、基本的に形と意味との対応関係を辞義において保持するのに対して、聞きしれのほうは表示項と内容との関係、つまり意味解釈にかかわり、表の意味とはべつに、背景的な事情によって決定される場面的意味、時と場所しだいで浮動する名指しに左右されるという事実である。

さきの例「ふるのたかはし」でいえば、掛けことばの「ふる」では「降る」「古る」という二語がそれぞれ一意に解釈され、比喩的な拡張はもしあったとしてもそのどちらかに付随して起こるはずである。しかし聞きしれでは、概して部分的な名指しの転移を契機として、次元ないし階型の異なる全体的意味が側面的に伝えられる。たとえば花で女性をほのめかす三九五、三八〇八番の歌では、「思ひしものを」「思ひし」という恋心をほのめかすことばが「その夜の梅」や「桜の花」の名指しを屈折させる役目をはたしており、いったんこれに〈とある女性〉という解釈を与えれば「折らずきにけり」「散りにける」も辞義をはなれる他はなくなる。

しかし、残る二歌にとりたててそうしたきっかけは見られないので、寓意的理解にとって言語的契機はとくに必要でなく、寓意を読みとるかどうかは名指しの定位だけに依存していることが分かる。「わが標《しめ》結ひし枝」「沖は深けむ」などが、その慣習的な意味でなく言い交わした女性、あるいは結婚への予想される障害をさすその場かぎりの役割において、一回的な意味づけのもとに使われているのである。

『万葉集』では、相聞と譬喩の歌に「〜に寄する」という分類項目が使われており、そのことから、物に寄せて「かしこをいはん」とするという、表現の様態から譬喩を捉えていたことが窺えるが、この視点は、寓意の発生を根幹においてきわめて的確に規定している。じっさい、名指しという、名詞類との対応を思わせる用語すら不適切で、この種の意味づけは品詞の別はおろか、言語的契機すら必要とせず、森羅万象の解読にかかわる汎記号論的な過程、「意味づけ」と一つづきをなしている。

いうまでもなく、意味のこの位相は発語の場面や受け手の感性、知識などにつよく依存するので、たとえば『万葉集』に譬喩の歌として掲げる歌も、たとえばむささびを詠う二六九番のように、あるものはその寓意が失われていまでは理解不能に陥っている。

逆もまた起こる。

佐伯《さへき》の宿禰《すくね》赤麻呂が歌一首

初花の散るべきものを人言《ひとこと》の繁きによりてよどむころかも（万葉　六三三）

沙弥《さみ》の満誓《まんぜい》、綿を詠む歌一首

しらぬひ筑紫の綿は身につけて未だは着ねど暖けく見ゆ（万葉　三三六）

これらは譬喩の歌として分類されてはいないが、それにもかかわらず名指しの転移による寓意の存在をうかがわせ、譬喩歌とされたものと同じ意味相を備えている。すでに万葉期、花（梅、桜）がしだいに〈うら若い女性〉という裏の意味を発達させた跡もないではないけれども、しかしその特殊事情に目を奪われてこの問題の一般的側面を見落としてはなるまい。

たとえば最初の一首は、どうやら、引き下がるふりをして若い女性の気を引いてみたものと読めそうで、そのような解釈は、末の句「よどむころかも」の〈このところ、ためらっているのだ〉という意味との兼ね合いから、「初花」あるいは「初花散る」が落花とはべつのことがらに言い及んでいることを推量させるからで、むりに辞義どおりに読もうとすると辻褄が合わなくなる。

沙弥の満誓の歌も、詞書きに反して、九州からの調物であった真綿を詠んだ歌でなく、そのじつ女体を真綿に喩えたものとして、「官能的で、[…]色好みまる出しの言いぶり」（山本 一九七八、一九八〇）と読むことが充分可能である。この歌の場合には辞義と寓意と二とおりの読み筋があり、どちらを取るかの決め手は、つまるところ解釈の優劣ということのほかにはない。

この段階で言いうることは、「譬喩」という用語は歌の分類基準として一貫して使用されているわけではないが、この種の寓意を生じさせる文脈条件からいうと、一義的なものと両義的なものとのおそらく二種に分かれるという事実である。

聞きしれも、「あることを述べつつほかのことを意味する」(Searle 1979) 点では同一の意味過程であるといえよう。しかし上・下をいうからには、辞義と寓意との両立しうる表現構造だけがその定義にあてはまる。そこからいえば術語としては譬喩より精確で、「その夜の梅」や「初花」の例は厳密にいうと聞きしれではない。しかし見逃してならないことは、一般に隠喩的解釈の契機は文脈的齟齬にあり、したがって辞義的解釈の不成立(かまたは両立)を前提としているので、辞義との共存を条件とするこの規定からは通常の隠喩があらかたぬけ落ちてしまうという事実である。上・下の論は典型的に「両義性」という視点から組み立てられており、とくに辞項と辞項との両立(=秀句)、辞義と寓意との両立(=聞きしれ)という二つの事象だけを抽出している点で、まぎれもなく和歌の詩学に立脚する意味論であった。

名指し的意味の転移

「聞きしれ」とはこのように、事実的な契機によって意味に転移をおこすような表現であると考えられるが、まだいくぶん微妙な面がないでもない。つぎの歌などは詞書きの助けを借りてもなかなか意味が通りにくく、寓意の発生機構も錯綜している。

をとめ、佐伯の宿禰赤麿が贈るうたに報ふる一首

ちはやぶる神の社《やしろ》しなかりせば春日の野辺《のへ》にあはまかましを（万葉　四〇七）

その理由は明らかに、「あはまかましを」に二詞が掛かっていることから来ており、実際にはつぎの二つの表現が与えられていることになる。

（上）ちはやぶる神の社しなかりせば春日の野辺に粟蒔《ま》かましを

（下）ちはやぶる〝神の社〟しなかりせば春日の野辺に逢はまかましを

巧みな掛けがこのような物言いを購い得たことにまず注目すべきであろうが、（上）にいうあまりにも不敬な発言があとのような「逢はまかましを」という別解を合図し、「神の社」を別義にとる余地はさらに、（下）の辞義的解釈がどうにも要領を得ないことから生じるといえる。ある注釈は、「神の社」が作者赤麿の妻をさしていると見、宴席で贈歌をもってたわむれ掛かったのを、「をとめ」がこの一首をもって鮮やかにいなしたと解いている（伊藤　一九九五、三三六頁）。いままでの議論に照らしていうと、この場合、いっけん聞きしれのように見えるものの、譬喩的な解釈は後者だけに起こりうるのであり、したがってこの歌は、名指しの隠喩をふくむが聞きしれではない。

このような事情は隠喩の成立条件を純理的に詰めてゆくより、意味の転移が関知される具体的な契機を考えて見るほうが分かりやすく、結局、名指しの隠喩は、Bを指してAと呼ぶその事実的な条件がはっきりしているときは関係項双方（B、A）が顕在的に捉えられ、他方、その条件が欠けているとき、転移の有無を検出する手がかりは表現上の齟齬しかないということに帰着すると思われる。この点までは、いわゆる換喩についても同じである。

歌論用語とのかかわりで名指し的意味の性格について述べてきたが、さいごにテクストの受容という角度からもうすこし考えてみる。

志賀の山ごえに女のおほく逢へりけるに詠みてつかはしける　つらゆき
あづさゆみ春の山辺を越えくれば　道もさりあへず花ぞちりける（古今　一一五）

播磨の聖の御もとに、結縁《けちえん》のために聞こえし[130]
冥《くら》きよりくらき道にぞ入りぬべきはるかに照らせ山の端の月（和泉式部集　一五一）

（130）書き送った

染殿のきさきのお前に花がめに桜の花をささせたまへるを見てよめる　前太政大臣藤原良房
年経《ふ》れば齢《よはひ》は老いぬしかはあれど花をし見れば物思ひもなし（古今　五二）

最初の歌では、詞書きによって「花」が「おほくの女たち」に言及していることは疑う余地がないけれども、同時に、山越えの道に桜もやはり散り敷いていたように読める。そうでなければ、そもそも「花」ということば、「ちる」ということばが出てくるとは思われないからである。さきに見た「筑紫の綿」の場合にも、真綿と女性とを結びつける事実的な契機があったと考えないかぎりその寓意は成り立ちにくく、これが作られた状況のもとでは、うえの歌と同じく名指しの転移が同時に指示性を伴っていたと想定せざるをえない。

しかし、あとの和泉式部の歌ではその種の前提はかならずしも必要でなく、結縁を求めた相手、播磨の聖（＝書写山、性空上人）にその下のこころが伝わるだけで充分なように感じられる。そうだとすると、聞きしれでは、二つの解釈が連言的に上および下として受容されることも、選言的に上かまたは下として受容されることもありうるという帰結につながる。後者が「上」の意味を自己完結的に定位せしめる読み方であり、たとえば和泉式部の歌は明月に投影された一種瞑想的な色合いを帯びて受け取られる。

むろんこの選り好みにさしたる意味はないが、解釈上のこのような落差は指示的意味や史実など、もっぱら和歌のもつ場面的意味の痕跡に起因しており、次節で見るように、その点に掛けの愛好と、反面における隠喩の排斥という、いっけん不可解な現象を理解する鍵が潜んでいる。

そのような条件のもとで、私撰集などにしばしば例があるように、詞書きなしに歌形が与えられたときのことを考えてみるのは無駄ではあるまい。

貫之

あづさゆみ春の山辺を越えくれば　道もさりあへず花ぞちりける

和泉式部

冥きよりくらき道にぞ入りぬべきはるかに照らせ山の端の月

忠仁公

年経れば齢は老いぬしかはあれど花をし見れば物思ひもなし

いったん場面的な参照枠が取り除かれてしまうと、ちょうど『万葉』の譬喩歌における意味の剝落現象と同じように、一般的意味のレベルと、そして詩的伝統の指し示すある種の具体的意味だけがテクストの確実な意味層としてのこる。「道もさりあへず花ぞちりける」は単なる叙景となって、名指しの屈折による寓意を復元する手がかりはいっさい消失する。

最後の歌は、『古今集』に従って作者名と詞書きをあわせ読むと、もとは作者良房が、染殿の后の御前の花瓶に桜の花の差されているのを見て、后位にのぼったわが娘の栄華を思いやりつつ作った歌であることが知られる。この意味層を取り除くと桜をめでるだけの完全にべつの歌が出現するし、また一般に表現から状況性を取り去ることが思わぬ詩的効果を生むことも稀ではないが、しかし敢えていえば、「上」の意味において自立できない歌は、言語芸術として完成度はそれだけ低い。

こうして、意味解釈という角度から見ると同じ「花」という辞項は、文脈の与えられ方によって一般的意味（＝〈花〉）、具体的意味（＝〈桜の花〉）、および指示的意味（＝特定の桜花か、または特定の指示対象）、特定の状況の換喩的表徴としての花、という四つの異なった意味層をもつことになり、その違いがテクスト全体の解釈に受けつがれる。意味の剝落は、明らかに、具体的意味と指示の転移、それに、背景をなす事実的・話想的状況という部分で起こる。すでに見たように、女性を花になぞらえることはすでに『万葉』のある段階から常套化していた形跡があるけれど、伝統から来る歌づくりの作法や解釈の慣性はまたべつの問題である。

しかし本質的な問題は、どの可能な意味層において読むかが受け手の知識や嗜好にまかされ、その許容のなかには名指しのレベル、つまりは特定の状況に係留され、従っておそらくは作者の前提としていた意味、を読みとらないことも含まれるという点である。うえの三首について個人的な好みをいえば、行きずりの女性たちへの挨拶や老いた父親の充足感を読むより、桜の花を讃えた歌としての抽象性のほうが高雅な魅力にまさるように感じる。

もうひとつ別の側面について補足すると、一般的意味をとおして具体的意味を探り当てるのも、表現の内包(131)から名指し関係を探り当てるのも謎解きとしては同じ構造をもつ。しかしそれにもかかわらず、前者が詩法として推奨されたのに対して、聞きしれにそのような積極的な価値が付与されたようには見えない。表現によって構成された意味に主眼をおく、おそらく内在的な理由があったことを示唆している。しかしあとで見るように、歌ことばの自足性・自己言及性が強まるにつれて和歌は一種の象徴性を帯びるようになる。

(131) ある辞項のもつ意味成分。たとえば「母」の内包は〈親〉であり〈女性〉であるというような。

4　掛けと隠喩

比較の基盤

このように見てくると、われわれがつねづね気にしてきた「掛け対隠喩」という対立の構図にいくつかの新たな次元が加わってくることに気づく。『和歌大綱』における上下《うえした》の論が比喩的な意味に関する一般論だとすると、両義性という視点から組み立てられた独自の意味論として、それは現在われわれの知るものとはかなり違った前提に立っており、多少の出入りを無視すれば、ほぼ次のような対応関係が想定されることになる。

秀句	掛けことば
	換喩
	統語的隠喩
聞きしれ	名指しの隠喩
	寓意

歌論の用語はいちじるしく不統一なので、どのような表現技巧が識別されており、どの範囲が秀句に含められうるかを確認することは、実をいうとほとんど望みがたい。『俊頼髄脳』、『能因歌枕』、『詠歌大概』その他で使われた用語を事例や証歌に照らして再分類し

てみると、「ふる事」「寄りあい」「秀句」「聞きしれ」などが歌ことばを規定する一般概念をなし、秀句に相当するのは「縁の詞（寄せ）」、「掛け（諷詞）」、「似せ物」、「喩え（喩来もの）」、「添え」という五範疇あたりではなかったかと推定される。現代の用語でいえば、それぞれほぼ、「縁語」「掛けことば」「見立て」「直喩」「隠喩」に当たる。そのかぎりでは、隠喩も確実に秀句のなかに含まれていたわけであるが、そうした諸概念の上・下および相互の関係を自覚的に扱った歌論を見ることはできない。換喩は意識されていなかったと考えられる。

　そして、もし掛けことばが秀句(132)の中核と見なされ、他方で、換喩や統語的隠喩に充分目が届いていなかったとすれば、すくなくとも、当代びとの意識における掛けの地位の高さは説明がつく。同類の諸技法を重んじつつも、重心がずれていたに過ぎないのである。付け加えるまでもなく現実における愛好と評価の高さはまた別の問題で、この点はまだ解き明かされていないと考えなくてはなるまい。

　掛けことばの愛用に対するもっとも一般的な説明は、その理由を日本語における同音異義語の多さに求めようとするものである。たとえば英語などと見比べて、たしかにこの観測は間違っていないと思われるけれども、しかしこれでは、こんどは逆に、掛けの可能なことばの数量、掛けことばの頻度を説明することはできても、その価値評価については何も明らかにすることができない。

　他方、漢語による広範な浸食をまえにして、大和ことばに対する語源意識を高め、根つきの言語の響きに耳を澄ませようとする、強い伝統回帰の意識が『古今集』の編者たちに

(132)「喩え」と「添え」については、さらに二つの下位区分が存在したのではないかと思われるが、この点については次章でもうすこし詳しく検討する。「秀句」という語はこのように、簡単にいえば意味のもつれを弄ぶ技巧を指しているが、語法的に見れば、良くできた歌の異称として成立したらしい点が目を惹く。

あったとする説（川本 二〇〇〇）、あるいは編者のひとり貫之の遊び心に帰する解釈（織田 二〇〇〇）もある。けれども、たとえそうした事実が立証できたとしても、この手法がすでに万葉初期から常用され、いわば古典和歌の歩みとともにあったことを考えれば、一般的な説明としては明らかに充分でない。

ここでは、和歌が言語芸術としてもつさまざまの特質、たとえば詞書きの慣習、本意・本情・本説の重視、本歌取りの手法化、情意語の排斥その他は、すべて短詩としての和歌そのものの内在的な性質に起因しており、それぞれ和歌という形式、および和歌の産出形態と無縁でなかったと考えたい。

掛けの重要視という点についていうと、そこには和歌の発生から盛行までを条件づけていたテクスト産出と流通の形態がつよく作用したとまず考えなくてはならない。歌謡として口伝えに伝えられ、人と場所を変えつつ謡い継がれるという状況のなかでは、短詩の名指し機能はとりわけ侵されやすく、伝承主体による裁可を受けることが難しかったのではないかと予想される。またたとえ伝承されたとしても「状況の脱落」を免れることは出来なかった。その機能の故意に消去された、さまよう意味に詩的感興を見いだすような状況には明かになく、そのためにこそ、のちには詞書き＋詠歌というあまり類例を見ない形式が発達し、また秀歌の成立にまつわる故実を伝承することが歌論の重要な役目のひとつともなったのである。言いかえれば、場面依存的、両義的な意味の綾に対して、より自足的、安定的な形態の綾を優先する現実の要求がそもそもあり、意味的な技法ですら、意味と形態との交点に成立する掛けやもじりに寄りかからざるを得なかったのである。

文字を得てからの成り行きは、もちろんそれとは違っていた。しかし、詞書きや最小の物語によって状況を補足しなければ、実世界への係留を絶たれてしまいかねないという短詩の性格に変わりようはない。また、歌垣や歌合わせ、贈答、連歌といった和歌の産出形態を一貫して特徴づけているのは「対話性」「即興性」と総称しうるような環境である。燈火のもとでの呻吟よりも、どちらかというと寄席芸の「ものは付け」や「謎かけ」のほうが詠作の現場に近かった。当為即妙の応酬のなかでは、暗示的な意味や深い含蓄より、打てば響くような、軽やかなことばの戯れの好まれる理由がある。さきに見た『万葉集』三八九六番の「たゆとふ命」などはよほど希有な例で、本領は明らかに「春日の社」(四〇七)のような作にあるといってよい。

したがって、つねづね気にしてきた、西洋の詩における隠喩と和歌における掛けという対比は、いっけん「詩的言語」という共通の基盤をもつように見えながら、実際には、比較の基盤そのものの違いを見過ごしている恐れがある。異種の言語体——たとえば受け手の目をひくと同時にテクストの内容を総括することが要求される新聞の見出しや広告キャッチフレーズ——では、語形と意味との戯れとでも呼ぶべきもじりや、同音異義、多義、類義にもとづいた掛けことば、対比構文などが多用される。深みのあることばではなく、ことばの遊技性をもって受け手を誘い込むのである。そこでは、受け手が、送り手の側における作為を認めたうえで、その楽しく、驚きを含んだ知的遊技を受け入れようとする気持ちを動かせたときはじめて伝達がなりたつ。

詩的技巧の種差

このような事情は、たとえば詩歌、新聞報道、宣伝惹句、会話というふうに、言語体が異なればそこで使用される技巧にも種差が生じる、というかたちで一般化することができる。そして、表現技巧と言語体とのあいだに見られるこのような相関関係は、つまるところ製作に費やされる時間と解釈に費やされる時間（coding/decoding time）との比率に懸かっていると考えられ（Goatley 1993）、両者の対比は、ごく図式的に見ればつぎのような四つの典型として集約できるはずである。そして、これらのきわだって特徴的なケースとして、すくなくとも日常会話、広告のことば、それに詩歌を当てることについてはおそらく異論の余地があるまい。

	日常会話	託宣?	宣伝惹句	詩的言語
制作時間	―	―	――――	――――
解読時間	―	――――	―	――――

たとえば会話の場合には、その場に応じてやりとりがなされるので表現と理解にかけられる時間はごく短かく、手の込んだ表現技巧が用いられること自体まれである。たとえ隠喩が使われたとしても、それはごく平凡なものになることが多く、そうでない場合は仕草や声調によって隠喩であることが合図され、解釈の手がかりが与えられ、場合によっては喩義そのものまで明かされるのが普通である。言語体と隠喩の種差との相関関係を指摘し

たつぎの文章は、和歌の伝統とはいっさい無関係であるだけにかえって示唆的であると思われる。

広告コピーは多くの時間と手間をかけて作成されるものの、たとえ読まれるとしても読者は目をすべらせるだけなので、両者の関係は不均衡である。そのため隠喩は入念に選ばれ配列されるが、解釈の速度のことを考えて、目に付きやすい、掛けことばふうの即効的な詩的効果をねらう工夫がなされる。受け手は解釈基盤を探索することを求められず、広告の場合、詩や小説とは違って引用やもじりも深く玩味されることはない。

詩は、作成の面でも解釈の面でも最も時間がかかり、隠喩の検出、喩義および解釈基盤の発見はほとんど解釈者にまかされる。詩人は浅読みの読者など眼中にいれず、作品が繰り返し読まれ、長い年月にわたって読者の道連れとなることを念頭に置いている。死の間際になって、はじめてシェイクスピアの二重の隠喩にそれまで気づかなかった意味を読みとることもありうるのである。（Goatley 1993）(後注12)

和歌が詩的言語であることに疑いをはさむ余地はないけれども、産出と受容の形態やそこに費やされる時間という角度からいえば、むしろ対話と宣伝惹句との中間あたりに位置づけるべきジャンルであろう。連歌や連俳に至っては、ゆったりした会話とあまり選ぶところがなかった。和歌の抱える、このような質的な要請と、日本語ほんらいの性格とが相乗して、掛けをはじめとするこの短詩特有の詩学を成熟させたと考えられる。(後注13)逆にいうと、この環境から自由になることによって、はじめて現代的な意味での「短歌」が可能になったのである。

和歌の言語がこのように技巧の直截性・刹那性をめざしたと考えると、歌論が繰りかえし説いたもろもろの戒めや禁則が、ある意味では歌づくりの本質をよく捉え、それの志向するところをメタ言語として是認していたのだと受け取ることができる。歌論・連歌論がしばしば些末主義的で、「末梢的な制詞禁制のタブーか、さもなければ故実有職の秘伝」(伊地知 一九三、七頁)の集積という印象を与えていることは確かに否定できない。由緒あることばを使用し、よく知られた名どころを詠むべきこと、恋の本意はかくあるべきこと、異物・奇言を避けるべきこと、元歌は定められたこれこれの典拠から取り、上下を置き換えて詠みこむべきこと——こうしたさまざまの教条は、なるほど作歌のための具体的な、ときにはあまりに煩瑣で窮屈な指針には違いないけれど、最終的には和歌の言語世界を純化し、意味作用を安定させることにつながって行った。俗語を昇華して、文字どおり「歌ことば」という別個の、独立した人工言語、「心あるひと」たちの共通語を成立させたのである。

そしてその共通語の規範にあっては、意味の綾についても自ずと歌の流通形態からくる制限や抑制がはたらき、おそらく事実上、愛用手段はもとより許容範囲にも慣行が生じていた。それは、詩というものを究極の個人言語と見る文化にとっては才能や独創性に対して不寛容な、色褪せた言語世界と映るかもしれない。しかし和歌という詩的言語は、その本質的な機能からいうと個人言語の対極を目指したのであり、詩的言語のコード化、詩的世界の共有という一点に目標をしぼろうとした。

第Ⅳ章 和歌の言語世界

1 詞姿と詩想――つねの言葉と思へども[133]――

日常世界からの歌ことばの離脱

『古今集』以降、歌ことばに著しい変化があった。古歌で用いられた語彙を歌づくりの規範としつつも、『万葉集』に混じる「すこし乱れたるもの」に抑制がかかり、「清げな」ことばが精選された。酒を飲む、鮒をはむというような「下種《げす》しい」行為は表現から排除され、聞きにくい続けがらも斥けられた。手本とされた『古今集』の語彙すら、ある部分はすでに古めかしくなろうとしていた。俗語と古語を歌ことばから追放しようとする傾向は時代とともに強まって行ったと見えて、たとえば鎌倉後期、平淡優美を唱える流派は万葉ぶりを「耳遠き詞、凡俗の心」を詠むものとして邪道あつかいするほどであった（『和歌秘伝抄』）。

この「物さび・嫌ひ詞」がどれだけの規模で、どのような範囲に生じたかは厳密な通時的比較をまつ他はない。しかし、試みに生きものの名をとってみると、『万葉』では一〇

（133）万葉集、巻第一二、二九七三。

○に近い基本名詞が登場していて、そこに禁制が掛かった形跡はまったくない。いちおう分類して示すとつぎのようなものがある。

《鳥類》鳥、鷗《かまめ》、ぬえ鳥、鴨、たづ、呼子鳥《よぶこどり》、ほととぎす、かり、うづら、鴛《をし》、千鳥、かほどり、山鳥、きぎし、くろ鳥、あしたづ、八尺鳥《やさかどり》、白鷺、鷲、鴻、あとり、鷹、鵜、しぎ、けり、ひばり、しながどり、すどり、鴉、まとり、鶏《かけ》、うぐひす、百舌《もず》、しらとり、にほどり、あぢ、

《獣類》獣《しし》、馬、駒、夫駄《ぶだ》、鹿、鹿児《かご》、牡鹿、むささび、猿、うさぎうま、狐《きつ》、をさぎ、ことひ牛、犬、虎

《魚介》魚《な》、鮎、鮎子、いさな、鮒、すずき、鯛、かつを、むなぎ、しび、鮑《あはび》、しじみ、つなし、忘れ貝、蜷《みな》、しただみ

《虫類》虫、夏虫、ひぐらし、蟋蟀《こほろぎ》、すがる、あきづ、桑子《くはこ》（蚕《こ》）、蜘蛛、さばへ

《ほか》かはづ、谷蟇《たにぐく》、龍、みづち、鬼

むろん好んで取り上げられるものは自ずから限られて来るけれども、すくなくとも使用語彙に対して制約も抑制もなかったらしいことはこのリストから推測できる。それが『古今集』では、一挙に二〇語そこらに減少する。この成り行きは、『万葉集』の段階では日常のことばに詩化の工程をほどこすことによって歌がつくられたのに対して、『古今』以降、言語世界そのものの詩化が始まったと言い換えることができよう。歌づくりの基盤自

体が変化したのである。そこに登場することを許されているのは、つぎのような名である。

あしたづ、いなおほせどり、うぐひす、うづら、雁、千鳥、にほどり、ほととぎす、都鳥、ゆふつけ鳥、しぎ、鶴、喚子鳥《よぶこどり》、鴛、駒、ましら、鹿、虫、夏虫、きりぎりす、松虫、すがる、せみ（うつせみ）、ひぐらし、ささがに（の蜘蛛）、蛍、亀。

『新古今集』では古歌も採られているためかわずかに増える傾向が見える。

あしがも、あしたづ、うぐひす、うづら、かささぎ、雁（かりがね）、しぎ、しながどり、たづ、鶴、千鳥、（水鳥）、はし鷹、鳩、ほととぎす、よぶこ鳥、山鳥、ゆふつけ鶏、鷲、鹿、ひつじ、虫、こほろぎ、ひぐらし、松虫、せみ、蛍、きりぎりす、かはづ、かげろふ。

獣類や魚介、異物などの範疇はそっくり姿を消しており、何が忌避されたかの見当はほぼこれで付くが、しかし、選り残された語彙も同じく重要である。『古今集』以降に残り、またその段階で新たに加わった語彙から知られることは、ひとことでいえば雅語の確立ということである。

「蜘蛛」や、「鶏《かけ》」「馬」などの名称が消え、「ささがに」「ゆふつけ鳥」「駒」が取って代わった。蟬や松虫、ひぐらし、かはづなどはもっぱら詩的効用という側面から選ばれたもので、鳩や喚子鳥《よぶこどり》などの鳥ともども、いずれも「泣く、呼ぶ」に掛けて用いることに主眼がある。蛍もやはり「思ひ」に掛ける「火」の関連語として取り入れられた。

ひとの訪らう前兆と見なされたらしい「ささがに（の蜘蛛）」については定説がないけれども、記紀歌謡の「笹が根の蜘蛛」がしだいに比喩的な異名「ささ＋かに」から来た枕ことばと受け取られて雅語と化したものと想像される。いうまでもなく蜘蛛にまつわる呪術的な意味は、もとを質せば、日暮れ時に巣をかけて獲物を待つクモの性質に根をもつ共感呪術であったに違いないけれども、和歌の伝統はそれを「クモ―来も」という掛けによって言語的平面へずらしたのである。

「かささぎ」の初出は『新古今集』である。これは「かささぎの橋」という形で織り姫の歌まくらに関連して愛用されたが、鳥そのものを詠んだ例は見えない。範囲を全勅撰集まで拡げると、初出は、

逢ふことはたなばたつめにかしつれど渡らまほしきかささぎの橋（後拾遺、後朱雀院）

のようで、詞書きによると、友にたまには訪なうことを促した歌文であることが分かる。「かささぎ」の使用例は少なくないが、鳥そのものを詠んだ歌は、「夏山の峰とびこゆるかささぎの翼にかかる有明の月」（新拾遺、津守国冬）のみで、あとはすべて修辞的仮想である。この事実は、詩的世界の確立という視点を補強するひとつの好材料と考えてさしつか

えあるまい。

すこし異色なのは神祇釈教の歌に現われる「鷲」と「ひつじ」で、鷲は欣求のこころから霊山・高嶺をいうための形容として使われており（「鷲の山、鷲の高嶺」）、仏説の霊鷲《りょうじゅ》山《せん》[134]から出ている。「ひつじの歩み」[135]も仏典からの引用である。あとで取り上げる意味レベルの問題とのかかわりでは、基本語の「鹿」だけが残り、下位語「鹿児《かご》、牡鹿」が消えたことは特徴的であると思われるが、設定範囲が狭すぎるため、残念ながら引証するには類例が足りない。

こうした動向に唯一逆行するのは、『古今集』において「たづ」とならび平俗語の「鶴」が使われはじめ、その後しだいに優勢になってゆくことである。この語は、室町以降、「鶴亀」「鶴の毛衣」「夜の鶴」という成句において多用されたが、それとともに「たづ」に代替していった形跡も見え、理由は分からないけれども、ここに来て「（あし）たづ」という歌語が廃用に帰したと見るのが正しいと思われる。

わずかな例ではあるが、このような一連の変化の意味するところは一目瞭然といって良い。どのことばも詩的世界にいわれをもつ表徴であり、新たな実経験の領域が詩的言語を肥やしたわけではない。『古今集』以降に起きたことは、歌ことばが日常世界から離脱し、独自の美意識で統一された、詩的、理念的な世界に閉じこもろうとし始めたということ以外にない。

これは語彙の量だけにとどまらない。同じことばでも、それが指す場面はしだいに限定されて、和歌独自の意味機能に収束していった。時代を通じて、たとえば「なく（哭く、

（134）釈迦が常住して説法した地

（135）屠所にひかれて行くヒツジの歩みの意味で、摩耶経の「歩々死地に近づくがごとし」という比喩にもとづく。

鳴く)」という動詞の一般的意味そのものに大きな変化が生じたとは考えられないが、万葉期には別離や哀悼、児泣き、恋の涙その他もろもろ、要するにひとや鳥獣の「なく」あらゆる場面を指して、べつの角度からいえば「なく」という語の用法の全幅において使われていたものが、時代が下がるにつれしだいに恋や哀悼、そしてある時期からは老残の嘆きだけに絞られ、鳥獣の場合にはほとんど例外なく、「妻を恋ふる」鳴き声という視点に限定されていった。それも、「衣手を濡らす」「袖に露おく」その他、泣くことをいう間接的な表現は数十倍に増えるなかでの出来ごとである（後述）。概括していうならば、詠まれるべき事柄が急速に絞り込まれてゆき、それに反比例して、同じことをいう表現の形が飛躍的に増大したということになる。

この推移をもたらしたものは、根本的には歌ぶりの変化である。『万葉』と、たとえば『古今集』との違いは、ふつうつぎのような角度から捉えられる。

> 「いつしかもこの夜の明けむ鶯の木伝ひちらす梅の花見む」（万葉　一八七三）。『万葉』ではこんなふうに鶯を見ているけれど、『古今』では、「木伝《こづた》へばおのが羽風にちる花をたれに負ほせてここら[136]鳴くらん」（古今、春下、一〇九）というように、鶯の鳴くのは花の散るのを惜しんでのこととするのが普通である」（佐伯　一九八一、二四頁）

（136）これほど頻りに

この最後の一文は、和歌の言語におけるいくつかの推移をひとまとめに述べたものと理解される。引用文では省かれているが、『古今集』からの例歌では、まず当のウグイスは

「鶯の鳴くをよめる」という詞書きのほうに追いやられ、歌そのものには名が現われない。これは、意味のささえとして詞書きの役割が増したという事情も考えられないではないが、基本的には、「羽風が花を散らす」といえばウグイスのことだという詩的含意が固定し、わざわざ「ウグイス」ということばを持ち出す必要がなくなったことを示唆している。

　同じことは「ホトトギス」と「(玉に貫く) 花橘」との関係についても言え、すでに万葉の時期、家持の「玉に貫く花橘を乏しみしこのわが里に来鳴かずあるらし」(万葉　三九八四) に同種の現象を見ることができる。違うとすれば、この歌ではホトトギスの不在がその名の不使用によって描写されているのに対して、ウグイスの場合には言及を不要にする濃密なコンテクストが醸成されているという点だけである。これは、たとえば「言挙げせず取りてきぬべき男《をのこ》」(万葉　九七七) に見られるように、「国・取る」の連語関係が緊密化して変項「国を」が動詞「取る」に吸収され、含意として定着し、ついにはその語義と化してゆく、いわゆる「繰り入れ」(incorporation) の途上の現象であると見ることができる。もう一歩踏みこんで、目的語、補語などの可変項が常項化して述語に吸収される過程、といって良いかもしれない。これと同じ過程が、形容的枕ことばの用法の変遷に観察されることはすでに指摘した (第II章七三頁)。

　ウグイスが梅の花の散るのを惜しんで鳴くと見ることについても同じことがいえる。『万葉集』はウグイスと春の花々 (=やまぶき、卯の花)、野辺や竹林のウグイス、ウグイスを誘う梅の花、花を木伝い散らすウグイスその他、種々の情景を自由にうたった。そのひとつが、絵画性に情趣の添わったつぎのような歌群である。

　梅の花散らまく惜しみ[137]わが園の竹の林に鶯鳴くも　（万葉　八二四）
　わがやどの梅の下枝《しづえ》に遊びつつ鶯鳴くも散らまく惜しみ　（万葉　八四二）

「散らまく惜しみ」という語法そのものは明らかに常套化しているが、ひとが花や紅葉や露霜の散るのを惜しみ、鹿が萩の散るのを惜しみ、鶯が梅の花の散るのを惜しむというふうに、すくなくとも発想の自由は確保されていた。『古今集』のころにはこの、鶯が、花の、散らまく惜しみ、という特定の視点ひとつが規範化し、独自な発想で、新しい主題をうたう余地が急速に狭められたということになる。「たれに負ほせて」〈誰のせいにして〉という修辞的な問いかけの裏にも例にもれず恋の含みが潜められているように感じるが、あるいはこれは、直前に掲げられた、「吹く風をなきてうらみよ 鶯は 我やは花に手だにふれたる」（古今　一〇六）を踏まえて、歌ごころある人間のしわざではないのだと言い聞かせているのかも知れない。すくなくとも、集はそのような連続性を意識して編まれているように読める。

　このような表現や〈花を惜しむ、誰かのせいにする〉といった含意は、簡単にいってしまえば擬人法のもたらしたものということになる。けれども、和歌における〝擬人法〟は非情のものへの呼びかけ、非情のものにも風雅の心を求めるという詩化された眼差しの具現であり、簡単に隠喩の一種として片づけてしまうことはできない。その意識が歌びとた

（137）散ることを惜しんで

ち自身にもあったことは、たとえばつぎのような文章から明らかである。「相構えて曲節を好むまじきことにぞ。されども心なきものに心をつけ、物いはぬものに物をいはするは、歌道の命なり」（「宗祇発句判詞」）。派手はでしい表現や突飛な用語を禁じつつも、非情のもの、「無心なるものに心をつける」ことは歌ごころの本質であると指摘しているのである。

和歌の言語におけるこのような推移は、歌論で行なわれた「本意・本情」の説とも相俟って進行したと考えられる。歌に規範を立てることは万葉、古今を模範にして「もとのこころ」（『古来風体抄』）をわきまえ、これを継承することを眼目としており、本来は、和歌が形成してきた感性のかたちを伝承することにあったはずである。しかし、歌論がたとえそうした妥当性をもつ言説として登場したとしても、意図したとおりに受容されるとは限らなかった。しかも歌論は、論評や宣言としてでなく、たいていは秘伝書として著わされたため、規範への傾斜とともに権威との結びつきを強めていった形跡が濃厚にある。

本意・本情の論

規範としての本意・本情論とは、厳密には、ある歌語をその規定された意味において用い、詩題はその定められた相において詠むべきことを推奨する立場をいう。しかし規範的な姿勢はこの側面だけでなく歌づくり全般に及んでおり、歌を詠むときのそもそもの心構え、歌のすがた、本歌取りの作法と範囲、語法、避けるべき用語、用字法その他が、一方では禁制、他方では定法《じょうほう》としてしだいに細かく規定されていった。

たとえば本歌取りは掛けことばと並んで和歌の技法の柱をなしているが、これを行なうさいには、季の詠みかえ、恋の歌を雑の歌につくるというような仕立ての変更に限り、引き歌が露骨すぎず微かすぎず、程良くこなれた形で取り入れるのが良いとされた（『毎月抄』）。あまりに近時の詠草や、「尾花浪よる」（俊頼）、「身を木枯らしの」（定家）、「われても末に」（崇徳院）など、主あることばをとること、古歌を三句にわたって詠み込むことも戒められた（『詠歌一体』）。『正徹物語』は、頓阿が七夕の歌会において子息経賢の歌を「かささぎ」が詠み入れられるまで三たび突き返したという逸話を載せている。七夕にはかささぎを詠むものと決まっており、そのしきたりを守ることは掟の域に達していたのである。

これを詠歌作法の伝承という角度から見ると、よしんばそれが「ありたきこと」として述べられたとしても、初学者にとっては「あるべし」と表裏一体のものとして受けとられたに違いない。わが国独特の、伝書という継承の形態もこの傾向を強めこそすれ、弱めることはなかったはずである。つぎの一節などはより具体的で、しかも規範性をはっきり押し出した文章といって良かろう。

題の歌にはかならず心ざしを深くよむべし。たとへば祝いには限りなく久しき心をいひ、恋にはわりなく浅からぬ由をよみ、もしは命にかえて花を惜しみ、家路を忘れ紅葉を訪ぬるごとく、その物に心ざしを深くよむべ［し…］。ただし題をかならず玩ぶべきぞとて、古くよまぬほどの事をば心得べし。たとえば郭公《ほととぎす》などは、山野を尋ね歩きて聞く心をよむ。鶯のごときは待つ心をばよめども、尋ねて聞く由をばいとよまず。また鹿の音などは聞くにも心細く哀れなる由をばよめども、待つ由をばいといはず。かやうの事、ことなる秀句などなくばかならず去るべし。また桜をば尋ぬれど、柳をば尋ねず。初雪などをば待つ心をよみて、時雨・霰などをば待たず。花をば命にかへて惜しむなどいへど、紅葉をばさほどには惜しまず。これらを心得ぬは故実を知らぬ様なれば、よく古歌などをも思ひ解きて、歌のほどに随いて計らふべき事なり。

（『無名抄』）

ここでは、同じくホトトギスやウグイスを詠むさいにも、素材の扱い方じたいに詩的な扱いとそうでない場合があることを説いている。本意・本情とは、たとえばホトトギスは深山幽谷の鳥であり、桜花は枝にとどまっているあいだが美しいというように、幾分かものの本性に根ざしたものであるらしいことは窺える。けれども、明らかにそれは個々の題材が詩人に与えるはずの情趣を選別し制限すると同時に、ことばの用法を重んじて詩的経験をなおざりにするものでもあった。(138) べつの言い方をすれば、詩であることをやめて風雅の共通語になろうとしているのである。

語彙、語義、情趣すべてにわたってこのような規範化が進行し、しかも歌は、「いひ知りたるさまをよみて、その中に秀逸いで来ぬべからむ題をよくよく案じる」（『三五記』）べきものとされた。歌づくりのほとんどすべての局面にわたるこのような規範が和歌という詩的言語にいかなる方向性を与え、またこれに準拠したとき創造性、芸術性というもの

(138) これは単なる憶測に過ぎないが、たとえば、ほととぎすを〈郭公〉と表記する習慣は、「カッコウ」という漢語が歌ことばとしては許容されないという点もさることながら、歌を詠むのにその声

がどこに活路を開きえたか、つぎにすこし綿密に点検してみよう。

ウグイスの歌

勅撰集に収められたウグイスの歌は三〇〇余首にのぼり、『新古今』までに時代を限ってもゆうに一〇〇首を越える。背後には無論この可憐な鳴き鳥に関する話想世界があり、一面で和歌の役目はこの世界を詩的に純化し、細密に描き込んでゆくことであった。

鳴き声の美しさということが当然この歌題をとりあげる基本的な前提をなしているはずであるが、単にそのことだけを詠んだ歌はどうやらつぎの拙劣な歌一首しかなく、予想に反して、春の到来をつげる鳥、という詩的認識がまず先にあったことを跡づけている。

なく声はあまたすれども鶯にまさる鳥のはなくこそ有りけれ（拾遺集、すけみ）

論理的にはそこからの第一歩が、ウグイスをして春を告げる鳥、と見ることであろう。

あらたまの年ゆき還り春立たばまずわがやどに鶯は鳴け（万葉　四四九〇）
鶯の谷よりいづるこゑなくは春くることをたれか知らまし（古今　一四）
春きぬと人はいへども鶯のなかぬかぎりはあらじとぞ思ふ(139)（古今　一一）

この三首はいずれも、同じこころから、同じ題材を、しかし異なる表現で詠んでいると

を聴くことが必要でなくなった時から生じたのではないかと思われる。

(139) 春が来たような気がしない

言える。最初の歌はウグイスにはやく来鳴くことを催促し、つぎの歌は反語に訴え、最後の例は二重否定という語法によって期待感を強調している。この視点は、さらに雪のうちの春というひと刷毛を加えて和歌のもっとも愛好する詩想のひとつとなった。その過程で漸次蓄積された「谷より出づる」「山谷越える」「山里」などの設定は、〈春になると、ウグイスは、花の香にさそわれて谷間の古巣を出、里に来鳴く〉という詩的虚構を準備し、ウグイスの歌は多くの場合この筋書きを踏まえて詠まれることになる。

うちきらし雪はふりつつしかすがに(140)わが家のそのに鶯ぞなく（拾遺集、家持）
鶯の声なかりせば雪消えぬ山ざといかで春をしらまし（拾遺集、中納言朝忠）
梅が枝《え》にきゐるうぐひす春かけて(141)なけどもいまだ雪はふりつつ（古今　五）

〈雪中のウグイス〉というこの詩想のいわば総仕上げをなしたのは、二条の后の「凍れる涙いまや解くらん」という華麗な表現であったが、これは単独で出現した奇想ではけっしてなくて、あとで見る〈鳥獣の涙〉というモチーフとの合流により、「鳴く」の比喩的迂言として生まれた語法であり、作歌態度の真率さを疑わせるほどの誇張法（斎藤　一九七七［一九三八］）と見るのはすこし的を外している。続く二例はまた別の詩想、〈花と見紛う白雪〉との合流によって作られており、一方はひとの目を通して、他方はウグイスのこころを思いやりつつ詠われている。

(140) そうは言うものの
(141) 鳴き声に「春だ、春だ」という声が掛かっているという見立て

雪の内に春はきにけりうぐひすのこほれる涙いまや解くらん（古今　四）

鶯のなきつるなへ[142]に春日野のけふのみゆきを花とこそ見れ（拾遺集、藤原忠房）

春たてば花とや見らん白雪のかかれる枝にうぐひすぞなく（古今　六）

こうしてみると、和歌は題材と、詩想と、表現というおおよそ三つの角度から捉えることができそうに思われる。歌論書はこれとはすこし違って、心、ことば、すがたという角度から歌について語ることを常とした。これが、本意・本情論の根底にあることは確かであるとしても、いわゆる「もとの心」は題材とかならずしも一意に相関するものではなくて、たとえばウグイスを詠むさいにも待ちがてにする気持ちだけでなく、嘱目や感懐、単なることば遊びもありうる。『無名抄』の戒めは事実を指摘したというより、みだりに異を立て、奇想を弄ぶことを封じたことばであると理解される。

ただし、さきに進むまえに一点だけ付け加えておかなくてはならない。ウグイスに関するもっとも原初的なはずの歌が『拾遺集』の段階で現われていることから分かるように、モチーフの変遷というものを厳密に時間的な展開と考えることはできず、その復元はもっぱら理念的な作業にとどまる。推定される生起例の位置づけはあらかじめ予測されうるが、そこを占める歌が現われるかどうか、いつ現われるかは偶然である。おおむね歌集の成立順にしたがって点検してゆくけれども、勅撰集がそれぞれ直前の撰集以降の詠草を集めたものとは限らず、また作歌の順に編まれているわけでもないので、これはあくまでひとつの目安に過ぎない。このことを念頭に置きつつ、もうすこしウグイスにかかわるモ

(142) ～とともに

チーフの展開を追ってみよう。

ウグイスとの取り合わせ

『古今集』の段階では、〈花の香を尋《と》めくるウグイス〉〈往く春を惜しむウグイス〉〈梅を花笠に縫うウグイス〉などのモチーフが新たに加わった。梅そのものでなく、〈袖の移り香〉という換喩的転移も新しい。

花の香を風のたよりにたぐへてぞ鶯さそふしるべにはやる（古今　一三）
青柳を片糸によりて鶯の縫ふてふ笠は梅の花がさ（古今　一〇八一）
折りつれば袖こそにほへ梅の花ありとやここに鶯のなく（古今　三二）

青柳との取り合わせもここで登場し、後々まで受け継がれてゆく。野辺に花を尋ねてウグイスに会う、ウグイスの声に誘われて花のもとにいたる、という展開も目をひくが、花の散りに侘びしさを感じ、「なく」の拡張として〈世の憂きをなく〉という情感が付け加わり、他方ではまた、梅の花笠という華やいだイメージが老いと連合した歌、「鶯の笠にぬふてふ梅の花折りてかざさむ老かくるやと」（古今三六）もある。家持病床の吟、「春の花いまは盛りに匂ふらむ折りてかざさむ手力《たぢから》もがも」（万葉　三九六五）に想を得ながらも、この歌では陽と陰とが二重写しになって、かれの老疾の愁いにくらべて時代的な陰りのほうが濃いように感じる。つぎの「まつ人も」（古今　一〇〇）は従来の系譜と結びつけにくい歌ではあるが、やはり『万葉集』、「鶯の鳴き散らすらむ春の花いつしか君と手折りかざさむ」(万葉　三九六六)の直情表現にすこしひねりを加えたものと見なしてよかろう。

花の散ることやわびしき春霞たつたの山のうぐひすのこゑ(古今　一〇八)
我のみや世をうぐひす[143]と泣きわびん人の心の花とちりなば(古今　七九八)
世にふれば言の葉しげきくれ竹のうき節ごとに[144]鶯ぞなく(古今　九五八)
まつ人もこぬものゆゑに[145]鶯のなきつる花を折りてけるかな(古今　一〇〇)

(143)「憂し」が掛かっている。
(144)くれたけの節と、〈つらいことがある度に〉が掛かっている。
(145)来もしないのに。「ゆゑに」は順接の〈ので〉でなく逆接。

『古今集』と『新古今』に挟まれた時期、詩想、表現にあまりめぼしい展開はない。通観すると、昔の春をなつかしみ、来る年々、春の風物は変わらないのに我が身だけが老いてゆくという嘆きのトーンが強まってゆく印象がある。しかし反対に詩的言語はだいぶ弛緩し、『古今』の俳諧歌にあったような、語呂あわせやことば遊びがこの雅な歌まくらを冒しはじめている。もうひとつ注目すべき特徴は、恋の駆け引きや音信《いんしん》と絡んでいてすなおには受け取れないけれども、「花の咲かぬ深山のうぐひす」「春待たで鳴く」「巣だたぬうぐひす」「うち解けぬ声」など、さまざまの形の打ち消し表現が頻出する点である。しかしこれは、ウグイスの歌題がしだいに精細化してゆく過程をしめすもので、詩的言語の展開に決まって現われる反定立の段階にはいったということではあるまい。

　つぎに多少とも目新しい工夫のある歌を挙げてみる。

梅の花ちるてふなへに春雨のふり出《いで》つつなくうぐひすのこゑ（後撰集、躬恒）
松のうへになく鶯のこゑをこそ はつねの日とはいふべかりけれ（拾遺集、忠岑）
春風のけさはやければ鶯の花の衣もほころびにけり（同、読人しらず）
鶯はこづたふ[146]花の枝にても谷のふるすを思ひわするな（詞華集、律師仁祐）
春立てば雪のした水うちとけて谷の鶯いまぞ鳴くなる（千載集、大納言隆国）
むめが香に声うつりせば鶯のなく一えだは折らましものを（同、仁和寺法親王）

これらの諸歌でウグイスと春雨、あるいは松との連合がおこり、〈里にいて古巣を忘れる〉〈花の香にうつるウグイスの声〉というモチーフが新たに加わった。後者は〈袖の移り香〉の共感覚的な延長で、これにひとひねり加えたところが取り柄である。「花の衣」（古今　八四七）という表現と結びついたのもこの時期で、二、三踏襲する例も出たが、これは「花、衣・ほころぶ」の両掛かりをもてあそぶ歌で、厳密にはウグイスを詠ったものとはいえまい。しかし元歌の「花の衣」のもつ比喩的な意味〈華美な装束〉が重心の移動によって微妙にずらされており、ひとを感服させるだけの手柄はあったものと思われる。

「雪のした水」という言い回しは数かずの模倣を生んだらしく、『詠歌一体』では主あることばとして制の詞[147]に入れられている。初出がこの歌であるという決め手には欠けるけれども、類歌と比較してみる限りでは、これがいちばん人の記憶にのこりやすい歌ではなかったかと思われる。「山した水」は『古今』以来〈秘められた恋〉をいう常套句として使われているので、雪解《ゆきげ》との結合というただ一点において新しい。手法という角度から見

(146)「木・伝う」

(147) 古歌の一節を引くことは歌作りの基本的な手法のひとつであるが、並外れた秀句には制のことば、あるいは制詞として

ると、これは比喩表現から辞義への縒《よ》り戻し、いわゆる「辞義の回復」(realization)に依っている。蛇足ながら、二番目の忠岑の歌では、初音の「ネ」を子《ね》の日に松の若木を引く風習に言い掛けている。

こうした一種の中だるみを経て、『新古今集』においてにわかに歌が精妙になる。視点や歌まくらの連続性は依然として保たれているので、それは『万葉』『古今』の超克というより、新鮮な感覚にもとづく語彙、表現の刷新であったと見てよかろう。その歴然たる違いを見るために、まず発想そのものにあまり新味のない歌を何首か挙げてみる。

谷河のうちいづる浪もこゑたてつ鶯さそへ春の山かぜ（新古　一七）
梅が枝《え》に鳴きてうつろふ(148)鶯のはね白たへにあは雪ぞふる（新古　三〇）
うぐひすの涙のつららうちとけてふる巣ながらや春を知るらむ（新古　三一）
ふる雪に色まどわせる梅の花うぐひすのみやわきて忍ばん（新古　一四四二）

ここには、常套句に寄りかかりつつ空想を弄ぶのでなく、詩意識をもつ作者たちの存在をはっきり感じることができる。発想の大きな転換が起こったわけでもないのに、詩律が軽快になり、「浪もこゑたてつ」「白たへにあは雪ぞふる」のように、旧来の詩語も新たに組み直され、イメージが具体化し、情趣もより鮮明に表出されている。これは『新古今』の歌全般に当てはまる特徴で、この歌集に掲出されると、万葉歌すら一種清新な色合いを帯びて見えるほどである。かなりの範囲で意識の変革が起きたからこそこのような撰歌が

禁制が掛けられた。

(148)「こづたふ」に同じく、〈枝移りする〉の意。

可能だったのであり、あながち選者たちの感覚だけに帰することは出来まい。つぎの数首は気分、表現、歌まくらの三点においてこれまでとは別の詩境を開いている。

谷ふかみ春の光のおそければ雪につつめる鶯の声（新古　一四四一）
鶯のなけどもいまだふる雪に杉の葉しろき逢坂の山（新古　二九）
霞たつ春の山辺にさくら花あかず散るとやうぐひすの鳴く（新古　一〇九）
おもふどち[149]そことも知らず行き暮れぬ花のやどかせ野べの鶯（新古　八二）

最初の二首は〈雪中のウグイス〉という馴染みのモチーフによっているが、かつてなく表現に生彩がある。「雪の光」（万葉　三九四五、三九四八）という語法を離れた「春の光」、あるいは「雪につつめる鶯の声」なども和歌がはじめて知った感覚で[150]、対象にあらためて視線を注ぎはじめた形跡が見える。とくに後者はひとに強い感銘を与えたらしく、「雪につつめる声ながら」（後鳥羽院）、「雪につつめる鶯の涙」（道助法親王）など、その詩想を踏襲する歌がいくつか出た。同じ歌まくらに「杉の葉しろき逢坂の山」として杉につもる雪や嘱目の山を寄せたのも目新しい。

　ちなみに〈雪中の杉〉という歌題の初出は『躬恒《みつね》集』の、「雪のうちに見ゆるときはは三輪山の宿のしるしの杉にぞありける」とされ三輪山の杉との取り合わせで多くの作例があるので（鈴木　一九六四）、これと〈雪中のウグイス〉が連合したと考えてよかろう。桜の花との取り合わせも上掲の歌においてはじめて出現した。

（149）親しい者どうしが

（150）ただし、いうまでもなく「ひかりのどけき春の日」（古今　八四）という共起関係はすでに知らない者がなかったはずで、これへの間接的な言及と見ることはできる。

最後にあげた歌は〔ウグイスに誘われて花に至る〕さまを詠んでおり、内容のうえでは、たとえば『古今集』の、

鶯のなくのべごとに来て見ればうつろふ花に風ぞふきける（古今　一〇五）、

あるいは元歌とされる

思ふどち春の山辺に打ちむれてそこともいはぬ旅寝してしが（古今　一二六）

とさして違っていない。けれども、「花のやどかせ野べの鶯」という語法の優雅な風情は疑いようがなく、すこしの気負いも感じさせずにこう吟じえたことは、「非情のものに心をつける」手法がひとつの高みに達したことを示している。これはのちに制の詞に入れられた（『詠歌一体』）。

『古今』以降の和歌のたどった道筋がこのようなものであったとすると、詩的語彙、詩的素材、詩的手法の制限を他方において埋め合わせたものは、もっぱら公認された素材の「取り合わせ」であったと結論することができよう。これが和歌という上下二肢をなす構造になじみやすいことはいうまでもないが、ただ、そうした内在的な理由だけによると言いきれるのか、あるいは日本人の芸術観や文化の特性に遠因をもつのかはあらためて検討しなくてはならない問題である。

しかし、ふたたびスタイナーの比喩を借りるならば、結果としてそれは濃密な間テクスト的「共鳴空間」を造り上げることにつながった。組み合わされる情景や心情はそれぞれ背景としてのテクスト世界をもち、素材はしばしば既往のテクストもろとも詠い込まれ、清新なことばによって生き返ることすらしだいに稀になっていった。どこまでが創意で、どこまでが引用か、混然として見分けのつかない詩的世界が現出したのである。ある秀歌選は家持の詠とされる、「楸《ひさぎ》おふる川原の千鳥なくなへにいもがりゆけば月わたるみゆ」（新拾遺）を引いてその成り立ちに注目している（丸谷 一九九九、三四一頁）。

ぬばたまの夜の更けゆけば**久木生ふる**
　清き**川原**に**千鳥**しば鳴く（万葉　九三〇）
思ひかね**いもがりゆけば**冬の夜の
　河風さむみ**ちどりなく**なり（拾遺集　二二四）
さ夜中と夜は更けぬらし雁が音の
　聞こゆる空を**月渡る見ゆ**（万葉　一七〇五）

楸おふる
川原
いもがりゆけば
千鳥なく
月わたるみゆ

読み合わせてみると、あたかも、「なへに」を補うだけで古歌が一首出現したかのようで、そのことが無意識に頭をかすめるため、この歌は従来なおざりにされてきたのではないかと著者は推測している。むろん、実際に三首の合成によって作られたいかがわしい歌なのかどうかは確かめようがないけれども、これは詩的世界・詩的言語の固定化と短詩の宿命とを同時にものがたる状況であろう。それでも主題構成と情調において四首はそれぞれ別の境地を保っているといえるが、やがてそこにも制約が加わりはじめる。

2　本意・本情——歌は俗言平語のほかにあれば——

ことばが心をつくる

ウグイスは、花を待ちかねて谷間の古巣を出、里に来鳴くとされていた。春を待ちわびる心は人にあっても同じで、そこをいえばウグイスはいちはやく春を告げる鳥であると同時に、人のこころの表象でもありうる。こうしてひとつの素材から多くの主題が生み出され、それらがさらに隣接する主題と融合してしだいに大きな主題群を作り上げてゆく。個々の主題は潜在的には物語的な時空間の切片なので、このような主題群は一種の物語性をおびた話想世界を構成するにいたる——共通語の域に達した歌ことばが作り上げるものは、この、物語的に整序されうる詩的世界である。

前節で、詩的虚構の成立と主題の展開を跡づけるためにウグイスを例にとったことには多少の理由がないでもない。恋と花鳥風月は万古不変の歌材として濃密な詩的世界を築き上げてきたが、恋と花と月についてはとうに筋立て分析が行なわれた例があり、しかも一般論として興味ある水準に達しているからである。

室町後期のひと宋牧（一四八八?—一五四五）の連歌論『四道九品《くほん》』がそれで、かれは物語を「初め、中、後」の三段に分け、それをさらに三分して九品を得、歌の「心持ち」をその各段に当てるという試みを行なっている。用語と方法は仏説そのままであるが、歌についての理論言語がこのような認識に達していた事実は注目に値する。ただしいうまでもなくこれは、伝統というものの中身がここへきて文章化されたということであって、事実としては、たとえば代々の勅撰集の編集原理のなかにすでに久しく存在していた。

恋の句の初めの初は、風の便りに聞き伝え、また垣間見《かいまみ》、道行きぶりなどに結ぼほれて心を惑わすところ、初の初めなり。さて見し人の行方を尋ねて、その里人を何となく知人にするところ、初の中なり。かの知る人にあらぬことを語り出だして、心ばへを見て胸うち騒ぎつつ、かやうに思ひつる由をいひ出てひとへに頼む由をいへるところ、初の後なり。……
（『四道九品』）

「心持ち」とは歌論でいう本情のはずなので、詩的主題に対する視点を定めるうえで、物語的な結構が明らかに参照枠としての役割を獲得していることが分かる。語彙の精選、主題の反復、本歌取りの手法といった技術面は共通言語の成立をうながし、他方、それによって拓かれた詩的世界は、こんどは逆にことばと主題をその本意・本情において規定するに至った。歌作りにおいてもメタ言語においても本末《もとすえ》の見分けの付かない段階が現出したのである。同じ書のなかで宋牧は『古今集』の序にいう、「やまと歌は、人の心を種として、万《よろづ》の言の葉とぞなれりける」をもじって、「人の言葉を種としてよろづの心とぞなれる」と書いているが、歌のことばが感性を支配し、詠われたことばのとおりに物を見、感じるまでになったこの状況こそ、和歌という詩的伝統のしわざに他ならない。

まえに短詩である和歌の意味論的な限界に触れたが、本意・本情を重んじ、さらには本歌取りとして引用を重要な手法のひとつとした作詩法も、やはり三一文字という短詩の性格から出ていることは疑う余地がない。なるほど一首単独で独自の境位に達した歌も稀ではないけれど、多くは間テクスト的な文脈と規範的な意味論に強く依存して、個性的で目立つ表現や華美な彩りよりも、由緒あることばとなだらかで抵抗のない表現が好まれたのである。個々の作品や詩人ひとりびとりによる達成としてでなく、ひとつのジャンル自体が詩的世界を構築し共有し、その埒内で、つねに「本意・本情」を踏まえつつ作詩してゆくという窮屈な方法は、その実、和歌の形式的制約と相補う関係にある。

一般的意味と具体的意味

和歌の用語法に関するひとつの大きな疑問も、おそらくこの角度から答えを出すべきものであると思われる。それは、「花」という語について常識化している不思議な用語法で、もともとこの語は梅をさして使われたが、平安初期を境に桜をさすことが多くなったという解説をしばしば目にする。これが気になるのは、本意論のコンテクストでそのことが指定されていたのか、それとも単に用法の実態についての指摘なのかという点である。

梅の花を「梅の花」と呼び、桜は「さくら花」とよぶのが『新古今』を特徴づける新体であるとすれば、たとえば「花の宿かせ野べの鶯」(新古　八二)は、言語の通性からいってどちらか一方の花をさして構わないし、双方とりまとめた意味をもつこともできる。しかしそれにもかかわらず、「花」を広義において使用する語法はずっと後代までもつづいたので、意味内容を文脈まかせにする用法は歌の歴史をつうじて消えなかったと言えよう。その理由はどこにあったのか、そしてこの語だけが特別なのであろうか。

実をいえば、同じ理屈は、たとえば「ひと」のようなほかの総称名詞にも当てはまる。

思ひつつ寝ればや人の見えつらむ夢と知りせば覚めざらましを（古今　五五二）

人の親の心は闇にあらねども子を思ふ道にまどひぬるかな（後撰集、兼輔）

年ごとの春の別れをあはれとも人に遅るる人ぞ知りける（古今　三二五）

頼めつつ逢はで年ふる偽りに懲りぬ心を人は知らなむ（古今　六一四）(151)

これらの歌では、「ひと」が文脈によってそれぞれ〈恋人〉〈諸人〉〈他者〉〈詠み手〉などの場面的な意味を帯びており、「人に遅るる人ぞ知りける」ではそのもつれをあやつる手際そのものが一首の眼目をなしている。さいごの歌については、業平が薄情な伊勢に贈ったとする異説も行なわれており、もしそうであるとすれば、この「人」には伊勢という個体指示（designatum）がある。これはなにも特殊な状況ではなく、一般に名辞は、「かの人」「めづらしき人」などのごとく、その時々に必要な水準まで意味範囲を限定して使われるのがふつうである。そのためにこそ種々の修飾語があり、指示詞がある。このような背景のもとで考えると、いわゆる本意・本情の議論には奇妙な分かりにくさが加わってくる。

(151) 逢うと言って当てにさせつつ、もう久しく逢ってもくれないあなたの偽りに

和歌において、ウグイスが大雑把に「鳥」で済まされた例があるかどうかは知らない。けれども『正徹物語』に気になる一節がある。著者は、「行く水に蛙の歌をかずかくや同じ山田に鳥もゐるらん」という歌を引いて、こうつづけている。

鳥は鴫《しぎ》なり。鴫は秋のものなればたゞ鳥といひたれば何鳥やらんにてよきなり。苗代にはよろづの鳥がをりゐるなり。

解釈に多少不安があるけれども、ここでは、苗代にはいろんな鳥がいるのでただ「鳥」といっただけでは何鳥のことか分からないが、そこがいい。「山田の鳥」という字句から推してシギだということは解けるではないか、と言っているように読める。いうとおり、その名を伏せたところに手柄があるという観点から読み直してみると、なるほどそれを埋め合わせるかのように、「かずかく」という用語によってシギを喚びおこす筋みちまで用意されていることが分かる。(152) 同じような仕掛けは「花」についてもしばしば見られ、たとえば、「花見つつ人待つときは白妙の袖かとのみぞあやまたれける」(古今 二七四)では〈白妙の袖かと見誤るような花〉を第一の解釈項として、最終解釈項「白菊」にいたる経路が文脈的に用意されている。

もうひとつ傍証を加えておくと、『古今』以降歌ことばとして愛好された「いなおほせどり」の素性について、『両度聞書』は「何鳥ぞなど言ふべからず」と諭しているが(Kristeva 2001: 64)、これなども、詩趣のありかが指示対象の特定そのものでなく、その

(152) 元歌として想定されている家持の一首はすでに第一章で取り上げた(六頁)。「水のうへに数かく」の初出歌は『万葉集』二四三七番。

正体について思いをめぐらすという回り道、あるいはむしろ間テクスト的な連想空間に他ならないことを教えたものに相違ない。

これは、実体のうえでも用字のうえでもホトトギスと郭公との区別がついに付かなかったこととはいくぶん様子が違っている。「声はして涙は見えず郭公」（古今　一四九）と詠われたホトトギス（郭公）は、たとえばイギリスの詩人にとっても木《こ》渡《わた》りの声をのこすばかりで、鳥というより「姿の見えないもの」であった。ワーヅワスは、

O Cuckoo! Shall I call the Bird
A voice, a mystery?
郭公よ、おまえをいったい声と呼ぼうか、
謎の鳥と呼ぼうか

と恨みごとをいっているけれども、都びとにとっては、声はして姿を見ないという経験さえざらにあり得たとは考えにくく、ホトトギスの外延(153)が不鮮明なのは当然といえば当然である。

しかし、正体の詮索をいましめることはまったく別である。それは現実の世界も詩的リアリティも重要でなく、むしろ詩的言語世界にあそぶことのほうを重んぜよという趣旨のことばであり、そして、もしそうだとすれば、総称名詞を用いるのは意味の「反響空間」を拡げるための意図的な手法であって、その指示対象は個々の歌、受け手ひとりびとりの

(153) 具体的に指す対象。

素養次第で変わりうるということになる。『古今』以降の「はな」は総じて桜の花をさすというような説明がよく行なわれており、それはそれで大きく間違った一般化ではないけれども、もしかするとこれは、解き方より先に答えを教える過ちを犯している疑いがある。

経験世界と話想世界

和歌ではたしかに、たとえウグイスを取り上げたとしても文字どおりそれは「景物」としてであり、より細密な描写や言語的造形の対象とならないことは事実である。思うに、描写性という点では、和歌は「鶯の木伝《こづた》ひちらす梅の花」（万葉　一八七七）、「青柳の枝くひもちてうぐひす鳴くも」（万葉　一八二五）あたりでとうに極点に到達してしまったのであり、これすら、夜鳴き鶯やヒバリ、ヒワ、スズメなど、小鳥たちの可憐な姿態をことばで描き切った英詩の詩境にくらべて慎ましいかぎりと言わざるを得ない。和歌は明らかにそこに重点を置かなかったのであり、それよりむしろ、ジャンル総体としてことばの密度が高まることを希求した。これは素材としてのスズメ(154)やカラスを好まなかったことと表裏の関係にあると思われるが、このジャンルの成立基盤そのものに関係していると考えざるを得ない。

和歌における対象の描写は点的・没細部的であるとよくいわれる。叙景にせよ描写にせよ、たとえていえば色紙に二、三の点景をあしらうように主として取り合わせの妙が追究され、その効果を確実なものとするために、和歌は意味の造形や音楽的原理を犠牲にしつ

(154) さきに言及したいなおほせどりはさまざまの鳥に擬せられるが、「雀てふいなおほせどりのなかりせば門田の稲をたれに仰せん」（『古今注解』五二四）をもって、スズメとする見方がある。しかしこ

つ絵画的原理のほうに接近していった。絵画と同じ平面で、美的な価値がまさに点出された二者の映発に求められ、この美学を実践するうえで「取り合わせ」という絵画的手法は詩法としての地位を獲得し、とくに連歌においては視覚的構成が規範視されるに至った。点的・没細部的な性格は、和歌の限界ではなく達成を物語っているのである。

ちなみに、和歌を叙景部（五七五）と作者の直接の感情の表白（七七）との二肢構造からなると見なし、下二句（七七）を切り捨てた俳句は、「いわば言外の余白にそれを語らせる」（北川 一九九三、二四頁）という指摘がある。ずいぶん割り切った見方ではあるが、いまの推測との関わりからいうと、視点としてまことに興味深い。景物の取り合わせに俳句の主導原理を見る立場と無理なくつながるだけでなく、形式のみならず仕立てのうえでも、和歌が俳句を用意したと考えることを可能にするからである。

この見地をとると、歌が題材を単なる名指しの対象のレベルにとどめ、描写や考察による言語化の追究でなく、視点の共有や歌まくらの組み替えによる意味の重層化、掛けことばや引き歌による言語的・間テクスト的な共鳴実験に向かった事情はいくぶんか理解できるような気がする。おそらくこれが、和歌の言語の暗示性、象徴性といわれるものの実体であろう。「花」ということばについても、共時的に意味論の平面で考えるのではなくて、通時の軸上において、間テクスト性という角度から考えなくてはならない事柄なのである。

の証歌によっても、それがスズメの異名なのか、それとも〈いな・おほせ〉という属性によって括られる任意の鳥なのか、なおはっきりしない。

3　歌の素材と主題化

歌の素材と主題化にどういう形で規範化が及んだか、べつの角度からもうすこし追究してみよう。

素材の分類

歌論では、歌の素材はひとくくりに「歌枕」という名前で呼ばれていた。ただしこの用語は、かなり早くから和歌で常用される地名、もしくは地名と景物との慣習化した取り合わせをさして使われるようになり、しかも、この呼び名が和歌に特有の題材や語彙をさして使われたものか、それとも、そうした題材や歌ことばを集めた著述をさすのか定説がない。これはしかし、名とその換喩的な延長の典型的な一例で、「歌枕」とは歌枕を集めた詠歌の手引き書と考えて差し支えあるまい。

たとえば良く知られたものに、平安中期のひと能因（九八八－一〇五〇？）の『歌枕』がある。記述の大部分を占めるのは歌ことばの語釈と名どころ（＝名所歌枕）の一覧であるが、そのほかにも、かなり多岐にわたって興味ある内容が盛られており、作り手のがわで何が歌づくりの基本要件と見なされていたかを知るうえで恰好の資料を提供してくれる。しかもこれが著わされたのは、ちょうど和歌に規範化のおよび始めたとされる、『拾遺集』と『後拾遺』に挟まれた時期に当たっており、その意味でも資料性がきわめて高い。

ただ残念なことに『能因歌枕』には信頼できる伝本がなく、文辞にも遺漏が多くて内容を正確に把握するのにずいぶん手間が掛かるという不便がある。一例を挙げると、たとえばつぎのような項目が見える。

　恋をば、たきもののこにそへていふ、やまとなでしことい ふ、又人しれずといふ。

一読しただけでは真意の摑みにくい記載で、まず、同じかたちの定義から三通りの、異なる趣意を読み分けなくてはならないもののようである。「たきもののこにそへていふ」とは恋情を「薫き物の粉・クユル（燻ゆる、悔ゆる）[155]」と掛けて詠むならわしを教えており、あとの二条は「恋ひし・やまとなでしこ」「人しれず・恋ふ」という用例を辞項でなく文字のレベルで示しているのである。

また、「をし」の項はつぎのようになっている。

　をしをば、山からにすむ、わかれにしとも。（廣本）
　をしをば、山がらすすむ、わかれにしとも。（略本）

これは推測を出ないけれども、テクストとしてはおそらく廣本のほうがもとで、しかも「鴛」の説明と、「惜し」の用例を記した二条が混合しているのではないかという気がする。ほかの語についても同じ扱いが間々見られるので、たぶんこれは文辞が粗略であるということでなく、歌語という平面では、同音異義語という言語意識よりも、同字という使

(155) たとえば「移り香のうすくなりゆく薫きもののくゆる思ひに消えぬべきかな」（『後拾遺』和泉式部）。

い道のほうがより現実的であったことの証左と見るべきであろう。もしこれが、「鴛、山川にすむ」「惜し、～別れにし」という二種類の記述であるとすれば、それぞれについて、

たきつせの谷間をみれば一つがひをしぞすみける山川《やまがは》の水（能因集　一三二）
別れにし君に見せずていたづらにかたちかはれる身こそをしけれ（千里集　九八）

そのほか、記述の趣旨に適ったおびただしい数の類歌を見ることができる。

このように、総体に本文校訂に期すべきところは多いが、しかしそれでも、歌ことばに関する言説が何を、いかに取り上げており、歌びとが歌の素材というものをどのような角度から捉えていたかを理解するのに貴重な材料であることは間違いない。

まず手始めに、項目を内容別にまとめてみる。整理を目的としているので、用字や句読をかなり修正・編集した形でしめす。①～②、および⑥～⑨は原本のほんの少数例を抜き出しただけで、掲出歌も最小限にとどめたが、それ以外の、指示や解説など、語釈以外の角度から記述された項目はほぼ網羅してある。〔　〕は筆者による訂正ないし補足、（　）は、削除すべきかと思われる箇所。ただし各項目は原文のままなので、さきに見たような記述の混在、あるいは誤記、編集上の過ちなども若干残っている。

①　景物の季による分類

春、　霞しく　あさみどり　さほひめ　梅の花　さくら　鶯。

夏、五月雨　かげろふ　白露　八雲たつ　卯の花　ほととぎす。

「いなおほせ鳥」とは、秋よむべし。

「露霜」とは、秋の霜を云ふ。

正月、鶯　ねの日　うづち(156)　梅がえ　霞　紅梅　さわらび　山すげ　若菜　青葉

② 名どころ

山城国、おとは山　ふか草山　大井川　宇治川　をぐら山　かさとり山　紫野…

摂津国、すみよし　けるみの浦　ながらの橋　ままの浦　まつかぜ　生田の森…

関をよまば、あふさかの関　しらかはの関　ころもの関　ふはの関　などを読むべし。

山をよまば、吉野山　あさくら山　みかさ山　たつた山　など読むべし。

③ 寄り合い

葦をば、難波《なには》に読むべし。

かほ鳥、春日山に読めり。

「ささがに」とは、蜘蛛を云ふ。夕暮れなどに読むべし。

「しづはた」とは、「～〔帯の〕ひとに」と云ふことなり。まれに寄せて云へり。

つつじを、「いなしきや」と云ふ。「くさぶき」と云ふ。

冬をば、松・雪かけひく。

みさごをば、荒磯づら〔の〕松などに掛けて読むべし。

もとあらの小萩、深山より他には読まず。

(156) 正月の卯の日に贈答する縁起物の槌

呼子鳥、岩瀬の森に掛けて読むべし。

④本意・本情

祝をば、浜の真砂にたとへて命を云ふなるべし。

恋をば、薫き物の粉に添へて云ふ。「～しやまとなでしこ」と云ふ。また「人しれず～ふ」と云ふ。

都鳥とは、添へて読むべし。

をみなへし、女にたとへて読むべし。〔女郎花は女によそふ『初学抄』〕

⑤掛けことば

「しづのをだまき」とは、卑しきことを云ふなり。昔のこと〔＝しつ〕を掛けて読むべし。

⑥用語法

鶯をば、「～谷いづ」と云ふ。

煙をば、「くもゐの～」と云ふ。

霜、「～置く」と云ふ。「～八たび置く」とも、「～むすぶ」とも。

玉襷《たまたすき》、唐衣、夕襷、玉葛、「～懸く」と読むべし。

千鳥、「浜千鳥、河千鳥、行方も知らぬ浜千鳥」。

月、「ひさかたの～、影てらす～、あからびく～、～さやかなり」と云ふ。

露をば、「～置く」といふ、「～結ぶ」と云ふ。

荻をば、「～穂にいづる」と云ふなり。

をみなへし、なでしこ、やまぶき、菊花、ふぢ、むめ、萩、「〜にほふ」と読むべし

⑦ 枕詞の用法

「いそのかみ」とは、古きことを云ふ。

衣をば、「白妙」と云ふ。

山、「あしびき」と云ふ。「しなてるや」とも云ふ。すさのをの尊の「あしびきの山へいらじ」と云ひけるをはじめて云ひそむ。

神をば、「ちはやぶる」。

「あづさゆみ」とは、「〜はる」といはむとてまづ「あづさゆみ」と云ふなり。

海をば、「おしてるや〔難波の〕」「わたつみ」と云ふ。

「しきたへ」とは、枕を云ふ。

「ひさかた」とは、空を云ふなり。

そこにすむ海女をば、「なみしなふ〜」と云ふ。

短きものをば、「あらがき、たまのを」と云ふ。

「みづかき」をば、久しきものを云ふ。

にはたづみ、舩をば、「うたかた〔の〕〜」と云ふ。

⑧ 歌語の語釈と用法

「うきくさ」とは、あだに浮きたることをたとふ。

「む〔う〕ばひ」などは、「雪の色をうばひて咲ける梅」〔万葉集 八五四〕を云ふなり。

「消《け》ぬ」とは、露、霧、霜などの消ゆるを云ふ。

「かさゝぎのはし」とは、七夕の天の川にむすび渡すを云ふ。

「よろづ」とは、「総じ」なり。

「はまべ、さはべ、のべ、いけべ、河べ」、そのほとりを云ふ。

「去れば」とは、〈来れば〉と云ふ、「春されば」など読めり。

「すがる」とは、幼き鹿を云ふなり。〔すがる露、〕はかなき世にたとふ。

「うつせみ」とは、空しきものにたとふ。蟬の脱けたるかへり殼とも。

「ほたる」とは、思ひ隠れぬものにたとふ。

「もゆ」とは、春草のはじめて萌え出づるを云ふ。「草はもえなむ」〔忠見〕と読めり。

「春の柳はもえにけるかな」〔家持〕とも。

「かげろふ」、餌に似たる黒虫。ほのかなるものにたとふ。

「しかすが」とは、さすがにと云ふことなり。「月よめばいまだ冬なりしかすがに霞たなびく春はたちきぬ」〔家持〕

花のつぼめるをは、「つつめり」と云ふ、「ふくめり」と云ふ。「梅の花ふくめるそのに我はゆかむ君がくる日をかたまちがてら」〔能因〕と読めり。

「まよふ」とは、「春くればしだれ柳のまよふ糸のいもが心にのりにけるかな」〔能因〕

「なにはめ」とは、「なにはめにあるとはなしに葦のねのよのみじかくて明くるわびしも」〔後撰　八八七〕

⑨ 歌語ないし異名

暁をば、「たまをしけ、あけぼの、しののめ」と云ふ。〔「たまをしけ」は、暁と月との

同音から「たまくしげ〔二見浦の〕月」という記載が混入したものか〕
菖蒲をば、「あやめぐさ」と云ふ。
総じをば、「よろづ」と云ふ。
夜、「ぬばたま、またま、むまたま」と云ふ。また「～暗し」。
「ふぢばかま」とは、蘭を云ふ。
〔庭水をば〕にはたづみ、船をば、「うたかた〔の〕～」と云ふ。
牡丹を、「ふかみぐさ」とも。
人の懐に手さしいれて物語りするをば、「むつごと」と云ふ。

⑩ 解説

蛙とは、「かへる」を云ふ。井出のわたりにあり、苗代水にあり。

水鶏《くひな》とは、くろき鳥の、おとは物をたたくやうに鳴くなるべし。

「さしもぐさ」、荒れ野に生ふ、山の岸に生ふ。

「浦島」のことは、住吉に釣りしける海士なり。それが女のとらせたりける箱を開けて、徒になりけるを開けてくやしと云ふ。


ちょうど西洋の中世詩学と同じように、ここには記述的な「云ふなり」と規範的な「詠むべし」が区別なしに現われている。作詩という過程に規範的な視点がはいりこむことへの疑義は措くとして、この二極化のせいで、中立的なはずの「云ふ」にも結果的に何か勧告の色合いが混ざっているように読める。しかしそのことが逆に、歌枕と題するこの述作が、古歌を学び、あるいは自ら歌を詠もうとする人びとのために「詠歌便覧」として著わされたことを証拠立てているように思われる。

歌枕としてどのようなことがらが扱われているかを見てみると、そこではまず、景物であれ名どころであれ、「素材」として推奨されるものと、それを詠うべき伝統的なことばが教示されている。しかしその反面で、韻律や詩形などの、作詩規則に相当するものは取り上げられていない。いかに詠むかが原則のレベルで扱われるのでなく、何を詠むかが技法のレベルで扱われていると言いうる。

まず留意しておいて良いのは季による分類、そして季を踏まえて歌を詠むべきことが前提とされていることである。季による部立ては『万葉集』では一部の巻で相聞と雑歌に適用されただけにすぎず、これを基本原則に格上げしたのは『古今集』である。しかし、いくつかの掲出歌や用例から分かるように、この勅撰集の影響は単なる分類上の手本をはるかに越えて、素材の扱い方や細かな語法のうえにまで及んでいる。

たとえば素材の扱いという点からいうと、③項に挙げた取り合わせはすべて『万葉集』『古今集』の段階で成立し、あるものは繰り返し模倣されてきたものである。文面から推して、古歌を鑑賞し、それを踏襲した歌づくりを教え、奨めることが編著の最大の動機をなしていたと受け取ってよかろう。歌語に関する注解も同じ動機から出ており、正用法から比喩にいたるまで、すでに確立した型を守るべきことが説かれている。

用例が少ないため、肝心の「掛ける」「添える」「喩える」「寄せる」という理論用語の意味の境界は定めにくく、またさきの分類で示したように、同一の用語が一意に用いられているとも限らない。ためしに、若干の例歌をそえて記述の意図を再現してみよう。

《近接連合》

【寄せる】

「しづはた」とは、「〜ひとに」と云ふことなり。まれに寄せて云へり。[縁語]

いにしへの倭文機《しづはた》帯をむすび垂れ誰といふひとも君にはまさじ（万葉　二六三五）

【掛ける】

みさごをば、荒磯づらの松などに掛けて詠むべし。[寄り合い]

あらいその浪にそなれてはふ松はみさごのゐるぞたよりなりける（能因）

「しづのをだまき」とは、[…]昔のことを掛けて詠むべし。[掛けことば]

それながら昔にもあらぬ秋風にいとどながめをしづのをだまき（新古　三六八）

呼子鳥、岩瀬の杜に掛けて詠むべし。[名どころとの寄り合い]

神なびの岩瀬の杜の呼子鳥いたくな鳴きそ吾が恋まさる（万葉　一四一三）

《類似連合》

【添える】

恋をば、薫き物の粉に添へて云ふ。[縁語]

たきもののこはかりしみて恋しかどかひなかりける身をくゆるかな

（相模集　四九五）

都鳥とは、添へて詠むべし。[引き歌？]

名にしほはばいざ事とはん都鳥わが思ふ人はありやなしやと（伊勢物語）
藻塩やくあまとやおもふ都鳥汝をなつかしみしる人にせむ（能因）
祝いをば、浜の真砂に喩へて命を云ふなるべし。［比喩］
君がよは限りもあらじ長浜の真砂のかずはよみつくすとも（古今　一〇八五）

【喩へる】

「うきくさ」とは、あだに浮きたることを喩ふ。
たぎつ瀬に根ざしとどめぬ浮き草のうきたる恋もわれはするかな（古今　五九二）
「すがる」とは、［…］はかなき世に喩ふ。
たれとてもとまるべきかはあだしのの草の葉ごとにすがる白露（続古今、一一）
をみなへし、女に喩へて詠むべし。［見立て］
女郎花　秋の野風にうちなびき　心ひとつをたれに寄すらん（古今　二三〇）

「掛ける」が景物どうしの寄り合いと、ことばを掛けるという二義に使われていることはほぼ確かである。しかし形のうえでこれに近い、「冬をば、松・雪かけひく」という説明は、趣旨からすれば寄り合い以外ではありえないように思われるけれど、字句についてはなお疑問がのこる。あるいは「松の雪かけ云ふ」ではあるまいか？

「添える」についていうと、「恋を薫き物の粉に添へて云ふ」とは、「けぶる、燻ゆる、下燃え」など火の系列による掛けことばを指していると考えられるが、「みやこどり」のばあい比喩との関係はつけにくく、よく知られた業平の歌（『伊勢物語』第九段）を踏まえて詠むことを求めているようにも取れる。しかしそれが、〈鳥にものを問う〉という擬人法めいた意想を念頭に置いているのか、それとも都鳥の、「みやこ」という多重記号を響かせよといっているのかは判別がつかない。参考歌として挙げた能因そのひとの歌は、明らかに擬人化を表に出した詠みぶりである。ちなみに「浮き草のうきたる恋」における掛けことば「浮き草の」は、明らかに比喩として解釈されている。

歌の生成まで

「寄せる」の用法は、ふつう辞書に定義されているとおり、〈縁語化する〉という意味に受け取って良いと思われる。総体として見ると、ここには歌の素材とすべきもの（四季の景物、名どころ、その他）とその扱い方、歌のことばという三者が雑多に取り上げられていることがわかる。これを歌の産出という角度から仕立て直すと、うえの簡明な図式によって捉えることができよう。ことさらこの簡略化を行なうのは、作者意識の面から歌作りがいかなる過程であるかを確認すると同時に、これをモデルとしてもういちど作品の分析に戻るためである。

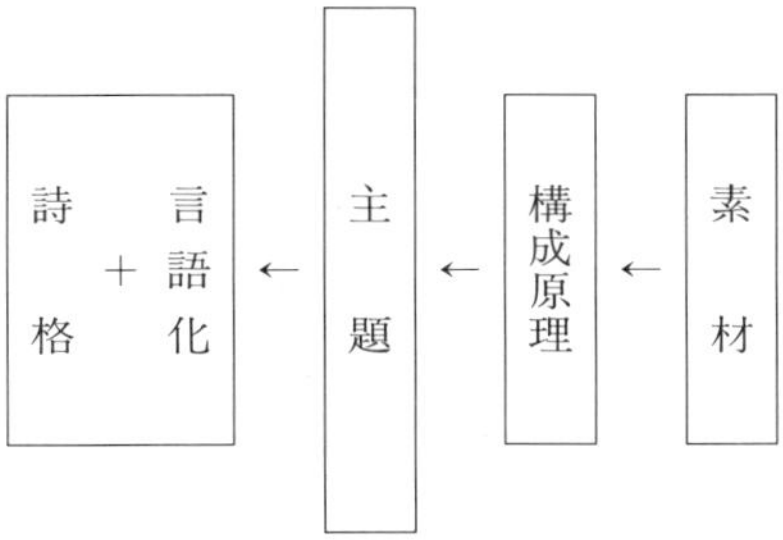

言語化と詩格にかかわる規範的、ないし半ば規範化された要件はすでに略述したので、ここでは素材から主題にいたるプロセスを具体的に追跡してみたい。いわゆる本

意・本情の要請は、各段階における選択の方向性を大きく支配しているというのがこの図式を立てるさいの基本的な理解である。

4　和歌の主題

実景の美

『能因歌枕』は、素材の選択ということに並外れて大きな比重を置いている。これは生類の名にいちじるしい削減が起こったこと（本章3節を参照）、あるいは連歌と俳諧連歌という下位ジャンルがもっぱら使用語彙の範囲によって区別されたこととも相通じることがらで、この詩的言語観の背後には、事物の品格はことばの品格に一致すると信じる素朴な反映論がある。歌枕が名どころ（＝名所歌枕）と四季折々に取り上げるべき景物とに多くの紙面を割き、またこの術語そのものがもっぱら快い場所（locus amoenus）を指して使われるようになった理由もそこにある。しかも名どころは「常に人の聞きなれたる所」（『詠歌一体』）を詠むべきものとされていたが、これは、ひとに知られた実景の美を言語作品に借り受けるという発想にほかなるまい。

一般論としていえば、固有名は、内包[157]こそ欠くものの「連想を呼び起こす抗しがたい力」（Marouzeau 1963: 125）を備えており、またそれを抜きにしても、耳遠い地名や物の名は響きそのものが強い磁力を帯びている。近代詩においては異国的な固有名や風物の愛好がひとつの詩風をなしたことさえあるが、しかし和歌において風物や地名、あるいは両

(157) 一五一頁、注(131)参照。

者の取り合わせがことに愛好され、「歌枕」という用語の意味がいちじるしく特殊化した背後には、もっと現実的な理由もあったことが想像される。

初心のときは名所が好みて詠まるるなり。それはやすく詠まるるなり。われらも歌の詠まれぬときは名所を詠みしなり。名所を詠めば二三句は詞がふさがるものなり。

（『正徹物語』）

おそらくこれにまさる強い誘引はなかったはずで、歌の手引き書と名どころとが同一視されるに至った遠因はどうやらこのあたりにあると推測される。

場所だけに限らず、「たとえば男が畑に鋤を入れたり、種を蒔いたり、刈り取りをするすがた、水差しに泉の水をくむ乙女、子どもをつれた若い母親、網をつくろう漁師、闇夜に孤屋から漏れる灯など、原始的で基本的なことには見る者の心をうつ大きな力があり、われわれ一人びとりのなかに潜む画家や詩人に訴えかける」（M. Beerbohm, "And Even Now"）。それだからこそ、これらの情景は洋の東西をとわず、それ自体で詩歌や絵画にとって恰好の材料であり続けてきたのである。言い換えればこれは、種々の可能な記号化に先立って美的なものが存在しうるということに他ならない。

歌についていえば、一首の含む陳述は多くても三つを越えず、たいていはひとつの命題構造をもつものとして解釈できるので、それぞれの詠草のモチーフはこのレベルで扱うのがもっとも有効である。現に題詠の場合には、ほぼこれに相当する歌題《うただい》を得て作歌を競うのが常であった。

もうすこし一般的なレベルで考えてみると、命題は大きく観察と述懐に分けられ、観察にはさらに自叙と嘱目がありうるが、それが基本的に「何が、いつ、どこで、何を、どうした」という形で構造化されるとするならば、その構成要素は関係項（＝行為者、場所、対象、その他）と陳述である。したがって、主題も大まかにいえば関係項の組み合わせ（〈春日山、かほ鳥〉）かまたは原子命題（〈紅葉が川面を染める〉、〈脆い命〉）の形で取り出すことができ、実際に言語化されているかどうかに関わりなく、詩的主体「われ」は命題構造の外に位置していると考えられる。

主題の構造

たとえば、『万葉』以降しばしば出会うものに、つぎの歌群に代表されるような〈絆《ほだ》しをまとう〉、あるいは〈名を質す〉という発想がある。これなどは一個の原子命題が主題をなし、それがさまざまに言語化されている例と見ることができる。

我妹子は釧《くしろ》(158)にあらなむ左手のわが奥の手に巻きていなましを（万葉　一七六六）
くれなゐの花にしあらば衣手に染めつけ持ちて行くべく思ほゆ（万葉　二九三八）
大船に妹乗るものにあらませば羽ぐくみ(159)持ちて行かましものを（万葉　三六〇一）
母刀自《あもとじ》(160)も玉にもがもや頂きてみつらの中にあへ巻かましを（万葉　四四〇一）
忘れ草わが下紐に着けたれど醜《しこ》の醜草言にしありけり(161)（万葉　七二〇）

(158) 手に巻く飾り
(159) 〈親鳥が雛を羽でかばい育てる〉の比喩的用法。
(160) 家の主である母

わが背子をこち巨勢山《こせやま》[162]と人はいへど君も来まさず山の名にあらし（万葉　一〇九七）

名草山言にしありけりわが恋の千重の一重も慰めなくに（万葉　一二一三）

秋の夜も名のみなりけり逢ふといへば事ぞともなく明けぬるものを（古今　六三五）

いづくにか今宵の月も曇るべき[163]小倉の山も名をや変ふらん（新古　四〇五）

絆《ほだ》しの携行は、世上行なわれている習俗がその情緒的な密度ゆえにしだいに主題の地位を獲得していったものと推測できる。それは『古事記』に見えるゆつ爪櫛[164]の神話的モチーフを初めとして、旅人や防人が携えたはずの思い思いの形見の品、結び松、あるいは恋うひとの下紐を結ぶ風習までいくつかの系列にわたるけれども、二、三の例に見られる、故事を踏まえるというわずかな曲折を別にすれば、それほど技巧性の加わった跡はない。

それに対して、物の名を詮議したり固有名に意味を付会するという行為は、単に言語からの発想であるだけでなく、それ自体ある種の自己目的性を帯びていて、明らかに詩ごころの発動を感じさせる。そこには、名を肯《うべ》なう、名が実態に背くことを咎める、名に応わしい風情に欠けることを恨む、その他の、いくつかの方向がありうるが、肯定的な姿勢は、物の名、とりわけ地名の有意味化という詩法に代表される。つぎの諸歌では、この「詩的語源」が主題的に扱われており、最後の二首では、固有名に対する意味づけに加えて、「忘れ草は憂いを忘れさせる」「紅葉は雨露によって色づく」という俗信がそれぞれ重なっている。

(161) もうあのひとのことは忘れようと、まじないに「忘れ草」をつけるのである。

(162)「こち越せ」と「巨勢山」との掛け。

(163) いったいどこで今宵の月が曇るというのだろうか

(164) イザナギが黄泉国《よもつくに》にイザナミを追って下ったときみづらに挿した神聖な櫛。櫛は竹で作り、魔よけ。

これやこの大和にしては吾《あ》が恋ふる紀路にありとふ名に負ふ勢能山《せのやま》(165)（万葉　三五）
妹も吾《あ》れもひとつなれかも三河なる二見の道ゆ別れかねつる（万葉　二七八）
鳴く雁の音をのみぞ聞く小倉山霧たち晴るる時しなければ（新古　四九六）
忘れ草わが紐につく香具山の古りにし里を忘れむがため（万葉　三三七）
雨ふれど露ももらじを笠取の山はいかでかもみぢそめけん（新古　二六一）

「逢坂の関」「あふくま川」「立田の山」「涙川」「ながらの橋」「音無川」、あるいは普通名であれば「われから」「みるめ」「しのぶ」「ふぢばかま」などは、明らかにその二次的な記号性によって歌枕としての価値を倍加した。内包的意味を削ぎ落とすことによって成立している名指し語にあらためて表意機能を付与するこの手法は、慣用化した隠喩に原義をとりもどさせる「辞義の回復」（たとえば「心やゆきてしるべする」）や、一語に二重の意味を響かせる「掛けことば」と、隠れた意味の活性化という局面でつながっている。念を押すまでもなく、すでに挙げた「名にこそありけり」「言にしありけり」その他の常套句は、なるほど定型句には違いないが、こうした詩的語源の前提があって始めてなりたつ表現で、初期の和歌を定型表現という角度だけから捉えようとするのは速断である。

夢《いめ》のわだ言にしありけり現《うつつ》にも見てけるものを思ひし思へば（万葉　一一三六）
家島は名にこそありけれ海原を吾《あ》が恋ひ来つる妹もあらなくに（万葉　三七四〇）
煙たちもゆとも見えぬ草の葉をたれかわらびと名づけそめけん（古今　四五三）

(165)「背」〈夫〉と「勢」の掛け。

血の涙おちてぞたぎつ白川は君が世までの名にこそありけれ（古今　八三〇）

紅葉せばあかくなりなんをぐら山秋まつほどの名にこそありけれ（拾遺集、忠岑）

「名のみなりけり」という成句はやがて、つぎの例に見られるような新しい用法を発達させてゆく。名が実態に背くことを見咎めるのでなく、すでに共有された詩境に異を立てることによって、いま・この場での光景や感懐をいう用法である。

春日野は名のみなりけり我が身こそとぶひ[166]ならねど燃えわたりけれ

↑春日野の飛火の野守出でて見よ今いくか有りて若菜つみてん（古今　一六）

人をおもふ思ひをなににたとへまし室の八島も名のみなりけり

↑いかでかは思ひありとも知らすべき室の八島の煙ならでは（詞花集、実方）

茂りあふ檜原《ひばら》を見ればいたづらに朽木のそま[167]も名のみなりけり

↑年ふれど人もすさめぬわが恋やくちきのそまの谷のむもれ木（金葉集、読人不知）

白波も名のみなりけり大井がはもみぢのにしきぬさと立つめり

↑大井川氷も秋は岩こえて月にながるる水のしらなみ（続千載、平　維貞）

これは、詩的語源が詩的連想と行き会うところだと考えてよかろう。同じ語法が、言語コードに言及するのでなくて、詩的コードを喚起させたり修正したりする別の、メタ詩的な水準に移行しているのである。たとえば「白波も」（藤原輔尹）の歌は、つつじや紅葉

（166）飛火（地名）

（167）かつて近江の国にあったと伝えられる「朽ち木の森」への言及。

その他を錦にたとえる『万葉』以来の喩法を踏襲しており、秋の紅葉をたむけの幣に見立てることも『古今』からの定法である（たとえば古今　二九八‐三〇〇）。「名のみなりけり」がすでに使い古されたことばであることを考えれば、〈大井川の白波〉という詩的通念を覆したところにしかこの歌の手柄はなく、しかもその点ではいくつかの類歌がある。ほとんど常習的な語彙と手法だけで出来ていることになり、しいて拾うとすれば、「波、幣・たつ[168]」という縁語を掛けて、〈（去りゆく秋への手向けの幣であるかのように）（紅葉の降り敷いた）波頭が立つ〉という、比喩の重奏を実現したところが新しいといえばわずかに新しい。

　このように単独主題にはそれぞれ独自の淵源と来歴がある。同じことは多かれ少なかれ主題構成の主要原理である景物と景物との取り合わせ、いわゆる「寄り合い」にも共通している。難波と葦、岩瀬の森とホトトギスを取り合わせるところに美的機能の発生源があり、これによって素材が主題化されるのである。一般名と違い、地名と景物との取り合わせのほうはその詩的含蓄を典拠の存在（万葉　一〇七〇ほか）だけに負うているように見えるけれども、総じて名どころの資格は常に詠み習わされきた場所というところにあり、「似合う取り合わせ」ということがより基本的な要件をなしている。じっさい和歌においては、近接連合はこのような詩化の原理としてだけでなく、歌ことばの運動力学としても並はずれて大きな役割をはたした。

（168）以下、「か、または」の意味で「、」を使用する。したがって「なみ、幣・たつ」は「なみ・たつ、幣・たつ」がいずれも適格な結合であるということを意味する（凡例五参照）。

主題の構成法

取り合わせ、ないし併置はもっとも基本的な意味生成の手法であるが、和歌の言語とのかかわりでは、たとえば雅趣ゆたかな〈水面にうかぶ花びら、月影〉というモチーフに典型的に見られるように、併置そのものが発見であり詩化の手法であるため、そのぶん自立性は単独主題よりも高い。

　項の組み合わせとして類型化してみると、取り合わせは、景物と景物、景物と時、景物と場所、その他、いくつかの決まった形で造形されていると見なすことができる。自叙の歌の場合に、詩的主体が命題の主語と一致することはいうまでもない。

　たとえば定家に「藤河百首題」という結び題のリストがある。寄り合いの実態を見るためにその内訳を調べてみると、景物とその場の取り合わされるもの（〈山路梅花、田家梼衣〉）がほぼ半数にちかく、ついで、その時の自叙（〈雨中待花、籬下聞虫〉）、その場の自叙（〈羈中聞鶯、高山待月〉）、その時（〈深夜帰雁、春秋野遊〉）、時と場の複合（〈暁庭落花、湖上朝霞〉）、いずれとも判別しにくいもの若干、という割合になっている。ただし二〇にのぼる恋の歌題（〈返事増恋、隔遠路恋〉その他）と、述懐（〈寄夢述懐、寄木述懐〉）、懐旧、祝言はやや言語の階型を異にしているので改めて別の角度から取り上げる。「しづのをだまき」を昔のことに掛けたり（＝「恋をのみしづのをだまき」）、忍ぶ恋を「蚊遣り火の下燃え」に喩えることは、ひとに新鮮な驚きと知識を与える快い表現としての条件を満たしており、鮮やかな言語的発見として多くの模倣を生んだ。とくに初期万葉では、たとえば

［……………］見る人なしに
妻恋ひに［……………］鳴く
［……………］見れど飽かぬかも

など、認識そのものを方向づけるような修辞的曲折が繰り返しもちいられ、こうした定型句が歌づくりの基盤をなしていたかと思わせるほどである。そして、たとえば西洋詩において共振の激しい押韻語の発見がまず詩聯の結構を決定するのと同じように（たとえばnightとlight）、手順としては現実にそのようなことが行なわれたかもしれない。現に、序ことばなどは創作の過程から見るとそうした逆成の一種であったし、「立ち返り・見る」「掛けて・思ふ」などの連語もそれへの修飾部分を案出しようとするところから夥しい詠草を生みだした。しかしこの種の要素はすべてがすべて主題としての資格を備えているわけではなく、形と意味との両面にまたがるこの領域は、主題論の角度から見るといくつかの微妙な問題を孕んでいる。取り合わせが誇張法の手段となることもあれば、認識のレベルで成立したはずの｛消《け》ぬべき命｝が、｛露の命｝｛水沫《みなわ》なす命｝としてより感覚的に展開されることもありうる。

この項のいちおうのまとめとして、つぎに『万葉集』を中心に各種の主題を、①単独主題、②取り合わせ、③修辞的主題の順に挙げてみる。

①単独主題

〔懐旧〕

秋の野のみ草刈り葺き宿れりし宇治の都の仮廬《かりほ》し思ほゆ(169)（万葉　七）

古《いにしへ》の人にわれあれや楽浪《ささなみ》の古き都を見れば悲しき（万葉　三二）

〔同じ月を見る〕

春日山おして照らせるこの月は妹が庭にも清けかりけり（万葉　一〇七八）

遠き妹が振りさけ見つつ偲ぶらむこの月の面に雲なたなびき（万葉　二四六四）

〔夢の逢い〕

夢の逢ひは苦しかりけり覚《おどろ》きて掻き探れども手にも触れねば（万葉　七四四）

愛《うつく》しと思ふ我妹《わぎも》を夢《いめ》にみて起きて探るになきが寂《とも》しさ（万葉　二九二六）

②取り合わせ

〔しとねの涙〕

ひとり寝て絶えにし紐をゆゆしみとせむすべ知らに音のみしぞ泣く(170)（万葉　五一八）

妹に恋ひ吾《あ》が泣く涙しきたへの木枕《こまくら》とほり袖さへ濡れぬ（万葉　二五五四）

〔杯にうかぶ影〕

春柳かづらに折りし梅の花誰か浮かべし酒坏《さかづき》のへに（万葉　八四四）

春日なる三笠の山に月の舟出づ　雅びをの飲む酒坏《さかづき》に影に見えつつ（万葉　一二九九）

〔身に置く露〕

行きゆきて逢はぬ妹ゆゑ久方の天の露霜に濡れにけるかも（万葉　二三九九）

(169) 左注、「一書に、戊申の年（六四八）に比良の宮に幸したまひし大御歌なり」。

(170) 切れてしまった紐が不吉で忌わしく

待ちかねて内には入らじ白たへのわが衣手に露は置きぬとも（万葉　二六九六）

③　修辞的主題

〔下ゆく水〕

秋山の木《こ》の下隠《がく》り行く水の我こそ増さめ思ほすよりは（万葉　九二）

隠《こも》り沼《ぬ》の下ゆ恋ふればすべをなみ妹が名告《の》りつ忌むべきものを（万葉　二四四五）

〔紅葉の錦〕

み吉野の青根が岳の苔むしろ誰か織りけむ縦緯《たてぬき》なしに（万葉　一一二四）

縦もなく緯《ぬき》も定めず乙女らが織るもみち葉に霜な降りそね（万葉　一五一六）

〔雪に紛う花〕

春の野に霧立ちわたる降る雪とひとの見るまで梅の花散る（万葉　八四三）

雪の色をうばひて咲ける梅の花いま盛りなり見むひともがも（万葉　八五四）

ひとこと付け加えておくと、〔雪に紛う花〕、あるいはこれからの派生主題〔花に紛う雪〕については、従来、漢詩の〔寒花、雪華〕からの影響が言われている。それだけでなく、〔同月の憶い〕〔月の船出〕〔黍離《しょり》の嘆〕(171)その他、和歌の主題が「漢詩の受容のうえに啓発された」（渡辺　一九九五、三一頁）ことを示す形跡は数多くあるが、ここでは主題の構成原理だけの考察にとどめておく。

（171）かつて栄華を極めた都の荒れ果てた様を嘆く。

5　連合の基軸

類似連合と近接連合

もし主題の構造記述にやや判然としないところが残るとすれば、それは一般的な見取り、もっと正確にいうと、記号論的な基盤の確認作業が後回しにされたことによる。

人間精神のはたらきを類似連合と近接連合に還元する立場にはいくどか言及してきたが、記号論の伝統のなかでこの二分法が適用されてきた問題圏をここでいちど総ざらいしておく。現実には哲学、言語学、精神分析その他、種々の分野にわたっており、提唱者も提唱された時代も同じでなく、とくに最近では近接性という概念の異種混合性を批判的に見なおす試みもさかんに行なわれている。概してそれは、より有効な代替概念、あるいはより整合的な下位分類の探求という二つの方向をとっているが、いまはそこまで立ち入ることはしない（cf. Panther & Radden eds. 1999）。

つぎの図では、認識から思考をへて表出にいたる流れ図としての意味合いをもたせ、順序系列として示してみる。

　　　　　　現象（後注14）　概念　表象　夢　呪術　言語　テクスト

┌【類似性】―類像性―類似連合―隠喩―凝縮―模倣―選択―ロマン主義―
×
└【近接性】―指標性―近接連合―換喩―転移―接触―結合―リアリズム―

この図式に添いながら考えてみると、嘱目によってであれ、想像によってであれ、二つの対象が意識に対して与えられたとき、それはまだひとつの記号様態であるに過ぎず、連合されることもされないこともありうる。概念的連合はそこに何がしかの関係が認識されたときにのみ起こる作用で、それ自体でとりたてて美的感興につながる契機を持つわけではなく、単なる類似性と見なされたり、因果関係と見なされたり、位置の隣接と見なされたりするに過ぎない。

美的機能をおびた連合、つまり良し・悪しという感覚と結びつくような連合という角度から見ると、（後注15）「新しい類似連合」かまたは「似つかわしい近接連合」だけがその条件を充たすことができ、したがってこれらは通常の連合基盤の外周にあると考えられる。

一例を挙げると、「梅にウグイス」という近接連合は美的な条件に適うものとして数限りない歌につくられ、また絵柄ともされてきたが、しかしそこには、たとえば一方を他方の換喩やシンボルとして使うことが出来るような物と概念との、一意の契合があるわけではなく、物と物との多くの可能な結びつきのひとつであるに過ぎない。そのことは、たとえば定家の整理した結び題に〈隣家竹鶯〉〈羇中聞鶯〉という二つが挙げられており、また、まえに見たように、ほかにも青柳や松、雪との取り合わせが試みられてきた事実からも明らかである。梅に遊ぶウグイスは、美的な角度からいうとこれらと同じ選択系列に属しており、しかも開かれた系列の一要素に過ぎない。だからこそ、新しい感覚が発揮され、新しい取り合わせが生まれる余地が残るのである。

見立て

主題の話にもういちど戻ると、さいごの〈紅葉の錦〉〈雪に紛う花〉という二つには詩的な眼差しに対する自意識のようなものが窺われ、単なる隠喩とは趣が異なる。よくいわれる「見立て」とは、類比的思考にともなうこの種の耽美的な擬態をとくに指した用語であると思われる。

和歌の場合、見立ては、

AはBとぞ見ゆ
AはBなれや
AはBに異ならず
AはBか
AはBとひとつなり
A、Bに紛はむ
AはCとBを争ふ

その他、見なし行為の自覚に立つさまざまの形態によって言い表わされ、雅趣のある二項の類比を工夫することじたい歌心の証しのごとく扱われてきた。これは形のうえでは初原的な比較と見なすことができ、したがってさきの図式に当てはめていえば、見立てと取り合わせは、それぞれ類似連合と近接連合にもとづく一対の美的概念操作として、表象一般の前段に位置づけることができる。取り合わせとは違って、見立てには見なしという概念操作が加わるので視覚化にはなじみにくいけれども、映像や戯画などにおいては間々overlap（上重ね）の手法をもちいて表現される。

言語のレベルでは、類似連合は見立て、広義の比喩、あるいは隠喩として、かたや近接連合は取り合わせもしくは換喩として造形される。一般的な特徴として、見立てと取り合わせには、A・B二項がかならず顕在しているので、取り合わせと、つねに一方による他方の置換として生起する換喩との見分けに迷うことは事実上ありえない。けれども、他方の、見立てと比喩および等式的隠喩にもともにこの二項が顕われる。これが古くから議論の種となってきたところで、形から見るとここは一種の曖昧領域をなしていて、たとえば「A、Bとぞ見ゆ」を直喩の一形態としてもそれほど無謀な主張ということにはならないはずである。

換喩的原理

しかし、この二系列の概念構造とそれらが言語化される際のもろもろのパタンについてはすでにいくどか触れたので、つぎに、換喩原理が和歌の言語にどのように作用し、どのような運動を引き起こしてきたかを点検してみる。

まえにも述べたように、いわゆる換喩（たとえば「御門《みかど》」[172]で「大君」を表わす）は基本的には近接項による置き換え、すなわち、近接関係A—Bを基底としたBによる代替表現

（172）記述を簡略にするた

であり、言語表現としてのその技巧性は、ふつうの言い回しAに代えてBを用いるという表現上の（あるいは受け手の側からいえば、用いられた表現から本来の用語Aを突き止めるという解釈上の）曲折に求められる。修辞学はその類型を見出すことに精力をそそぎ、たとえば換喩はつぎのように細分されていた。

- 原因で結果、もしくは結果で原因を
- 容器で中身を
- 場所で事物を
- 表徴で本体を
- 抽象名で具体名を
- 身体部分で機能を
- 所有者名で所有物を

同じく、換喩の亜種と見なされた提喩（synecdoche）についても、つぎのような分類が行なわれていた（Dumarsais-Fontanier 1818: 76ff.）。

- 種で属を、ないし属で種を
- 特定の数によって物もしくは不定量を
- 材料で製品を、その他

めに、以下では「＝」と「―」によってそれぞれ類似関係と近接関係を表記する。

この分類方式に見られる奇妙なねじれを修辞学はついに克服できなかったが、それは結局、換喩という表現様式を概念のレベルで記述しようとしながら、物象世界と言語とのあいだにはっきり境界線を引かなかったことに起因している（Radden & Kövecses 1999）。試みにうえの分類の、抽象によって具体を表わす〝換喩〟を提喩の一形とし、逆に材料と製品との関係にもとづく〝提喩〟を換喩と見なすならば、この種の代替表現には、物事の近接性にもとづく換喩と、言語的な近接性にもとづく換喩（＝提喩）との二つがある、という明快な視点を得ることができる。(後注16)

これはしかし、まだ辞項の代替という現象面に目をとめただけに過ぎない。修辞学の場合、提喩は、使用された辞項の一般的な意味と当の文脈での場面的な意味との関係にもとづいて、翻訳関係として定義されていた。たとえば「はな」という辞項が文脈的に梅の花を指して使われているとき、そこでは「はな」によって辞項「梅の花」が代替されていると見なし、「八十《やそ》」が文脈的に〈多数〉という意味で用いられていれば、「八十」が「多数の」に代替していると考えた。これが、表現の種々の技巧をゼロ度からのずれとして説明しようとした、いわゆる代替説の立場である。なるほど代替という考え方は換喩のある側面には妥当するが、しかしいわゆる代替説はなぜ、何のために代替が行なわれるかを充分には究明せず、また隠喩にも適用できる一般原理であろうとしたために、却って無理が露呈した。

しかしいまはこの説明方式の妥当性は問わないこととして、近接性が意味・形態の両面にわたるという角度から問題を見直してみると、そこには、いわゆる提喩のほかに、形態どうしの近接関係というもうひとつの大きな範疇がありうることに気づく。すなわち慣習的な統語上の両立性、いわゆる連語関係である。(後注17)

いままで述べてきたことを整理するために、視点と用語との対応関係をいちど図表にまとめておく。ただしこれはあくまでも整理を目的としたもので、厳密な解釈には耐えられない部分がある。たとえば「掛けことば」から反復の含まれるケースを除外する根拠は得られるものの、他方で、隠喩に類似性にもとづく概念の代替という規定を与えるだけでは、その機能や言語的な具現の諸相を説明するには不充分であろう。

	類似性	近接性	
概念	隠喩	換喩	代替
言語コード	掛け	提喩	
	比喩	連語	両立
事象	見立て	取合せ	

しかし、とりあえずこのような大づかみのもとに、ひとつの事例として〈色に出づ〉という主題の、言語的な平面における展開を追跡してみる。この表現は、「玉に貫く」「人言《ひとごと》繁み」などと並んで、古歌にはしげく、現代の読者にとってはほとんど奇異と思われるほど頻繁に登場する表現のひとつである。

主題の展開

この語法は、草木染めが日常の作業であったころ「色もしくは色相そのものに対する関心からではなく、［…］染色の知識あるいは経験にもとづく《発色現象》に対する関心から」（高田 一九九四、四五頁）使いはじめられたものと推定される。しかし歌ことばとしては染めそのものでなく、〈思いが外に表われる〉という意味の隠喩的用法がさきに現われ、辞義的な使用例のほうは時代がかなり下がるので、典型的な修辞的主題であると考えることができる。

岩が根のこごしき山を越えかねて音には泣くとも色に出でめやも（万葉　三〇四）
託馬野《つくまの》に生ふる紫　衣《きぬ》に染《し》めいまだ着ずして色に出でけり（万葉　三九八）
あしひきの山橘の色に出でよ語らひ継ぎて逢ふこともあらむ（万葉　六七二）
いふ言の畏《かしこ》き国ぞ紅の色にな出《い》でそ思ひ死ぬとも（万葉　六八六）

もとはこのように染めによる発色一般を指しており、とくに固定した意味合いは見られない。この一般的なレベルで、類似連合により反対語としての「色・うつろふ」を誘いだし、また自らも、近接連合によってしだいに修飾語「紅の・」、あるいは主語「花・」ないしその下位語との結合を強めて行ったようすが見える。

『万葉集』に見られる「うつろふ」の用例はもっぱら〈心変わりする〉という比喩的な意味で用いられ、さいごの長歌だけにやや辞義性が残っているように読める。一三四三番は文字どおり染めのことを言っていると取れなくもないが、集中では「草に寄する」として譬喩歌に分類されているので、これを解釈のしるべとすべきであろう。

思はじと言ひてしものをはねず色のうつろひやすき吾《あ》が心かも（万葉　六六〇）
月草(173)に衣《ころも》色どり摺らめどもうつろふ色といふが苦しさ（万葉　一三四三）
はねず色のうつろひやすき心あれば年をぞ来経《きふ》る言は絶えずて（万葉　三〇八八）
紅の　色もうつろひ　ぬばたまの　黒髪かはり　朝の笑み　夕へかはらひ(174)　吹く風の　見えぬがごとく　行く水の　止まらぬごとく　常もなく　うつろふ見れば　にはたづみ(175)　流るる涙　留めかねつも（万葉　四一八四）

「花」との連合をしめす例としてはつぎの諸歌がある。なかでも末摘花の歌は、発展性ゆたかな「紅」とおそらくここで始めて結合することによって、のちの展開に大きな役割を果たした。いうまでもなく「紅」は、花の名であると同時に色名であり、しかも「紅の」は形容的にも、あるいは枕ことばとして装飾的にも使うことができるので、結合価の豊富な点にかけてはこの上ない選択であった。

余所《よそ》にのみ見つつ恋ひなむ紅の末摘花の色に出でずとも（万葉　一九九七）
恋ふる日のけ(176)長くしあればわが苑《その》の韓藍《からある》(177)の花の色に出にけり（万葉　二二八二）
臥《こ》いまろび恋ひは死ぬともいちしろく色には出でじ朝顔の花（万葉　二二七八）

(173) ツユクサの古名。花汁を摺り布に着けて藍色を出した。
(174) 変わって行く
(175) あふれ流れる水
(176) 日かず
(177) けいとうの花

隠喩「色に出づ」の言及対象となる心や思いは、この段階ですでに間接的に文脈に現われているが、これを中心語に立てた「心、思ひ・色に出づ」は同じ隠喩的な連語域に「・染《そ》む」「・染《し》む」あるいは「・移す」「・摺る」その他の染色用語をもつ。いちいち証歌を挙げるまでもなく、「心、思ひ・染む」という連語の使用例はおびただしく、たとえば紀貫之の、「色もなき心を人にそめしよりうつろはむとは思ほえなくに」（古今　七二九）には、一首のうちにすべての要素が出そろっている。ことに、「思ひ」は動詞に由来しているので、「思ひ・染む」は対格＋動詞、主格＋動詞、あるいは複合動詞として三重に分析することができ、この点でも派生展開への大きな統語的契機が提供されることになった（新古　九九五その他）。

「心、思ひ・摺る」という組み合わせは見えないが、興味を惹くのは「うつしごころ」の用法である。この語は『万葉』ではもっぱら〈ますらをの恋〉という主題のもとで〈理性〉の意味に用いられているが、『古今集』のつぎの歌で「色に出づ」との融合を起こし、その後の用法では意味が二極に分化していった形跡がある。（後注18）

いで人は言《こと》のみぞよき　月草のうつし心は色ことにして（古今　七一一）

もうひとつこの隠喩群にとって画期的であったのは、「出づ」の拡張「振り出づ」〈紅を水に振り出して染める、ふりしぼる〉の使用である。

思ひいづるときはの山の郭公《ほととぎす》 唐紅のふりいでてぞなく（古今　一四八）
紅のふりいでつつなく涙には 袂のみこそ色まさりけれ（古今　五九八）

この語法をつうじて「紅」と「なく（鳴く、泣く）」および歌ことばの一大系譜である「涙」との融合が果たされ、さらに「紅の・振りいでる」「振りいでつつなく・涙」を経由して「紅の涙」への移項律が成立した。従来この語法については、「紅の筆」「紅の文」「血の涙」、あるいは生類の涙をいう「黄なる涙」など、一連の表現とともに漢語「泣血」「赤心」その他からの影響がいわれており、その形跡もたしかにあるにはある。けれども、いま見たように、動因は確実にやまと歌のなかで用意されていたのであり、しかも「血の涙」（古今　八三〇）がすこぶる展開に乏しく、和歌の詩的世界ではおそらく奇言として斥けられたのに対して、「紅の涙」は逆に愛用語のひとつとなっていった。漢語、「血涙、泣血」の単なる和らげでなかったことは、それらとは違い、「紅の涙」がたいてい死別という文脈をはなれて使われていることからも分かる。

このような一連の展開が行きつくところはどのようなものであっただろうか。

紅葉の散りしく川は歌びとたちの好んだ主題であったが、紅が誇張をまじえて一方では涙の河と連合し（紅の涙→涙の河）、他方では紅葉と涙が結びつくことによって（紅・色に出づ→紅葉）、ついには川－涙－紅葉という連想の円環が完結した。

この連想系は、ほとんど完全なかたちでつぎの伊勢の挽歌に姿を現わしている。

涙の色の　くれなゐは　われらが中の　しぐれにて　秋のもみじと　人々は
おのがちりぢり　別れなば　頼むかげなく　なりはてて…（古今　一〇〇六）

ここには川のイメージがないかわりに、時雨が木の葉を色づかせるという在来の詩想に「紅の涙＝時雨」という隠喩がかむさり、統語的な結束性というより連想の順送りによって、「人々が、紅葉と散る」につながっている。

この点的な配置を補い構造化するものは、ひとつにはおそらく、暗示的な媒介項、「涙で袖を濡らす」であると思われるが、しかし要所要所に縁のことばを置くという和歌独特の詩法によって、「紅葉、涙・ちる」という近接連合もこれを側面から補強している。いいかえると、双方ともに述語「散る」と統語的に連立しうるという近接原理によって「紅葉」と「涙」との同一化が行なわれているのである。（ただし別の角度からいうと、日本語の文法が「涙・散る」と「紅葉・散る」をともに許容しているのであれば、もともと飛散するさまは〈水滴〉と〈木の葉〉という二範疇についてとくに言語的に差異化されていたわけではないので、その限りでは両者が同じ類似連合域にあったという見方もなりたつ。）

連想空間

まえに、作品という完結したコンテクストのなかで詩的言語の帯びる特徴を捉えたことばとしてヤコブソンを引用した。そこでは、「近接するものはすべて直喩となる。類似性が近接性に覆いかむさる詩にあっては、すべての換喩がいくぶんか隠喩的になり、いかなる隠喩も換喩的なおもむきを帯びる」(Jakobson 1960: 3. 42) と述べられていたが、しかし和歌の場合には、同じことが、言語表現の平面でなく、共有された詩的世界という高次のコンテクストで起こっていることに注意しておくべきであろう。

このような濃密な連想空間のなかでは、個々独立のモチーフがひとり屹立するということは許されない。

天の河もみぢを橋にわたせばや　たなばたつめの秋をしもまつ（古今　一七五）
かささぎの翼にかけてわたす橋またもこぼれぬ心あるらし（家持集　二一三）

「もみぢの橋」「かささぎの橋」はそれぞれ風趣に富む見立てとして、それ自体で和歌の言語世界を豊かにした。けれども、そもそもそれは、「川」から天の川、橋への近接連合によって生まれた発想であり、しかも解釈のうえで、もみじの橋に織り姫の涙をかさねずに読むことは難しい。

また、家持の歌に見える、「こぼれぬこころ」という涙をほのめかした表現は、かささぎの黒い翼ともみじの橋とを想像世界において両立させようとする試みであったように受け取れる。そして現実に、後代の詠歌において紅葉とかささぎの橋は涙を介してさまざまに連合していった。受け取る側でも、「かささぎの橋」とは他でもない「もみぢの橋」のことで、七夕の別れを悲しんで泣く織り姫の涙がかささぎの羽を赤く染めているさまをこう表現したもの、と解釈されるに至ったのである（『正徹物語』）。

6　詩中の画、画中の詩

詩画の接近

いくどか触れてきたように、記号化という平面で見れば、詩的なものと絵画的なもののあいだにはもともと共通の基盤がある。概念という角度から見ると、視覚情報であろうと言語情報であろうと、視覚からの入力がより瞬間的・具象的である点をべつにすれば、等しく当の概念やそれに繋がるさまざまな内容の記憶を想起させることができ、この絡路はそれぞれ双方向的である。

ことに和歌の場合には、短詩という基本的な性格のせいで思想性や構造的壮麗をすてて一刻の美や感懐を鮮やかに言いとめることに精魂をかたむけねばならなず、そのために、詩画の接近は西洋的詩学からの発想や理論的予測などの及びもつかないところまで進んだ形跡がある。上《かみ》の句ひとつが独立した発句（＝俳句）においてはその傾向がいっそう強まり、焦門の俳論に見られるような詩画相通観にまでつき進んだ（山中 一九九九、一七七－一七九頁）。

通時的な経緯は本質的な問題ではないけれども、成り行きとしては、まず詩文が威信文化をつくりあげ、絵画は明らかにこの言語世界に対する挿し絵として成立した。すこしことばを変えて、和歌の詩的世界が景物画という絵画的ジャンルを生みだしたといったほうが正確かも知れない。歌題がそのまま画題とされ、画中に詩をきくことが往時の絵画鑑賞法であった。やまと絵の画法はおもに景物の選択や取り合わせに重点を置き、次元や視覚の解析、あるいはそれに基づく最良の比率や効果的な配置ということにはほとんど関心をはらわなかった。西洋絵画が画面構成の幾何学を執拗に追究したのに対して、こちらはもっぱら山襞や松ヶ枝、笹の葉の描き方を技術的に究めようとしたのである。西洋絵画のひとつの極点が透視画法であるとするなら、和様絵画の極点は扇面散らしや流水散らしに見られる「散らし」の手法である。

ここに至る移り行きは、詩的表象と合わせて見たほうが分かりやすいかも知れない。『万葉集』では時と場所に係留されたリアルな情景や体験を直情的にうたい上げる歌が圧倒的に多かったけれども、『古今集』に至るとそこに大きな質的変化がおこり、歌合わせその他のおりふしに求めに応じて作られた、いわゆる題詠歌が登場しはじめる。それでもしかし、「水の辺りに梅の花さけりけるをよめる」（古今　四三）、「池に月の見えけるをよめる」（古今　八八一）、「ならの石上寺に郭公のなくをよめる」（古今　一四四）のごとく、嘱目に詠作の動機をもつ歌はかず多く残存している。

『新古今』に至ってもこの種の詞書きがまったく姿を消すわけではない。けれども注目しなければならないのは、嘱目に代わって「春立つ心をよみ侍りける」（新古　一）、「関路の鶯といふことを」（新古　一八）、「花の歌とてよみ侍りける」（新古　八六）その他の詞書きが示しているように、作られ、脳裏に蓄えられた「観念世界」をよむ歌が増えているという事実である。（むろん贈答歌は内容的にも恋の歌に属し、三集をつうじて継続しているのでここからは除外しなければならない。）詩的世界の確立がもたらしたいくつかの随伴現象についてはすでに触れたが、詞書きに見るこの語法の変化も、おなじことがらを別の角度から証拠立てていると見てよかろう。歌の重要な部分において観念が実体験に置きかわり、直截な感動の表出であることをやめて、「たしなみ」に変質したのである。

景物画もおそらくこの段階から出発した。実体験のほうは詩歌にゆだね、その視覚的なぞりとして成立したのである。絵画史が伝説的、呪術的、宗教的な話想題材から出発し、ずっとのちになって、眼前の現実の光景や人物に画題を見いだすことはべつに怪しむにたりないけれども、(後注19)わが国においてはその話想世界の大部分を確実に詩歌が占めている。「梅をかざすより始めて、ほととぎすを聞き、紅葉を折り、雪を見るにいたる」（「古今集仮名序」）ことは『万葉集』の発見した撰歌の原理であったが、この原理はそのまま絵画の領域にもひき継がれたと見なすことができよう。

それは単に、花鳥風月が好んで画題に選ばれたということだけに留まらない。歌の諸範疇がそのまま絵画に借入され、和様絵画における構成法となった。こうして、いわゆる景物画においては「四季絵」「月次絵《つきなみ》」「歳事絵」など、詩題を季にしたがって細分する詩学的手法がそっくり画面構成法に移し換えられ、また詩法の根幹であった「取り合わせ」も構図法の主要原理となった。物理空間を持たず、間という想像空間に依存する画法が発達したのは疑いもなくこの理由による。

詩学という高所からさまざまの概念が絵画の世界に流れ込んだ形跡はほかにも多いが、そのことは同時に、歌人が絵画を司るということを意味していた。つぎの引用は藤原定家の『明月記』にもとづいて承元元年（一二〇七）春の、後鳥羽上皇の御願寺、最勝四天王院における障子絵制作の経緯をたどったものであるが、歌からの発想がどこまで画面構成を支配し、歌にかかわるメタ言語がどこまで画論に浸透していたかをよく物語っている。

> 御堂をはじめ、常御所、薬所などいくつかの建物を通して日本全国にわたる名所障子絵が計画された。まず、詩歌の選定、これにともなう諸名所の景が指図によって配分され、その際、名所の「景気」ならびにその「時節」が描き連ねられた。景気とは[…]名所の景趣であり、時節というのはそれぞれの名所の景物にふさわしい季節とみなされる。名所特有の景趣とそれに即応する季節の景物が、制作に先立って検討されていることがわかる。
>
> 　次いで、えらばれた四人の絵師に絵様の提出が命ぜられ国々に散在する諸名所を連続する障子絵の大画面に、「野筋雲水」のごとく描き連ねるべしと申し渡されている。つまり、本来連続するはずのない各地相互の景観を、野筋、雲、水、などの手法を駆使して描き連ね、長大な画面での図様構成をはかろうというわけである。障子絵全体としては、これらのいわば名所の諸景観を巧みに編入することで、多様と変化に富む複合空間がつくられる。（武田 一九九〇、二八―二九頁）

　ここには和歌の到達した詩画相通観のおそらく極点を見ることができよう。「景気」「時節」「名どころ」といった歌論の概念がそのまま使用されて違和感を与えないだけでなく、すでに詩と絵画との共生関係が用意されている形跡すら窺われる。

さきには触れなかったが、『古今』、『新古今』の詞書きから知られるもうひとつの推移は、屏風や襖（＝障子《そうじ》）の絵に題した詠草が一挙に増加しているという事実である。『古今集』では十首をこえなかったものが、『新古今』では屏風絵や襖絵を詠んだことが明記された歌は四十首にのぼり、しかも「宇治川かきたる所」（新古　六三六）や「清見が関かきたる所」（新古　二五九）など、歌枕が絵に描かれ、こんどはそれに歌を題するという詩画共生の段階がおとずれたことを示している。つまり、歌に題材をとって障屏画を仕立てるだけでなく、画賛詩（ekphrasis）がジャンルとして成立したのである。

さらに注目すべき点は、うえでいう図様構成と連歌との相同性である。連歌の式目には名どころはいうに及ばず、「聳《そび》き物」（たとえば、霧、かすみ、雲、煙など）「水辺」「居所」「降り物」（たとえば雨、露霜、あられ、雪など）、「光り物」（月、日、星）などの興味深い範疇が設けられている。歴史的展開が連歌から障屏画へという方向をとったか、あるいはその逆であったかに関わりなく、そこから看取されるのは、詩編を構成してゆくうえで「絵画的手法」が要請されたという事実である。歌のテクストが遠近、上下、高低などの視覚面から規定され、想像空間における視点の移動と絵画を見るときの眼球運動（saccade）との差異は消し去られている。連歌は「野筋雲水」の画面に人事を散らしたことばのやまと絵になろうとしたと見ることができる。

第Ⅴ章　主題構成の原理

1　正述心緒・寄物陳思[178]

直情表現

『万葉集』が「命に向かひ恋ふ」ことを基調とする歌集であるとすれば、『古今集』は「こころ」の歌集、『新古今』は「なみだ」の歌集である。

基本的には恋にかかわるこれらの枢要概念は、しかしいずれも長い継続性をもっているので、それぞれの集を個別に扱うのは望ましい方法ではない。以下の数節では、この点に配慮しながら、これら三大歌集をつうじてそれぞれの主題がどのような展開を見せているかを探ってみることにする。

たとえば『無名抄』では、恋という題材は「わりなく浅からぬ由」を詠むべきことが説かれていたけれども、そのいちばん手近な表現手段は強調である。ことに、愛情表現と強めのことばはほとんど表裏一体の関係をなしており、『万葉』の恋歌も、「われには益さじ」「間なく隙《しば》なく」「懸けて思ふ」「神にいのる」「消《け》なばけぬとも」、あるいはすでに取

(178) 万葉集、巻第十一ほかの分類項目。

り上げた「～にあらましものを」などの感動的な直情表現をかず多くのこした。しかしこの種の語法は、現代の日常語でも「死ぬほど、命掛けて、夢に見るほど、誰よりも、片時も忘れず」その他、ほとんど同じ形で流通しており、内容と表出との原型的な結びつきを考えないではいられない。

『万葉』には、この種のひたむきな心情表現を指して「正述心緒」という用語を使った箇所がある。これは、単に一部の歌をまとめるための分類用語というより、言語による表現をひとつの原質において言い当てており、しかも、歌体という視点から見ると集全体の特質を要約している趣すらある。

恋ひ恋ひて後も逢はむと慰もる心しなくは生きてあらめやも（万葉　二九〇四）
ぬばたまのその夢《いめ》にだに見えつぐや袖乾《そでふ》る日なくわれは恋ふるを（万葉　二八四九）
まそかがみ直目《ただめ》に君を見てばこそ命にむかふわが恋止まめ（万葉　二九七九）
との曇り雨ふる川のさざれ波間なくも君は思ほゆるかも（万葉　三〇一二）
ゆふべ置きてあしたは消ゆる白露の消《け》ぬべき恋もわれはするかも（万葉　三〇三九）

真率な心が格調につながっていることは認めるにしても、しかし、こうした力まかせの、ほとんどことばの原資だけにたよる語法は詩的言語としての曲折にとぼしく、使われる手段も、「だに」その他の強調辞の使用や反復など、ごくふつうの技巧を出ない。『万葉集』で強い印象を受けるのは、「五百重波《いほへなみ》」、「千たび」、「千遍《ちへ》に」、「百代千代」、「百千鳥」

その他、数詞が自在に使いこなされている点であるが、これはやまとことばのほんらい備えていた力であって、詩的手法と見なすべきでないのかも知れない。その点から見ると、「まそかがみ」以下の三首に見られるように、表現の「累加」によりつつも、ことばを掛けるという手法によって、言語技巧のひとつの柱である形象性への接近を果たしたことは大きな一歩であった。

ただしここでは、形象性という用語を「比喩および性質形容詞」(Day-Lewis 1947: 22)という常識的な定義よりもっと広い意味に理解したい。この定義は、表現の装飾性ということを第一義に見ているけれども、比喩すなわち装飾、という誤った一般化に基づいており、また、とりわけ和歌に関しては、比喩という用語自体かなり広義に考えるべきことをわれわれはすでに見てきた。

比喩とイメージとのかかわりについて言えば、そこには類型的に見てすくなくとも三つの層がある。名どころの働きがはっきり示しているように、「形象性」はほんらい記号論的な概念であり、表現上の類比構造とも、隠喩の特徴をなす転義とも同じではない。強いていえば、それはことば、とくに名詞の階層に付随する具体性の問題で、「はな—さくら—八重桜—ソメイヨシノ」といった上下関係の軸上に位置づけられるべきことがらである。しかし、名詞の階層には基本レベル、上位語、下位語という同型性は見られるものの各範疇での階層構造はまちまちであるうえ、かなりの個人隔差も予想され、八重桜とソメイヨシノの区別を知らないひともある。特定の語彙系列について形象性のもっとも高い階層がどこであるかを判定するには、「ただ図して知らるべし」という去来の教えにまさる方法はないように思われる（『去来抄』）。

イメージを比喩と結びつけて考える立場は、指示機能のあるなしというさらに別の条件を課しており、表現において非・指示的に用いられた切片を指してとくにそう呼んでいる。この見地からすると、まえに明喩と呼んだ「水泡《みなわ》なすもろき命」の場合、「水泡なす」は構造的に付加要素、機能的にはもろい命の照合対象をなしており、この表現形式が装飾的な形象（＝イメージ）のひとつの典型である。

のこる直喩と各種の隠喩は、この比較対象（＝水泡）が言及されているものといないものとに分かれ、後者（＝「心は・燃えぬ、心・澄まさずば」などの連語的隠喩）において火や水が形象として意識されることは、たとえあったとしても間接的であり、あとで見るように、これを意識化・具象化してゆくことは最も高度な詩的達成に含まれる。用言と副詞要素との連語関係の組み替えによって隠喩が作られているとき、形象性はもういちだん弱まる。

感覚的にもこれは頷けることである。一例を挙げると、古歌には「黒髪に霜の置くまで」、あるいは「わが元結いに霜はおくとも」といった定型表現が頻繁に用いられている。たとえばつぎの二首は内容的に酷似しており、左注はこの二つをあたかも異文のように扱っている。

居明かして君をば待たむ［ぬばたまのわが黒髪に霜は降るとも］（万葉　八九）
ありつつも君をば待たむ［うち靡《なび》くわが黒髪に霜の置くまでに］（万葉　八七）

しかし意味構造の面から見ると、はじめのは単なる誇張である。つぎも、「まで」でなく「までに」ということば遣いがされているところから見て誇張であるには違いないが、黒髪が〈白髪に変わるまで〉という意味の隠喩をおそらく含んでおり、従来の定義によるとこれはイメージということになる。けれども双方とも待ちわびる心のほどをひとつの形象によって言い表わしており、転義の有無がただちに形象の有無として知覚されるとは考えにくい。

抽象化の度合いと反比例する視覚性

こうして、なべて言語記号の特性である一般性・抽象性を、もういちど、「単純な五感の次元に引き戻す」手段として、言語にも形象化という画像的効果への接近手段がある。たとえばつぎの一二二番のように、「物思いに身も痩せる」といえば、もうそれ自体でひとつの具象化ではあるが、ひょっとしてそれはことばの粉飾であるかも知れず、真に受けて良いかどうかは必ずしもはっきりしない。しかしこの同じ概念をわずかな工夫によって、ひとつの真実味をともなった形象に転化させることができる。

大船のはつる泊まりのたゆたひに物思ひ痩せぬ人の子ゆゑに（万葉　一二二）
一重のみ妹が結ばむ帯をすら三重結ぶべくわが身はなりぬ（万葉　七五四）
朝影に吾《あ》が身はなりぬ玉かぎるほのかに見えて去《い》にし子ゆゑに（万葉　二三九八）

「一重の帯を三重にむすぶ」という表現も強調であるには違いないものの、思いにやつれた姿を帯という具体的な尺度によって目に見えるように描きおおせている。視覚情報の鮮やかさにかけては、細く伸びた朝影も「痩せぬ」の比ではない。表現技巧が強調の度合いでなく、描写の巧みさという別の次元に向けられており、したがって受容と評価もその次元で行なわれることになる。

しかし美しい景物、詩的な取り合わせとしてのイメージにはすでに別の角度から検討を加えたので、ここでは言語的意味の精度とのかかわりにおいてイメージの役割を考えてみる。うえの例でも鮮やかな形象があると述語は逆に形式動詞に近い「なる」が使われているが、そのことからも窺えるように、視覚性と語彙の抽象度とのあいだには一定の相補関係がなりたつ。

日本人はもともと抽象的思考を好まず、そのせいで文法構造にも抽象名詞を使いこなすしくみが充分に整っていない。とりわけ大和ことばの使用を条件とする和歌の場合、釈教の歌をわずかな例外として抽象語、観念語を見ることはまずなく、目にとまるのはせいぜいで「心」「恋ひ」「思ひ」などの、いわゆる無形名詞である。

しかしこれらは同時に内面を表わすことばでもあり、抽象化の高い語とは別種の、不可測性というはるかに根源的な、表現者にとってきわめて切実な問題をはらんでいる。[179] 歌が心情の表白ということを大きな主題のひとつとしている点から見れば、詩人にとっては心の表象こそ古来不変のテーマであり挑戦であり続けたといって良い。

(179)「他人のこころ」「私的言語」という、哲学における問題系もこの点に関わっている。

しかしつけ加えるまでもなく、他面でそれはことばを伝達の道具とするすべての主体に対する挑戦、もう一歩踏み込んでいえば日本語への挑戦でもあった。こころのありようを表象するために日本語も例にもれず喩法という方略にたより、万葉期の歌にはそうした夥しい実験のあとが遺されている。なかでも〈水〉と〈火〉という比喩対象は歌ことばとして普遍的な地位を獲得し、日本語の語法にひろく浸透していった。和歌の、とりわけ恋の歌における言語的達成は、この「平言俗語」の領域を押しひろげ、質的転換にいたる過程として跡づけられるといっても過言ではない。

「こころ」が日本語の基層をなす語彙の一項目として、記紀万葉のはるか以前から日常的な語法を成立させていたことはいうまでもない。もうひとつ自明な点は、名詞としての名立てそのものに「実体化」が必然的に随伴することである。その実体化が、基本的に〈もの〉と〈場所〉という二方向に向かったことは、「こころ・ある、なし」「こころ・から、ゆ、に（思ふ）」という主格と所格の用法によって確かめることができる。「心・置く」（万葉　二六九〇）、「心・人に見せむ」（万葉　四〇七〇）、「心・守りあへず」（万葉　二八五六）、「心・さへ奉れる君」（万葉　二五七三）などの正確なニュアンスは捉えにくいが、現代日本語の感覚からすると具象性が非常に高く、ほとんど隠喩のように感じられる。「こころ・ど」という複合語は、その「こころ」が常在する場所とのかかわりで捉えられ、語彙化されたものと考えられる。[180]

『万葉集』に見える「こころ・痛し、うたてし、悲し、くるし、寂し」、「こころを・遂ぐ、痛む、付く」などの表現は——その前史はいまは措くとして——もはや破格や比喩に

(180) ただし、これを「利心《とごころ》」と同じだと見る説もある。

還元することのできない義務的な語法のように見えるが、しかしそのなかでも、「こころ・悲し、くるし、寂し」などにはすでに修辞的な傾斜が加わっており、心情を述べることばが叙情主体「われ」から、心情のありかである「こころ」に換喩的転移を起こしていると理解することができる。これはたとえば現代の文学言語に見られる換喩ほどに技巧性の目立つ意識的なものではなく（たとえば、「西舞鶴から比良へゆく道は、ものの三里もあったが、私の足はうろ覚えに覚えていた」『金閣寺』）、むしろごく自然な転移であると思われるが、しかしその分「こころ・」が余剰化し虚辞化してしまう危険をはらんでおり、現実に、主述の意識はしだいに薄れて両者の一体化した複合形容詞に転じるという経緯をたどった。「こころ・ぐし」の場合には明白に造語における接頭辞の役割しか果たしていない。

2　こころの表象

言語化への方略

はっきり境界を付けることはできないが、この延長線上に、ある種の一般的な属性を与えられた実体化がある。使用者の脳裏では何かの具体的なイメージが描かれていたかも知れないのに、それが明確に意識化されていなかったり、あるいは辞項の一般性が高いために、具象性を帯びることなく、漠然とした概念の段階にとどまっているような語法である。終止形だけをしめすと、『万葉集』を代表するこころの述語はつぎのようなものである。

《換喩的》

〔容れもの〕　開く、〜の内に、〜に（君を）もつ

〔中　身〕　尽くす、包める

《隠喩的》

〔動くもの〕　揺《あよ》く、乱る、鎮む、奮い起こす、寄す、寄る、（使ひに）遣る、行く

〔長いもの〕　長し、解く、結ぶ、緩《ゆる》ぶ、たはむ

〔固いもの〕　砕く、割る(181)

ここに見られる連語関係の多くは、適切な解釈項さえ獲得すればただちに生彩に充ちた詩的表現に転化することができる。たとえば「こころ・寄る」は、これだけでは単に物理的な接近をいうことばなのか、あるいはそこから「こころ」の動きの描写に転じたものか判断のしようがない。けれども、もし「玉藻」や「千重の波」「秋の田の穂向き」という形象によって補強されれば、表現はこの感覚情報によって受け手の記憶痕跡を呼びさまし、「寄る」は水草の靡き寄るようすや波の飽かず寄せるさまの映像を伴なって具体的な描写に転化しうる。この種の述語にとって、比喩は彩りというより意味を精細に規定するうえで必須の条件なのである。

「こころ・長し、結ぶ」、その他の慣用表現は、その言語的基底と詩的効力とが自覚的に

(181) たとえば「長し」などのように、ここに見える動詞のいくつかは現代日本語では「こころ」ともはや結合しないのに「気」とは結合する。これは、「こころ」の意味領域をのちに「気」が浸食し、連語関係の組み替えが起こったせいではないかと思われる。

捉えられ具象化されると、ついには「こころの紐（・の緒）」（万葉　二九七七）、「こころの緒《を》ろ」（万葉　三四六六）などの同一化の隠喩に行きつく。おそらくこの段階を、比喩的な認識行為の究極相と見なすことができ、そしてこれを探り当てることは、代々詩人の直感に任されてきた。

『万葉集』にはこのほかに、「こころ・に染《し》む」「心・移ろふ」、「研ぎし・こころ」、「こころ・に乗る」など、いくつかの印象的な言い回しが見られる。「染む」には水のイメージが重なっているようにも感じられるけれど、基本的には染めの色移りに焦点を当てたことばである。「研ぎしこころ」「利《と》ごころ」はいずれも剣の比喩であろう。

「心・に乗りて思はれる妹《いも》」（万葉　六九四）、「妹は心・に乗りにけるかも」（万葉　二四二七、二七四八）などの表現は、〈心について離れない〉という意味に解されるが、これはおそらく「たわやめの匣《はこ》に乗る鏡」（万葉　五〇九）のように、〈ものが、何かに、乗る〉という枠組みによっており、〈ひとが、何かに、乗る〉からの延長ではあるまい。[182]「心を・つくす」という連語の構造はいまでは不透明となっているものの、あとで取り上げる〈心＝水〉という紐帯のもとで、容れものを傾けて、水である心を〈注ぎつくす〉という意味を原義としていた可能性が強い。

「心・行く、遣る」などの連語系列は、現代語の感覚とは違い、擬人化と呼んでよい表現であったと思われる。これは想像の域を出ないけれども、通い婚の風習、妻問いの前触れにひとを遣ったことなどから、このふたつの語はいまに較べてはるかに男女の愛との連合がつよく、隠喩としての自足性を備えていたに違いない。

(182)「何か」はここでは「人かまたはもの」という限られた意味で用いる。

たしかなる使ひをなみと[183]こころをぞ使ひに遣りし夢《いめ》に見えきや （万葉　二八八六）

思へども身をしわけねばめに見えぬ心を君にたぐへてぞやる （古今　三七三）

この比喩的な流露が慣れによって枯渇したときに起こることは、文脈の力を借りてもういちど隠喩構造の活性化をはかる試みである（局部的に見ると、これは隠喩表現の機能部「遣る、行く」の、もとの意味を復活させることに等しい）。この縒《よ》り戻しはふつうシュール・レアリスムの手法とされているが、実際には詩語を蘇らせるための一般的技術のひとつとして隠喩の生活史の一部に属する。ずっと後代に現われたつぎの、一見すると度を超した擬人化も現実にはそうした意図から出ており、重心はあくまでも「心・ゆく」の具象性を意識させることにあると考えられる。

山たかくくもゐに見ゆる桜花　心の行きて折らぬ日ぞなき （古今　三五八）

いはぬより心やゆきてしるべするながむる方を人の問ふまで （新古　一一〇五）

しかしこころの描写として、さまざまの局面での類比性が執拗に追求されたのは火と水のイメージであった。

〔水〕　浮く、凪ぐ、たぎつ、深める、淀む、堰《せ》く、深し、浅し、たゆたふ、～の底

（183）確かな使いのひとがいないからと

〈火〉　焼く、燃ゆ、消え失せる、～の内に燃ゆ、～に燃えて思ふ

　これらの語彙は連語域が明確で、「こころ」や「思い」と連結されると、たとえ解釈項が明示されなくても、こころを火や水に比喩していることは間違いようがない。なるほど「こころには火さへ燃えつつ」（四〇一一）、「薄氷《うすらひ》のうすきこころ」（四四七八）、「山川《やまがは》の滾《たぎ》つこころ」（二四三二）などのように、比較項の露わな隠喩や掛けことばと複合して現れることもないではないが、内容には一種の余剰性が生じ、そのぶん表現の潤色という印象が強くなる。

　〈水〉はもともと、川や、滝、雨、露、淵瀬、その他を総括する範疇として存在し、「（みづ）・流る、たぎつ、行く、澄む、に浮く、に濡る、にしづむ」、その他、一定の述語と契合していたと考えられる。他方、「こころ」にはもともとそうした特有の述語というものがなく、「こころ・深し、澄む、たぎつ、行く、浮く」、その他の言語的な証拠によって明らかなように、そのありさまを捉え、表象しようとする際に〈水〉の諸性質が格好の語法として借り受けられ、試用された。これはかならずしも連語という統語的平面だけに限られない。つぎの歌は、連想や俗信など想念のレベルでこころが水と相関していたことを示すもっとも早い例であるが、このような視点が水の隠喩を誘い出したと見るか、あるいは逆に、日常語における慣用がこのような視点を喚びおこしたと見るかは、もはや憶測の領域に属する。

秋山の木《こ》の下隠りゆく水のわれこそ益さめ思ほすよりは(184)（万葉　九二）

嘆きつつますらをのこの恋ふれこそわが結ふ髪の漬《ひ》ちてぬれけれ（万葉　一一八）

つぎの長歌は、この連合がかなり強固であったことをしめしている。

み佩《は》かしを　剣の池の　蓮葉《はちすば》に　溜まれる水の　ゆくへなみ　わがする時に
逢ふべしと　逢ひたる君を　な寐《い》ねそと　母聞こせども　吾《あ》が心　清隅の池の
池の底　われは忘れじ　直《ただ》に逢ふまでに（万葉　三三〇三）

修辞が過剰で意味構造にいくらか不透明なところがあるけれども、〈どうしようか迷っているときに〉という意味がはちす葉に溜まった水のイメージでうたわれ（これは「ゆくへなみ」とも響き合っているように読める）、「吾が心の・底」という表現がさらに、同じく水のイメージで、「（吾が心・清隅の池の）（池の・底）」と、増幅されていることは確かである。「清隅の池」という用字は固有名を思わせるが、しかしこの文脈では、前半が「吾が心」に述部として掛かり、後半が「池の底」に修飾語として掛かる仕組みになっているため、水の縁語「清く澄む」と切り離して読むことはおよそできそうにない。

　思いの表象としてとりわけ目立つのは、「下に思ふ」という語法を具象化するさいに多用された下ゆく水や隠り沼《こもりぬ》のイメージで、すでに万葉初期の歌において、「下」ということばと、伏流水のイメージと、忍ぶ恋という概念との緊密な連環が成立している。

(184)（わたしを）お思いくださるよりは。詞書きによって鏡王女が天智天皇に応え奉った歌であることが分かる。

隠《こも》り沼《ぬ》の下ゆ恋ふればすべをなみ妹が名告《の》りつ忌むべきものを（万葉　二四四一）
隠《こも》り処《ど》の沢泉なる岩根をも通して思ふわが恋ふらくは（万葉　二四四三）

媒介項としての「なみだ」

しかし、水がこころの表象として飛躍を遂げるにはもうひとつ重要な契機があった。「涙、雨、露に・ぬれる」という日常語や換喩表現「袖を・ぬらす」を基底として水と「なみだ」との合流が起こり、これが、恋の詩的表象に大きな弾みを与えたのである。試みにその過程を復元・分類してみると次のようになる。

■涙、川・ながる、堰《せ》く、そそぐ　⇓涙＝川
■涙、滝・おつ　⇓涙＝滝
■涙、瀬、滝・たぎつ　⇓涙＝瀬＝滝
■涙、雨、露・にぬれる、　⇓涙＝雨＝露

「袖・を濡らす」から〈泣く〉という意味への換喩的転移はいま想像されるほどに直接的ではなく、これが成立するには「（袖・ひつまでに、袖・もしほほに）泣く」や涙を「真袖もて拭《のご》ふ」という慣用句、恋路の夜露、袖の別れ、その他、言語的・事実的なさまざまの条件がかさなったことが想像できる。万葉期、「衣手、袖、袂・濡る」はもっぱら露や

水に濡れるというごく一般的な文脈でつかわれており、悲哀よりは想う人への献身の情調において恋と結びついていた。

いざ子ども香椎《かしひ》の潟に白妙の袖さへ濡れて朝菜つみてむ（万葉　九六二）
わが袖は袂《たもと》とほりて濡れぬとも恋忘れ貝とらずは行かじ（万葉　三七一三）
待ちかねて内には入らじ白妙のわが衣手に露は置きぬとも（万葉　二六八六）

「涙に」袖を濡らすという、あり得なくはないものの、しかしきわめて特殊な結び付きはつぎのただ二首であるが、詩的連合そのものはすでにここで確立したと見られる。

ますらをと　思へるわれも　敷きたへの　衣の袖は　通りて濡れぬ
（万葉　一三五、長歌）
妹に恋ひ吾《あ》が泣く涙しきたへの木枕《こまくら》とほり袖さへ濡れぬ（万葉　二五五四）

「袖を濡らす」という表現は、いまの感覚では結果によって原因を表わす換喩でしかないように見え、また実際に、成立の経緯もそうであったと推定される。しかしこれを表現機能という角度から見ると、うえに述べたようなさまざまの場合を裏にひそめ、何が原因なのかを明言せず結果だけをいう迂言として、特殊な、場面的意味を当てさせる謎じかけの側面を備えている。これは「花」や「鳥」についてすでに見たおぼめかしの手法とも、隠喩における意味の合成とも共通する特質で、意味作用のこのわずかに屈折した魅力を和歌はおおいに好んだふしがある。その典型はつぎの歌であろう。

藤代のみ坂を越ゆと白栲《しろたへ》の我が衣手は濡れにけるかも（万葉　一六七九）

袖が朝露に濡れたのか涙に濡れたのかは字句だけではすこしも明らかでない。この「藤白」という地名を有間の皇子の哀れな最期に結びつけて読むかどうかが辞義と換喩との解釈の分かれ目になるけれど、すくなくとも表現の側では意味を特定する手がかりが（意図的に）伏せられているのである。

この技法は、しだいに歌ことばの一大特徴をなすに至った。その理由は、意味面におけるおぼめかしと表現面における自在な換喩的転移とをふたつながら可能にする綾として、和歌という詩的言語の志向にうってつけの語法であったからに違いない。こうして袖と涙とのあいだに密接な契合がうまれ、たとえ明示的に「袖の露」と言い切ったとしても、「露」にはおのずと涙という含意が見え隠れするような濃密な連想空間ができあがっていった。ちなみに、うえで一部を引いた人麿の長歌（万葉　一三五）では、袖の涙が、舎人《とねり》の皇子と舎人おとめの問答にはじまる〈ますらおの恋〉（万葉　一一七-八、七二二、二六四三　ほか）というトポスと合体を起こしていると考えられる。

3　こころの水

語法成熟の四経路

歌かずから見て、『古今集』における「こころ」の頻度と関連語の増加には目をうばうものがあり、ほぼ十首に一度のわりあいで登場する。その用語法の多くは、基本的には万葉期に萌芽的に見られた諸傾向の延長であるが、『古今』に至ってより豊富な語彙が動員され、熟合のかたちも多様化している。「うつし心」「あだし心」「ひとつ心」「しづ心」などの合成名詞は、こころのさまを形容する語が修飾語に転じ、さらに名詞の一部と化した、文法的変成の最終段階をしめすものと考えてよかろう。容易に推測されるように表現の革新はごく概略的にいうと、

①《表現面》　潤色、拡張
②《内容面》　転移、創成

という、およそ四つの方向をとる。いわゆる本歌取りは詩想の増幅に大きな役割をはたしたと考えられるが、それとてもこれらの手法を出ることはなかったと考えられる。

ここで潤色というのは、たとえば「こころ砕く」が「心を幣《ぬさ》と砕く」に、「心堰《せ》く」から「心堰きとめる、心堰きかねる」などに進展してゆくケースのように、既存の結合にわ

ずかな形容や比喩が加えられる語法的な展開である。

しかしもっとも一般的な経路は比喩の敷衍・拡張である。万葉期にはわずかに「心・行く、遣る」ていどの語法しかもたなかった〈歩行〉の隠喩は、『古今』に至って「心・（野山に）迷ふ、立ち帰る、（の闇に）まどふ、あくがる(185)、後る、移りゆく、馳す」「行方なき・心」などへ拡張されてゆき、〈水〉の隠喩も、「心・たぎつ、堰《せ》き留む、堰きかぬ、の内の滝、にうつる」、また形容としては、「（たぎつ瀬の）はやき・心」「深き・心」「（吉野川）水の・心」「清き・心」「思い堰く・心」などの多様な語法を獲得した。

『古今集』に至ってはじめて登場するのは、つぎのように、こころを〈花の散り〉や〈天象〉になぞらえる隠喩系列である（「秋」に「飽き」を言い掛けるのは、この集に目立つ語法の一つ）。「こころ空《そら》になる」という言い回しもここに加えるべきかも知れない。

桜花とく散りぬともおもほえず人の心ぞ風もふきあへぬ（古今　八三）
花のなか目にあく(186)やとてわけゆけば心ぞともに散りぬべらなる（古今　四六八）
我のみや世をうぐひすとなきわびん人の心の花とちりなば（古今　七九八）
秋霧のはるる時なき心には　たちゐのそらも思ほえなくに（古今　五八〇）
はつかりの鳴きこそわたれ世の中の人のこころの秋しうければ（古今　八〇四）
忘れ草かれもするやとつれもなき人の心に霜はおかなむ（古今　八〇一）

(185) 原義は〈いるべき所を離れてさまよう〉。

(186) 花を見るのはもうたくさんだという気になるかと

範疇の転移を思わせるのは、たとえば、

　　はちす葉の濁りにしまぬ心もて　なにかは露をたまとあざむく（古今　一六五）

のような歌の場合である。すでに見たように「染《し》む」と「こころ」には契合の長い歴史があるが、この歌では、従来の色染めの比喩を離れて、泥池に浮かぶはちすの露に転じられている。これは蓮の葉をひとに擬した喩法の帰結であるには違いないけれども、「心にしむ」という慣用語法に限っていえば、ここでは、〈周囲の汚濁に侵されない〉というまったく新しい局面で使われていることになる。

　つぎの歌では、一詞多義を契機として同じことが起きているのではないかと考えられる。

　　　うつろへる花をみてよめる　　　みつね

　　花みればこころさへにぞうつりける色にはいでじ人もこそ知れ（古今　一〇四）

「こころさへにぞうつりける」という詩句は、常識的にも歌意からしても、〈花の色がこころに染み移る〉という伝統的な語法でしかありえないけれども、それでは、わざわざ「うつろへる花を見て」、としるした詞書きの趣意と抵触する。散る花と発色のイメージとの融合を狙って、「花の色がわが身に移る」に「花がうつろふ（＝散る）」を重ね読むことが求められているとしかおそらく取りようがない。比喩や掛けは、単に表現の綾としてだけでなく、使い古された主題に新味を加える手段としても利用されたことが窺われる。

比喩的認識の究極相

『新古今集』でも「こころ」の頻度が落ちるわけではなく、実際、代々の勅撰集をつうじてこの語の重要度にほとんど変化は見られなかった。しかしいま見たような、語法の成熟への基本経路には変わりようがなく、新たな表現法や比喩系列の発見も跡を絶ったように見える。むしろ目立つのはそうした創意より、一方では「心の秋」「心の水」「心の奥の海」「心の（空にすむ）月」「心の塵」その他、同一化（A＝B）を含意する、比喩的認識の究極相であり、他方では、詩的言語の伝統そのものについての詩想、要するにとりまとめて「メタ詩的」とでも呼ぶべき位相である。言いかえれば、こころの探究における言語的方略がここへきて使い果たされたのである。いくらか乱暴かも知れないが、こころの表象における『新古今』の基調は、つぎの一首の証歌をもって代表させることが出来そうである、

滝つ瀬に人の心を見ることは昔に今も変らざりけり（新古　一七二七）

ここに観察されるのは、和歌の作り上げた世界観と言語との合一をうべなう、要するに「人の言葉を種としてよろづの心となる」（『四道九品』）ことへの自覚を表明した歌にほか

ならない。(187)

日本語ばかりに限られないが、水と涙は同じ言語範疇に属するため、連語のレベルでは全面的に移項律がなりたつ。しかも他方では、ほとんど自在に換喩的転移を可能にしてくれる概念として、涙は、心や思い、恋の苦しみを言語化してゆく汎用手段となった。「涙をわかす」という奇異な連語も一時流行したが、これは単に「湧く、湧かす」ということで、〈熱して沸かす〉という意味まで詠み込もうとしたものではあるまい。しかしそうした気分があってもおかしくないほど、この隠喩系列は極点まで突き進んだ。その極端な例は、たとえば紀の貫之と友則の前づけの戯《ざ》れ歌に見ることができる（大岡 一九八〇、九三頁）。

我が袖のなみだに魚はすみぬとも（貫之）人の心をいかが頼まむ（友則）

心はまた、水を経由して鏡とも結びつく。

まそ鏡とぎし心を緩《ゆる》してばのちに言ふとも験《しるし》あらめやも（万葉 六七三）

この連想は「水、月、鏡・澄む」という、月をも含めた系列化に及んでいると考えられるが、さらには音韻変化/maso-kagami→masu-kagami/をつうじて、「水・増す」→「ます・鏡」という移項律をも可能にした。これによって「鏡なす満月《もちづき》」（万葉 一九六）、「鏡なす見津の浜辺」（万葉 五〇九）に見るように〈月＝鏡〉〈水辺＝鏡〉という喩法が二つ

(187) ただし場面的な意味はこうではなかったかも知れない。詞書きには、「上東門院、高陽院《かやのゐん》におはしましけるに、行幸《みゆき》侍りて、堰き入れたる滝を御覧じて」とあり、「音羽川堰き入れて落とす滝つ瀬に人の心の見えもするかな」（拾遺、伊勢）を踏まえて上東院（中宮彰子）の心のゆかしさを讃えた作と解かれている。

とも可能になった。新大系本ではうえの六七三番に脚注して、「(心は)久しく澄む水の如く、新たに磨く鏡の如し」(梁・武帝「浄業賦」、広弘明集　二九)を引いており、なるほどこの文脈にぴったり符合する。けれども、これらの比喩をみちびく認知基盤は、大和ことばの日常語のなかにすでに整っていたと見なくてはならない。

心について、「深し、浅し、行く、汲む、波立つ」、その他、水に特有のことばで語るという語法は、慣用的な隠喩としてこのように歌ことばの前提となっていったが、「こころの緒ろ」という同格表現の場合と同じく、この意識下の言語慣習を、「心すなわち川」と見切ったとき、常套化した詩的技巧はついに一個の詩的認識に昇華される。まっさきに思い浮かぶのは小野の小町の「我はせきあへずたぎつ瀬なれば」(古今　五五七)であるが、歴史的に見れば、その認識は、「心せく、たぎつ」が「川せく、たぎつ」と掛けことばによってむすびついた万葉歌、

うるはしと吾《あ》が思ふこころ早川の塞《せ》きにせけどもなほや崩《く》えなむ(万葉　六九〇)

言に出でて云はばゆゆしみ山川《やまがは》のたぎつ心を塞かへたりけり(万葉　二四三六)

あたりで用意されたと考えて良かろう。その後の展開は掛けことばからさらに一歩すすんで、隠喩へと踏み出した表現として跡づけることができる。「我はたぎつ瀬」では、こころの表象としての川というより涙の含意へとむしろ重点が移っており、どちらかといえば、つぎの歌に見るような、〈涙=川〉という系譜の終着点と見るほうが正しいと思われ

る。

けふ人を恋ふる心は大井川　流るる水に劣らざりけり（古今　一一〇六）

藤衣きしより[188]高き涙川くめる心のほどぞ悲しき（和泉式部）

つぎのような釈教の歌では、澄み切った水がこころの表象となる。明らかに「明鏡止水」の翻訳借入であると思われ、心を流水に比喩する伝統的な語法とはまたべつの系譜をひらいた。

照る月の心の水にすみぬればやがてこの身に光りをぞさす（千載集、覚忠）

海ならずたたへる水の底までも清き心は月ぞ照らさん（新古　一六九九）

底きよく心の水を澄まさずば　いかが悟りの蓮をも見む（新古　一九四八）

蛇足ながら、『千載集』の「心の水にすみぬれば」では「住む」に「澄む」が掛かっており、隠喩と辞義表現とが共存している。

〈水辺〉による「心」「思い」のコード化は「隠り沼」「忘れ水」「下水」「井出の玉水」「たぎつ瀬」などさらに多岐におよび、水のイメージと水の縁語は日本語におけるこころの表出の分厚い基層を形成していった。「情に棹させば流される」（『草枕』）というような言い回しが何の抵抗もなく受け入れられるのはそうした基層ゆえであり、また近代の詩的

（188）着しより／岸より

言語も間違いなくそのうえに成立している。

大和の国の水は　こころのようにながれ
はるばると　紀伊とのさかいの山山のつらなり
ああ　黄金《きん》のほそいいとにひかって
秋のこころが　ふりそそぎます

（八木重吉「大和行」）

こころと川はとりわけ強くこの詩人をとらえた対象であったが、そのふたつがこうも易々と同じものとして映じた理由は、われわれの俗語が用意し、詩歌の使いに使い込んだ歌ことばの伝統にあったと考えたい。

いま簡単に同じものといったが、うえの印象的な直喩は、くわしく言えばすくなくとも二つの過程を同時に実現していると見られる。ひとつはいうまでもなく和歌が日常語から抽出した〈心＝水〉という等式である。

よみ人しらず
吉野河　水の心ははやくとも　滝の音にはたてじとおもふ（古今　六五一）

河五月雨

吉野河　水の心もいまさらに　はやさ知らるる五月雨《さみだれ》のころ（新後拾遺、為冬）

『古今集』の歌では、掛けことば「はやし」が水とこころとを統括しており、しかも直前に区切れが来るせいで「水の心」は激しい恋情をいうほとんど隠喩の域に近づいている。さきに挙げた「心の水」ははっきりとした等式的隠喩であるが、いずれの場合も、水を仲立ちとした言語表出であるという点では同じである。この語法は、歌ことばが突き止めえたこころの表象の究極、〈心＝川〉、〈心＝滝つ瀬〉、〈心＝雨〉その他を統括するメタ隠喩であり、重吉の「大和行」はまぎれもなくその強制力のもとで書かれている。

しかしよく見ると、重吉の捉え方はそこをもう一歩抜け出て、こころによって川の水を比喩するという逆転を行なっていることが分かる。すでに見たように、〈雪にまがう花〉であれ〈花にまがう雪〉であれ、なぞらえの元と対象とが同じく有形の事物であればそこにたいした認識上の差はなく、異なるのは表現機能の面だけである。たとえば「多くの場合、雪を花と見る歌は、冬の象徴たる雪をとおして春の到来を待ち望むところに知的興趣を催すのであるが、一方、花を雪と見る歌は、具体的事象としての花を純白の極みである雪にたとえて、美的情趣を称揚することに眼目を置く」（楠橋 一九九四）。ところが重吉の詩では、「無形・抽象から有形の事物へ」という、逆倒した比喩過程が、そう抵抗感もなく、しかも叙情的なコンテクストのなかで一気に実現しているのである。これは言語現象としてめったに起こることではなく、日本語以外のことばでは、どう記憶を探ってみても〈希望〉という語の特権的な用法しか思い浮かばない。

Sous les mains les herbes se taillent *comme l'espoir*. (Sartre)
（着いた手の下で青草が希望のように折りしだかれる。）
Bubbles rose in the glass *like false hopes*. (Chandler)
（グラスの底から泡がむなしい希望のように立ちのぼった。）

燃ゆる心

これとはまったく対照的に、こころは〈火〉を介しても表象された。「心、思ひ＝火」という連合は、「心は燃えぬ、胸焼く、焦がれる」などの連語構造を基底とし、さらに「思ひ、恋ひ—火（ömöfï/kofï-fï）」という音声上の連想（掛けことば）によって強化された。

思はぬに妹が笑《ゑ》まひを夢《いめ》に見て心の内に燃えつつぞをる（万葉　七一八）
心には燃えて思へどうつせみの人目を繁み妹に逢はぬかも（万葉　二九三二）

万葉期に現れたこの喩法についても、「心燃えんと欲す」「心は膏火《あぶらび》のごとく」「心は灯焔のごとし」など、漢籍からの影響がしばしば指摘される。和歌の語法が成立するうえで中国詩が大きな影響をおよぼしたことは否定できないし、英詩その他にも例しがあるように、翻案が和歌の下位ジャンルのひとつをなしていた形跡すらある。しかし繰り返し言うように、この視点から主題や語法を捉えようとするとき忘れてならないことは、受け入れられやすい詩想だけが根付く、つまり、その条件は受ける側の言語的伝統によってあらかじめ用意されているという事実である。

しかも〈心＝火〉という隠喩過程についていえば、これは特定の詩人や特定の言語に固有というわけでは決してなく、むしろ言語にとって普遍的な側面も無視しがたい。たとえば日常の英語における恋情や恋の認知体系は、つぎのような一連の隠喩構造にもとづいているという指摘がある（Kövecses 1986: 85）。和歌の語法を思い合わせながら拾ってゆくと、単に火の隠喩だけでなく、「鎮めかねつも」「利心《とごころ》もなし」「心の内に燃えつつぞをる」、その他、歌ことばの分類枠としてそのまま通用する項目が多いことに驚かされる。

- PASSIONS ARE BEASTS INSIDE A PERSON
- LOVE IS INSANITY
- LOVE IS IN THE HEART
- LOVE IS A FLUID IN A CONTAINER（*be filled with*, *well up*, *overflow*, *hold in*, etc.）
- LOVE IS FIRE（*fire*, *flame*, *sparks*, *consume*, *on fire*, *kindle*, etc.）

………

ただ微妙な食い違いもあって、英語では、恋はこころという「容れ物のなかの、液体」

として重層的に捉えられて「湛える」「あふれる」「閉じこめる」などの角度から分節化されており、どちらかといえば釈教歌の「こころの水」という視点にちかい。こころや思いを流水という側面から捉える視点はあまりないようである。

「火」からの近接連合による延長はいうまでもなく煙や、灰、あるいは『能因歌枕』に挙げられていた薫き物である。炎《ほむら》そのものに較べると、これらは情念というよりむしろ野辺の送りや火屋《ひや》の連想と結びやすく、その点では「薫き物の粉」だけが恋に特化されているといえるが、この連合系列も「燃ゆ」「焦がる」「焼く」「消ゆ」「くゆる」「立ちのぼる」などの縁語を伴なって、さまざまの思いの表象となっていった。〈水〉の場合と同じく、「下」ということばとの結びつきも見える。

心には火さへ燃えつつ　思ひ恋ひ　息づきあまり［…］（万葉　四〇一一、長歌）
あしひきの山田守る翁《をぢ》が置く蚊火の下こがれのみわが恋ひをらく（万葉　二六五七）
人に逢はんつき(189)のなきには　思ひおきて胸走り火に心焼けおり（古今　一〇三〇）
富士のねの煙もなほぞ立ちのぼる上なきものは思ひなりけり（新古　一一三二）
わが思ひ空の煙となりぬれば雲居ながらもなほ尋ねてん（新古　一〇〇七）

和泉式部には「悔ゆ」に掛けた「くゆる心」、さらには「思ひの灰」という新工夫もある。

（189）恋しいひとに会う手だて

狩人の下に身をのみ焦がせどもくゆる心の尽きずも有るかな（和泉式部集）
手すさびやしけむと思ふにいとどしく思ひの灰はゐられざりけり（同）

「灰」というのは分かりにくいけれども、詞書きに「山のあなたにとのみ二日臥したるに、火桶とて、お〔こさせた〕るに」とあるので、「思ひ」と「はひ」を「火」に掛け、熾《お》き火のようにはやる隠遁への気持ちを抑えきれないと言っていると解される。

しかし何といっても目をひくのは、小野小町の「胸走り火に心焼けをり」という表現である。韻律のうえでは「胸走り火に」で一句をなしており、うしろの、「心焼けおり」との兼ね合いから言っても「むなはしりび」と一気に読むべきものと思われるが、桁をはずれた二表現の畳みかけが強烈な印象をうみ出している。しかし、これが恋の歌でなく俳諧歌に収められているところを見ると、ことばを巧まず安らかに詠みくだすという和歌の理念からは外れたものという判断が働いたのかも知れない（斎藤 一九七七［一九三六］、二七一頁参照）。

水と火の取りなし

認識モデルとしての比喩対象は、程度にこそ差はあれそれ自体で自足的でなければならず、ふつう他との関連や対立が意識されるのは、いわゆる「隠喩の混合」（mixed metaphors）の場合に限られる。しかしすでに検証したように、こころの表象としての「水」と「火」は和歌では早くから意識化されており、『古今集』においてはこの相反する、しかしそれでいて「心、思ひ」を仲立ちとして連環する二つの範疇を、一首のなかで上手に取りなすことも実験された形跡がある。ただし最初の歌は「おき火」という題のもとに「物の名」として部立てされているので、二題の統一ということよりむしろ意外性を狙ったものかと思われる。

流れいづる方だに見えぬ涙河　おきひむ時やそこはしられん（古今　四六六）
篝火にあらぬ我が身の　なぞもかく涙の河に浮きて燃ゆらん（古今　五二九）
篝火の影となる身のわびしきは　なかれて下に燃ゆるなりけり（古今　五三〇）
きみ恋ふる涙しなくは唐衣　胸のあたりは色もえなまし（古今　五七二）

これらは直接的な統合のこころみで、どの歌にも運びが安らかとは言いにくいところがある。「色・もゆ」というのはもちろん〈色が鮮やかに萌えいでる〉という意味であるが、「涙しなくは」と併せて読もうとすると「燃ゆ」の原義を活かさないかぎり筋が通らない。

しかし詩歌のながれを見渡すと、はるかに優れた答えがいちはやく発見されていたことに気がつく。それは、あま（海士、海女）である。あまは伊勢や名草、須磨などの「名どころ」を登場させる絶好の詩題であると同時に、つぎのような素材一式をまかない、しかもごく自然な連合を可能にする、ほとんど万能のトポスであった。

■《〈水〉と水の縁語》　海、磯、浪、綱。寄る、濡れる、袖（衣・衣手）ぬらす
■《〈火〉と火の縁語》　藻塩火《もしほび》、けむり、（いさり）灯。焼く、焚く、燃やす

■《漂泊のイメージ》　漕ぐ舟、浮け、(190) 釣りなは、棹さす

■《種々の歌題》　旅人、月、月影、苫屋《とまや》、玉、玉藻、あはび玉、なのりそ、われから、磯菜、七夕、七夕つ女《め》、渡し、渡し守

■《掛けことば》　浪～涙、浮藻《うきめ》～憂き目、海藻《みるめ》～見る目、われから～我から、浦～裏、あま～天（の川）

(190) 釣りに用いる「うき」。

同じ音声的契機によりながらも「思ひ」から「緋」や「檜《ひ》」への展開は、火の系列とは違って一時の思いつきの域を出ることがなかった。これは、煩悶や懊悩の生理的感覚が燃えて揺らぐ炎と類似した感覚情報として受け取られるという経験的な基盤をもち、また「こころ」の正体も火との類比からだと充分に構造化され意識化されうるのにくらべ、ほかの展開が単に言語的偶然に頼るだけで認知モデルとしての妥当性に欠けていたことの証拠である。

4　涙の河

わが袖の涙の河

『万葉』では、ひとを思う感情は「恋ひ」「恋ほしみ」「忘れて思はず」などの動詞により動的な表出をうけ、涙よりは「なく（哭く、泣く）」によって表象されている。「恋ひ」も動名詞の色合いが強く、恋うことであって恋愛には遠い。「なく」だけでなく「涙ぐむ、

涙落つ、袖濡る」などの言い回しもすでに使われており、またそれとならんで、「心染《し》む」「色に出づ」「山川のたぎつ心」「心燃ゆ」など、恋心の諸相を表出するいくつかの詩的語法はすでに存在した。

「涙」はむろん「泣く」の随伴であり、使用例もないわけではない。しかし、詩法としてはいくつかの誇張法を利用していたに過ぎず、「時おかず、袖ひつまでに、袖もしほほに、音のみしぞ、ひづち・泣く」、という、泣くさまの形容と、涙についてのより技巧的な、しかし日常表現をあまり出ることのない強調構文しか知らなかった。いうまでもなく、「涙ぐむ-涙落つ-袖濡る」などの動作系列が「泣く」の換喩的精密コードをなしているが、歌がこれらの利用価値に気付くのは『古今』以降の段階である。

ますらをと思へるわれも　敷きたへの衣の袖は通りて濡れぬ（万葉　一三五、長歌）

敷きたえの枕ゆくくる(191)涙にぞ　浮寝をしける恋の繁きに（万葉　五〇七）

妹に恋ひ吾《あ》が泣く涙しきたへの　木枕《こまくら》とほり袖さへ濡れぬ（万葉　二五四九）

秋萩におきたる露の風吹きて落つる涙は留めかねつも（万葉　一六一七）

(191) 浸み通る

この段階では、「泣く」はあくまでも哀傷や別離、子泣きなどを取りまとめたことばとして使われており、恋に泣くのはあくまでもその一面に過ぎなかった。涙にも枕や衣の袖と連合しようとする様子はあるが、固定化はまだ見られない。そのようななかでいち早く現れるのは涙ないし泣きから「衣手」への連想で、はっきり言語化はされていないものの詩想として萌芽しつつあることはつぎの歌から窺える。

　衣手の名木《なき》の川辺を春雨にわれ立ち濡ると家思ふらんか（万葉　一七〇〇）

しかし、万葉期における「衣手、袖」の中核的なイメージは、まだ、出会いや別れにさいして振り交わしたり、風に翻るものであり、その点では裳裾《もすそ》や領布《ひれ》とほぼ同列にあったと言ってよかろう。「衣手、袖を・ひつ、濡らす」という表現もしばしば使用されているが、すでに何首か例を挙げたように、それはもっぱら、女性の側からはいとしい人を待ちつつ立ち侘びたり、朝露やしぶきに濡れながら若菜や海草の支度をしたことを伝えるための表現として、また男性の側からは、妻訪いの行き帰りや長旅の路すがら露にぬれるものとして、現実描写にしっかり根ざしていた。前者の場合にいくらか恋の連想が伴なったとしても、しかし、人を想って泣くことと直接に結び付けられた例はなく、衣の袖をぬらす涙は、上掲の人麿の長歌その他（一三五、一五八）に見るように哀傷の涙である。『古今集』の時代にはいってもこの状況にそうめぼしい展開はない。語彙としては「泣き詫ぶ」「泣きくらす」が増えたていどで、そこで使われる「涙」の連語はつぎの簡単な展開式でしめすことができる。

雁の　鶯の　血の　偽りの 流す　落つる　わが袖の 恋ふる　野辺を染む　白玉 と見へし	涙	流る　落つ　たぎつ　堰く　包む　~の色の 紅　玉なす　雨と降る　唐紅にうつろふ ~に借る　~（の）河　~の滝の玉の緒 ~に（袖）そぼつ　~に（藻屑）浮かぶ

ただ注目すべきことは、涙と雨・露との連合がつよまり、涙と袖との結びつきも緊密化して、つぎのような隠喩や迂言法が可能になった点である。

露をなどあだなる物と思ひけん 我が身も草におかぬばかりを(192)（古今　八六〇）

夏はうつせみ　なきくらし　秋はしぐれに　袖をかし　冬は霜にぞ　せめらるる

（古今　一〇〇三、長歌）

あひにあひて物思ふころの我が袖にやどる月さへ濡るるかほなる（古今　七五六）

このほかにも、「袖、衣手・ひつ」「袖・濡る」「袖・露けし」「（袖）涙にそぼちぬる」「袖・をしぼる」など、「袖」を経由した「泣く」の間接表現が数おおく生まれた。この連合があまりに自明であったためか、「袖の涙」という、とうぜん予想される直接表現を含んだ歌は斥けられており、「袖の白玉」（古今　四〇〇）、「わが袖の涙の河」（古今　五三一）のように、もうひとひねり加えた言い回しだけが登場する。『古今集』に見える「袖」は涙か移り香のやどる場所という、二つの固定した用法に収斂していると言ってよい。しか

(192) 我が身もあだであることに変わりはなく、ただ露と違って草に置かないだけなのに

し集を通じておそらく最も愛好された歌ことばは「涙の川」あるいは「涙川」で、つぎの歌において〈こころ＝水＝涙〉という三者の連環が完成した。

涙川なに水上をたづねけん物思ふ時のわが身なりけり（古今　五一一）

5　涙の露

袖の月

まえに『新古今』を涙の歌集と呼んだが、これはけっして誇張ではない。異なり数だけでいえば『古今集』に十倍する涙の縁語が新たに開発された。「涙」につく述語だけでも、「落つ」「そそぐ」「散る」「袂に余る」「降る」「降り充つ」「浮きいづる」「止まらず」「袖に曇る」「袖につららふ」「袂に結ぶ」「絞りあへず」その他、潤色と拡張によっておびただしい数の新工夫が生まれ、既存の隠喩や婉曲表現にもさまざまの転移が生じた。かつて好まれた「涙の川」は、一方では「淵瀬」や「滝」「滝つ瀬」「浪」などの強意表現にむかい、他方では、おそらく「鶯のこほれる涙」（古今　四）に触発されて、「凍る」「袖凍る」「袖につららふ」「涙のつらら解く」などに展開していった。

しかし煎じつめれば、いちじるしく多様化したこれらの表現も、涙から露への隠喩的転移、袖ないし袂への換喩的転移、それに月との取り合わせ、という概略三つの方向をとったと見なすことができる。月との取り合わせの多くは、うえに挙げた『古今集』七五六番、伊勢の歌にはじまる〈袖の月〉のバリエーションである。いうまでもなくこの主題は、涙が、露への隠喩的転移と袖への換喩的転移をへて、すでに万葉期からあった〈水にうかぶ月影〉と行き会ったもので、詩想の力学からいえばここに至るまでの展開には必然性がある。しかし、「濡るるかほなる」という陰影の豊かな表現ばかりは天来としかいいようがなく、制の詞に入れられなかったにもかかわらず模倣者はほとんど出なかった。

意味の剝落

けれども、『古今集』から『新古今集』への推移は、単に語彙の数だけの問題ではない。すでに『古今』の時代から、歌は現実をしだいに離れて、共通の、裁可されたことばを取り交わす儀礼的な側面を強めていたが、この傾向は、決められた話想世界を決まった情調や話想のもとに表現する本情・本説の立場につながって行った。これは、あるいは逆に、その同じ世界を可視的に捉えようとした絵画とともに、観念的なものの記号化を美的表象の前提と見なす中世美学の帰結であったというほうが正しいかもしれない。しかしこの観念への傾斜は、和歌の意味機能を根底から変えずには置かなかったように見える。その結果、叙景と思えるような歌が『新古今』では恋の歌として掲げられるという不思議な現象が起きることになった。実例をもってしめすと、たとえば実方の歌。

あけがたき二見の浦による浪の袖のみ濡れて沖つ島人（新古　一一六七）

これははたして恋の歌であろうか。そのことを確かめるにはまず、もともと「格子のつらにより居明かしたる朝に」という詞書きがつけられていたという事実を知る必要がある。しかしこれが特異なテクストであることは、その元歌と対照してみるとはっきりする（樋口・後藤　一九六六、二六五頁）。

但馬の国の湯へまかりけるときに［…］詠める
夕月夜おぼつかなきを　玉櫛笥《たまくしげ》ふたみの浦は　あけてこそ見め（古今　四一七）

『古今集』所掲のこの歌は、名どころの二見が浦を朝日のもとに見る期待感を詠んでいる。その場に臨んだ、指示性をもつ言語使用であり、歌としては「玉櫛笥開けてこそ見め～二見の浦は開けてこそ見め」という掛けことばに頼ってひとまず上乗の出来といえるであろう。しかしこれを引く実方の歌は、詞書きによれば、女のもとを訪ねて招じ入れてもらえず、門外に居明かしたときの恨み言であるらしい。それゆえ「あけがたき」を「上げがたき」とよむ別解も出てくるのだが、しかし〈上げる側、開ける側〉と意味的に符合するかどうかを考えると、この歌の趣向はやはり元歌の含意「開けがたき」から起想しており、したがって「袖のみ濡れて沖つ島人」はみずからを諷したことばと読める。「沖つ」には「起きつ」が響いていてもおかしくないけれども、しかし肝要なことは意味の相が嘱目から寓言に転移しており、「開けがたき」を除いて指示性をいっさい失っているという点である。もっとも、正確にいうと、下二句も〈門外に居明かした〉ということがらを伝えてはいるので、指示性がないわけではなく、ただ間接的に行使されているというべきなのかも知れない。

いずれにせよ、『万葉集』では譬喩歌に局限されていた寓意表現がしだいに歌づくりの作法として一般化し、宮廷人たちの歌はテクストとして指示性の陥没という目前の脅威にさらされはじめ、『新古今』においてこれは現実のものとなった。もちろんそれは、言語がつねに潜勢として抱えている危険性ではあるが、その決定的な転換期はおそらく『古今』以降に置くべきであろう。

なるほど『古今集』では、まだ、恋う身ないし叙情主体「われ」の視点がかならず歌のなかにあり、恋の歌の部で、純粋に叙景としても読めるものはどう見ても三首を超えない（たとえば　五七三、八二一）。恋の心情が景物や出来ごとに託されているのは紛れもない事実であるが、総じてこの集における事象の捉え方は、「わがごとく物やかなしき不如帰」（古今　五七八）「大空は恋しき人のかたみかは」（古今　七四三）のような表現に集約されていると受け取って良い。いつもこれほど明示的であるとは限らないが、要するに寄物陳思と呼ばれてきた手法である。しかし象徴的な出来ごとがつぎの問答歌に見られる。

下つ出雲寺に人のわざ(193)しける日、真静法師の導師にて言へりける言葉を歌によみて、小野小町がもとに遣はせりける

つつめども袖にたまらぬ白玉は　人を見ぬ目のなみだなりけり（古今　五五六）

返し

（193）仏事法会

おろかなる涙ぞ袖に玉はなす　我はせきあへず　たぎつ瀬なれば（古今　五五七）

「玉なす涙」というのは「価ひなき宝」（万葉　三四五）などと同じく、法華経の「無価宝珠」の喩えを踏まえていると解釈されている。阿部清行が、法話で耳にしたこの喩えを使ってさっそく小町の気を引いてみたのに対して、返しは、「たかが導師のお話に感動した涙でしょうに」と切り返している。

この返しで起こっていることは、「われ」と「たぎつ瀬」との、すなわち範疇のレベルでいえば〈心〉と〈水〉との誇張された同一化である。この水が流れる水でなく、いまや涙の異名と化した水であることは指摘するまでもない。

叙情主体と客体との融合

表現主体と、その心情の表徴との同一化がいったんことばのうえで、比喩指標ぬきで成立すれば、心は風景に、景物は心情になる。古今以降の歌詠みにとっても、また『新古今』の編者にとっても両者の境界は消え失せたと推定して良かろう。万葉歌であってもこの集のなかに置かれると、何か線の細い、倦み果てた生への嘆きのように響くのは、編者たちがそう読んだからであり、そう読んだ理由はこうした意味の疲弊に起因しているのである。証拠はほかにも挙げることができる。

「露、雨」その他が涙をさす隠喩語彙として固定化してゆくにつれ、これら本来の指示的な意味は後退し、文脈ぬきでも「露」＝〈露／涙〉、「雨」＝〈雨／涙〉という両義性を抱え込むにいたる。つぎの例歌では、双方の意味がほとんど拮抗しているように読める。

春雨のそぼふる空のをやみせず落つる涙にはなぞ散りける（新古　一一九）
しきたへの枕のうへに過ぎぬなり　露を尋ぬる秋のはつかぜ（新古　二九五）

このプロセスはさらに進行し、ついには二義間のあやうい均衡が破れて、隠喩的意味と詩的発想とが優位性を主張しはじめる。しかし、詩語をそこに至らしめた原因は、かならずしも語法の固定、陳腐化ということだけではなかった。何によって平衡が破られ、それを取り戻すためにいかなる工夫が必要とされたかはつぎのような歌から推測できる。

物思ふそでより露やならひけむ秋風吹けば堪えぬものとは（新古　四六九）
野原より露のゆかりを尋ねきてわが衣手に秋風ぞ吹く（新古　四七一）
逢ふことのむなしき空の浮雲は身を知る雨のたよりなりけり（新古　一一三四）
更級の山よりほかに照る月もなぐさめかねつこの頃の空（新古　一二五九）
おもかげの忘らるまじき別れかな　なごりを人の月にとどめて（新古　一一八五）

四六九番には「袖の露」こそ真正の露であるという含みがある。ここに掲げた一連の歌から知られるように、このような美学の慢心をもたらしたものは、万葉いらい連綿として続いて来た〔心有るもの／心なきもの〕という二項対立であり、心なきものに「心を付ける」という美化の手法である。この手法はいうまでもなく、日本語の語彙と文法の基盤をなす有情と非情、主体と事象との境界線をあやふやにするものであった。つぎの歌に見られるように、その対立と同化を積極的に言い立てても、もはや意識に訴えかける力は失われてしまった。

草木まで秋のあはれをしのべばや野にもわれにも露こぼるらん（千載集、慈円）

詩的言語のがわにおいて意味のこの崩落に抗する手だてとしては、「身を知る雨」「われからの露」「おほかたの露」その他、涙と雨露とを弁別するために詩的表現めかして別語を意味標識として挿入することしかなかった。「身を知る雨」という表現について『八雲御抄』はこれを涙とし、逆に、「涙にあらず、障りの雨のことなり、降り物なり」（『至宝抄』）という注釈もあるけれども、もしこちらが本来の意味であったとしても、この種の警告を必要とするような誤った用法と解釈が流布していたという状況を否定するわけには行くまい。

付け加えるまでもなく、「山よりほかに照る月」「人の月」とは「袖の（露（＝涙）にやどる）月」のことを言っており、指示機能はもういちど屈折しようとしている。

ほかにも「秋ならでおく白露」（古今　七五七）「こころより置く夕露」（新古　二九七）「別の袖に置ける白露」（新古　三二六）「ただわれからの露」（新古　三六六）などの語法が見られるようになるが、これが『新古今』において飛躍的に増加する理由は、もはや説明するまでもないと思われる。「心のほかの秋」（新古　一五七三）というのも、掛けことばとしての「飽き」を排除するための但し書きにひとしく、ことばを原義において使うという、まったく同じ要求から出ている。涙が「なく（泣く）」ことの帰結であるとすれば、この因果関係は同じ述語「なく〈鳴く〉」を介してその主語、鳥獣の範疇にも拡張されうる。「鶯の涙」「かりの涙」「いなおほせ鳥の涙」「秋虫の涙」「しかの涙」などの表現はこうした拡張の産物であるが、ここでも、いわば突然変異がこれらの予測可能な詩想に先行し、その逆でなかったことは、言語の創造性の本質を物語っているようで興味をひく。

雪のうちに春はきにけり鶯のこほれる涙いまやとくらん（二条の后）

すなわち「涙の玉、涙の露」と、いま見た〔鳥獣の涙〕が『古今集』四番のこの歌で一挙に融合し、いまひとつ別の系列を開いたのである。「こほれる涙」は「こぼれる」との文字のたよりによって着想された可能性もないではないが、この一首に関するかぎり「とく」という用言が「こほれる」の一義性をささえており、そちらとの絡路は閉ざされている。

この下の句は、どのような角度から見ても詩的言語のひとつの水準を示しているといえる。しかしこの点については多少の議論がないでもなかった。斎藤茂吉は「歌における一種の表現」（一九七七［一九三六］）という談話のなかで「こころ焼く」と「こほれる涙」という二つの表現の系譜をとりあげ、誇張という角度からその妥当性を論じている。前者に対しては、「煩悶のために、胸の異様に焼けるような感じになる」人間自然の生理から、あるていど経験的な基盤があることを認め、もっぱら後者について、作者の作歌態度さえ真率ならば「いひあらわし方の少しぐらゐの誇張は何でもないのではないか」と述べている。しかし実際の判断基準はかなり厳しくて、『新勅撰集』におさめる中宮但馬の歌、

ねや寒き寝くたれ髪のながき夜に涙の氷むすぼほれつつ

と較べながら、二条の后の歌は所詮いけないと判定している。ことを単純化していえば、「涙の氷むすぼほる」は良いが、「涙の氷解く」はいけないという判断になる。もし「こほれる涙」を生かすつもりなら、それだけで何か悲哀の心持ちを奥にこもらせることができ、現代のひとの腑にも落ちるのに、「いまやとくらむ」と念押ししたところにしつこさを感じたようであるが、しかしこの解釈はあまりに分析的にすぎた。実際には「こほり」ということばを使って「いまや涙をながすらむ」、つまり〈もうすぐ鳴きはじめるだろう〉と同じことを潤色と拡張によって言おうとしているだけで、いずれここへくる必然性は歌ことばの駆流のなかにあり、なにも奇抜な隠喩を畳みかけているわけではない。

ともあれ、真率さ以前の問題としても「涙の氷」を使いこなすことはそれほど難しくなく、但馬の歌のほかにも多くの用例がある。

年暮れし涙のつらら解けにけり苔の袖にも春や立つらん（古今　六〇〇）

君恋ふる涙のこほる冬の夜は心とけたるいやは寝らるる（拾遺集、業平）

昔思ふさ夜の寝覚めの床冴えて涙も凍る袖の上かな（新古　六二九）

冬の夜の涙に凍るわが袖の心解けずも見ゆる君かな（新古　一〇五八）

見るように、最もありふれた着想は「涙の玉」の延長、あるいは「袖の涙」との連合に

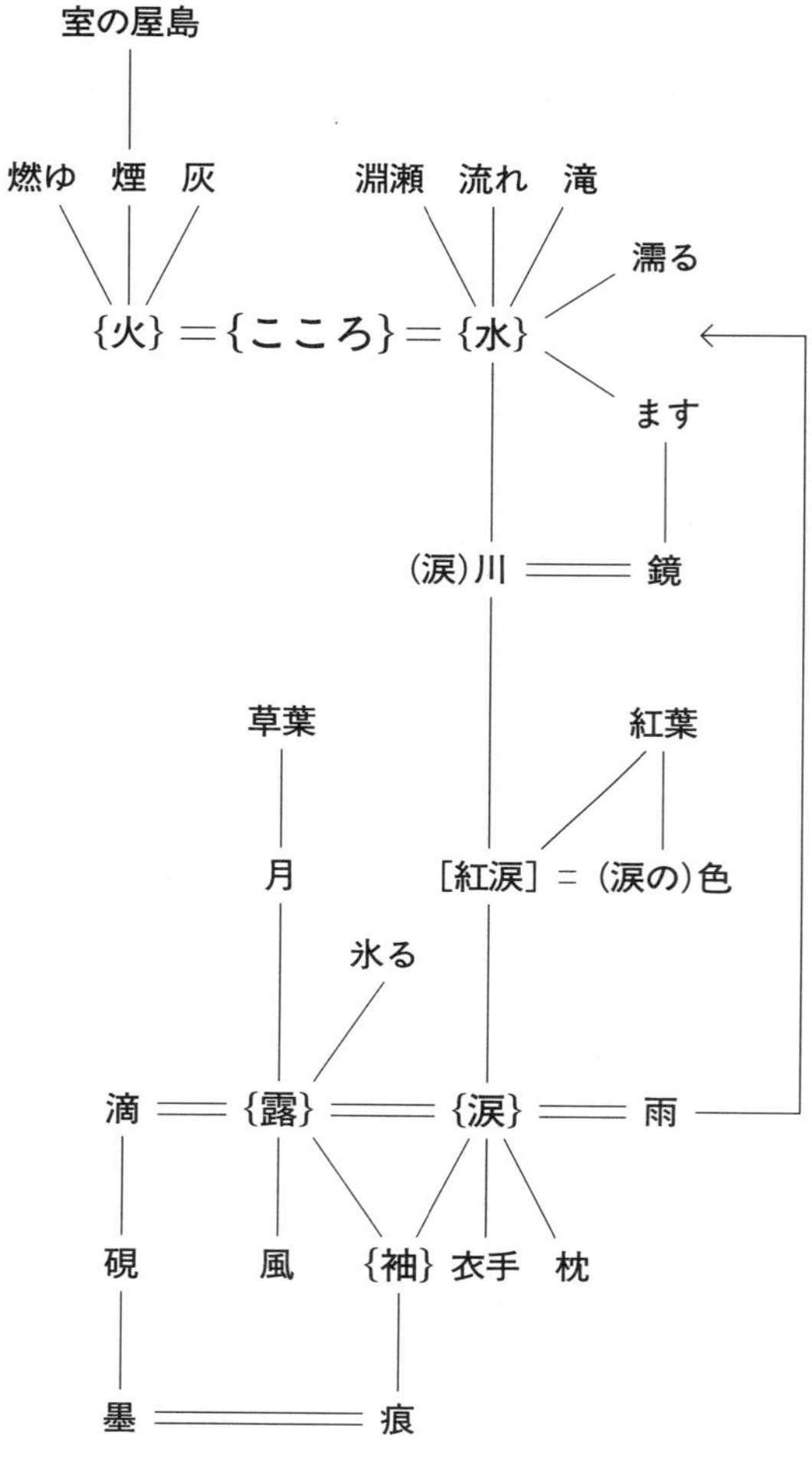

よってこれを詩化することであった。しかし「鶯のこほれる涙」については、もはやこれを引き歌とする以外に手の下しようがなかったように見える。

鶯の涙のつららうちとけて古巣ながらや春を知るらむ（新古 三一）

これまでの検証はわずかに三集を通時的に見渡したにすぎないが、八代集における涙の系譜をも加味しながらこころの詩的表象の展開を図に描いてみると（cf. Kristeva 2001）、およそ右のような見取りが出来あがる。等号で類似連合、縦線もしくは斜線によって近接連合をしめす。煩瑣にわたるので連語レベルでの展開は代表的なものだけに限る。

社交語としての機能をべつにすれば、この概念地図を細密・重層化してゆくことが和歌という詩的言語における詩化の切り羽でありつづけた。そしてついには、ことば本来の意味が詩的連想と比喩的流露に埋没してしまうところまで突き進み、この自壊作用によって進むことも退くこともできない場所に取り残されたのである。

6　古今集八四番「ひさかたの」

識閾下の微視的構造

この章では歌作りにおける言語処理の一斑を見てきた。のこる問題は、制作者の側におけるこうした選びと推敲の過程が、歌の獲得しうる表現特性のはたしてどこまで及ぶかを見極め、またこのレベルが、素材の取り方、その構成、主題そのほか、上位の構造といかに結びあうかを検討することである。まえに触れたように、ヤコブソン(Jakobson 1970: 3. 136-47)は詩的言語に充溢する微視的構造をみずからに納得させるために「識閾下の言語パタン」(subliminal verbal patterning)という概念に訴えた。この問題に対しては、これまではっきりした答えを出さないできたが、いま結論を出すとすれば、これと詩的言語の微視的構造とは基本的にべつの問題として扱うべきであると考えられる。

すなわち、微視的パタンが詩人の識閾下で組みあがったかどうかということが巨大な謎として持ち上がってくるわけではなくて、そうしたパタンの論理的立地のほうが実際には未知数なのである。作者の統御が及びえないものについてまで、意識的な技巧性であるかどうかを問うことはそもそも無意味である。過去のさまざまの言語技術論が、「逸脱」「異常語法」、あるいは「ずれ」「干渉」その他、意識的な選択の痕跡をとどめていると覚しい現象に注目し、これをテクストの解明や修辞法の手ほどきの、ほとんど唯一の手がかりとしてきた理由はそこにある。

ヤコブソンの唱えるように「並行体」(parallelism)ないし「反復回帰」(recurrent returns)を言語における美的機能の発現と見ることに異論はないが、しかしそこに、言語技術上くまなく統御が及びうると考えたことは、もともと言語が——たとえそれが詩的言語であれ日常言語であれ——相応の反復ぬきでは成立しえないものであるだけにすこぶる危険な選択であった。識閾という問題に限っていえば、言語の運用にかかわる諸条件が識閾下で処理されることはとうぜん起こりうると考えてしかるべきである。

この視点を手にいれると、テクストの微視的分析に対する批判も問題を的確に捉えきれていないことがわかる。たとえばひとつの反論として、反復や対比から生じるあまたの文法の綾が構造を現出させ、それが詩的効果をうむと考えるのは正しくなくて、むしろ「文法的な現動化（actualisation）と詩的な現動化がはたして重なりあうかどうかを問うべきだ」（Riffaterre 1971 : 325）という指摘がなされた。しかしこれでは、創作論的な問題提起に対して受容論的な角度から切り返していることになる。たしかに、テクストの表層分析の平面に断固としてとどまろうとしたヤコブソンが、大きな疑惑に直面するや作者の意識を持ち出したことじたい不思議といえば不思議である。しかし、肝心な点はあくまでも、当の微視的パタンがどこまで言語コードの強制から来ており、どこからが行使の範囲に属するかを見分けることであり、しかもこれは双方の立論から自由であると同時に、双方の、共に前提としなければならない基本的問題でもある。

受容論の角度からいうと、受け手が検出しうるかぎりの構造性が存在し、テクストの受容にとって受け手が関与的だと見なすだけの構造性が現動的である。たとえば能面に観手がさまざまの表情や感情を読み込むことは誰も否定しないと思われるが、詩歌のテクストに同じことが起こっていけないという理由はない。難しいのは、理想的な受け手として、はたして何者を設定すべきかという問題だけである。

しかし実をいうと、いま要求した作業は事実上ほとんど不可能事にちかい。一篇の詩にも言語コードだけでなく詩的コード、文学コード、文化的コードその他、もろもろの規則体系や規範が作用することを考えると、長大で複雑なテクストについては微視的分析を加えることすらもはや現実的ではない。

その点で、和歌こそは、実験対象として願ってもない条件を備えているのかも知れない。短詩でありながら、和歌は幾重にも重層した主題構造をもち、複雑で入り組んだ「音声の綾」「文法の綾」を備えており、そのいっぽうでは、日本語の音節構造のせいで内容語のかずが概してひと桁の範囲にとどまっている。微視的分析に好適であるばかりでなく、コードの読み分けが比較的にたやすい点で、分析の有効性を検証するには理想的な詩形式であると考えられる。それゆえここでは、ひとに良く知られた『古今集』の歌を一首例にとり、このいくらか無謀な企てに挑んでみることにする。

一首の作られるまで

『古今集』巻第二、春歌下に収める紀友則の、「久方のひかりのどけき」（古今　八四）は、歌論書の類いでもっとも頻繁に取り上げられてきた歌のひとつである。理由は「らむ」の遣い方が正用に適っていないように受け取られたことにもあるが、やはりこの歌の備える深沈とした情趣が読む者のこころを強く捉えてきたからに違いない。

桜の花のちるをよめる　　きのとものり

久方のひかりのどけき春の日にしづ心なく花のちるらむ

この下の句に関する疑義はむかしからあり、疑問を表わすことばも、「や」「ぞ」のような押さえの字もなく「らむ」と言い閉じるところが不審とされてきた。たしかに、「花のちるをよめる」という詞書きは嘱目の歌であることを伝えていると思われるので、この助詞の機能が、目のとどかない事柄を推量するところにあると取れば筋が通らないし、目に見えている事態の「背後にある事情・原因・理由などに疑念がもたれることをあらわす」(『時代別国語辞典 上代編』)と解釈すれば疑いのことばがどこにも置かれていないのがいささか不可解である。

そのため早くから、「なにとて」「などか」などのことばを添えて読むよう助言がなされて来ており、現在の評釈にもこの方策を勧めるものが多い。なかには「春の日に」の「に」を、「上と下とことの違いたることをいふ」(『国歌八論余言拾遺』)逆接の助詞とみてつじつまを合わせる解釈もあり、よしんば「に」にそのような用法がないにしても、これはこれで的を外していないように思われる。早分かりのため手軽に補線を引くのでなく、言外に残された情調を感じ取ろうとするほうが、すくなくとも歌論のつねづね説いてきた受容のあり方にはよくなじむ。この歌の鑑賞という点では、おそらくつぎの観察がもっとも平衡がとれ、また代表的な姿勢を伝えているようである。

『古今集』の歌の、ほかの集に較べてはいといと勝りてめでたき事は、たれも常いふ事ながら、いまその抄証一二をあげて後学に示さん。

久かたのひかりのどけきはるの日に静心なく花のちるらむ

打ちはへて春はさばかりのどけきを花のこころに何いそぐらむ

この二首、上なるは『古今集』、次なるは『後撰集』に出たり。さて「ひさかたの」といへる歌は、かばかりのどかなる春の日は、のどかにてこそあるべきに、花の散るさまいとせはしなく浅ましきは、いかなる故なるらんとあやしむばかり思ひ入りたる情ふかくいひなしたり。「しづ心なく花のちるらむ」といへるにて、散るさまを面影に見ゆるばかり詞にいひてあらはし、いかでかくならんと思へるさまをば、結句にこめてしらせたり。『後撰集』なるは、上の句のつづきめでたくいひくだしたるにとりては、下の句「何いそぐらむ」とあからさまにいへれば、思ひ入りたる余情なし。上の歌の優れる事たとしへなくなむ。

（『歌の大意』）

この一首が『古今集』の秘歌と見なされるに至った理由は、この、真意を裏にこめた「らむ」の用法と、「しづ心なく花のちる」という詩句のあざやかな形象性にあったことが窺える。しかしいずれにしても解釈の大筋は、〈せわしなく花の散ることを惜しむ〉と受け取ることで『古今』の詠格にしたがっていると見てよい。

「面影に見ゆるばかり」の形象性がいかにして作り出されているかは、容易に確かめることができそうである。歌ことばとしての「しづ心なし」の用法を調べてみると、類例は『古今集』の同じ巻に収める、

桜の花のちりけるをよめる　　つらゆき
ことならばさかずやはあらぬ桜花みる我さへにしづ心なし（古今　八二）

のほかにあまりなく、たいていは後代の詠草に属する。それらの用例からは、「しづ心なく・かへる雁」「波・しづ心なし」「浮きたる舟・しづ心なし」「しづ心なき・春の夜の夢」「しづ心なき・春のうたたね」その他、もとは主体のこころの乱れを形容する語として使われ、それが、心理の形容の通性として、乱れを引き起こさせる客体へ転移現象を起こして行ったことが知られる。[194] この展開をふまえて考えてみると、紀貫之の歌は、「さへに」という明示的な語法によって主体を言いつつ暗に客体への言及を兼ねさせた、ちょうど用法としては中間形態であることが分かる。

集のなかでこの二歌が近接し、落花のあとの喪失感をうたう貫之の作がまえに置かれている理由はつまびらかでないが、大いに想像されることは、ふたりの歌人が「花・しづ心なくちる」という言語的発想を共有し、それをもとに競作したのではないかということである。そのさい、掛けに頼った貫之にくらべ、友則のほうは擬人化という喩法をもちいてきっぱり日常語法を越え出で、その余韻を言外に残したことで作品としての完成度を一挙に高めることができた。もし掲出の順序に理由があるとすれば、その理由はこれではなかったかと思われる。[195] ともあれ、桜の散るさまをはじめて「しづ心なし」と言いとめたのは友則のてがらであり、同じ擬人法はのちに風に散る露、うち騒ぐ波その他にも及ぼされ

(194) 付け加えるまでもなく、論理的には最終段にくるはずの転移が、時間的にはいちはやく友則の歌で起こっていることになる。同じ現象は、ウグイスを扱った第Ⅳ章1節でもすでに見た（一七二頁）。

(195) 貫之の歌がさきに作られ、その託言《かごと》に友則が

てゆくが、当の詩句そのものは、おそらく「主あることば」として元歌にとることさえ差し控えられた形跡がある。

　しかし新しい着眼といえば「のどか」「のどけし」の用法も、陽差しや行雲のうらうらとしたようす、あるいは転じてそれを眺めやるときのこころの伸びやかさをいうことばで、歌ことばとしての用法自体が新しいだけでなく、基本的には「春の日」や「こころ」の近接項であった。したがってまず「春・日・のどけし」ないし「のどけき春・日」という方向から発想され、「ひかり・のどけし」という方向ではなかったと推測できる。そう考えると、この歌は「しづこころなく・花散る」、あるいは「花・しづこころなく散る」という意表に出た連結から発想され、ついで

…　―春・日・のどけし―　…
―しづこころなく―花・ちる　…

という大枠のなかで、「春・日・のどけし」を巧みに上の句に配する手段を案じるところまでたどり着いたのではないかと見られる。

　ここから「ひかり」への飛躍は簡単に手がかりを与えてくれないけれども、もし文学コードのなかにそれを探ろうとするなら、漢語系の「春光」という成句を措いてほかには考えられない。これはまさしく〈春の日のひかり〉、あるいは一般に〈春のけしき〉をいう詩語として、李白ほか中国の詩人たちの使い込んできたことばである。

応じたと考えれば、すくなくとも「らん」の謎は解ける。けれども逆に歌の自律性はいちじるしく殺がれ、こう解釈するのは気が進まない。いちばん魅力を感じるのは、ふたりのそうした応酬に「さくら花とく散りぬともおもほへず」(古今　八三)の一首をはさんで二歌成立のいきさつを消し去ったと想像することである。

初句に「ひさかたの」を得るまでにはもうすこし紆余曲折があったと予想される。それは『万葉』ゆかりの蒼古たる語彙ではあるが、詩的コードとしては「あめ（あま・）」や「月」に掛かるのが常道で、「ひかり」と直接には結びつかない。それゆえ枕ことばとして思い浮かんだのでも、春の日の形容として浮かんだのでもなく、詩脈そのものとは無関係に、いったん「月（のひかり）」を経由して「ひさかたの」に想到したことがほぼ確実である。

しかしその筋道がどうであれ、この語が枕ことばとしての統語的な強制力をもつことに変わりはないので、この段階で、一気につぎの形まで行き着いたことが考えられる。

久方の―ひかりのどけき―春・日…
しづこころなく―花・ちる…

これでは第一句の始めの字と第二句の始めが同字になり、『和歌作式』の戒める「岸樹」の病いを冒すことになるけれど、もともと四病だの七病だのに拘っていてはまともに歌が作れるはずもないので、そのことはあまり気に止めなかったに違いない。それよりむしろ、音声の同一性によって詩句のあいだに緊密な連合が生じることを重んじたかと思われる。ひとつの悦ばしい結果は、常套的な枕ことばに寄りかかったにもかかわらず、「久方の・ひかり」という空疎な契合でなく「久方の（ひかりのどけき春の日）」という修飾構造が前景化され、この古びた歌ことばに生気がよみがえったことである。『古今』では枕ことばの使用が下火になり、使うとすれば文脈的にこれを蘇生させて使おうとした形跡があるが、ここではそれが重層的な修飾によって原義を取り戻したことになる。

また「ひかり・のどけし」という結合が、日常言語的な「のどけき春・日」という習合から切り離され、はっきりそれに取って替わった効果も見逃せない。なるほどこの表現は、「ひかり」が文字通り光を意味するのか、それとも眼にする風光をいっているのか明確にはしていないが、あたうかぎり狭義に取ったほうがこの詩句の威力を示してくれるように思われる。光の粒子に注がれたかのようなこの画人の眼差しを、ことばをもって現出しえた歌詠みはかれの前には出なかった。もしこの歌が、結び題ふうに〈春日に花ちる〉というような主題をもっているとすれば、それは二つの詩題そのものを「はる」と「花」との音の類似性を紐帯として連結できただけでなく、春の日の描出と、花の散りをまざまざと詠みおおせているという二点で古今に絶する作品となったのである。

当時の歌づくりの作法からすると、この枠組みをとりつつ〈花の散るのを惜しむ〉というこころをも何かの形で詠み入れなくてはならない。「み」音のやさしい響きを愛した友則としては、[196]これを助け字として第一句か第三句のさいごに置く方法、とりわけ当時の愛用語法「…を…み」（たとえば「春の衣のぬきをうすみ」などの）を用いることが頭をかすめたかも知れないが、これは今の文脈では実現のしようがおそらくない。残る案は、上の句と下の句を逆接関係におき、人為の割りこむ余地のない自然のいとなみに異を唱える素振りをみせるという方法である。

その言語化の方途としては、「はる日にも」「春の日に」「春の日も」その他と、「花ぞち

(196)『悦目抄』にそういう記述が見える。これが偽書である点を差し引いても、「み」音に対する愛好があったこと自体は実作やほかの典拠に照らして事実であると思われる。

るめり」「なぞ花の散る」「花は散りつつ」などを、逆接関係を導くような形で組合せる方法が考えられる。その選択における決定因子が何であったかは明らかでないが、ひとつの可能性は、字音と統語構造との兼ね合いが大きな比重をもったのではないかということである。この角度からいうと、概して歯擦音や破裂音は「耳に立ち舌にさはる」下司しい仮名とされて置きどころに制限が加えられ、逆に鼻子音や拗音（たとえば「み、む、も、の、よ」）などの「優しい字」（『冷泉家和歌秘々口伝』）を句末に置くことは和歌らしい、なだらかな続けようを生むものとして好まれた。種々の証例から見ると語種に関する指定はなかったようであるが、これらがおのおの助詞や助動詞としても機能しうる点は示唆的である。わけても助詞「の」の愛好はひとかたでなく、これを「惣じて連歌、歌の父母」（『当風連歌秘事』）とする見方を生んだほどである。

こうしてもし「の」を補って「春の日」「花のちる」とすれば、ちょうど「久方の」とも呼応して、続けテニハとして好まれた手法が成立する。さきに述べたように、それがなぜ、「春の日・に」と「花のちる・らん」をもって治定を見たかは幾様にもとれ、作者の側における真の理由は測りがたいけれども、そこに結果的に続けテニハの/n/音が揺曳していることは確かである。またその反面で、ほとんど歯擦音と破裂音ばかりからなる、「しづこころなく」という耳に立つことばが歌中に屹立することもここでほぼ確定した。

改めていうまでもなく、これは初めから終わりまで恣意的な推測で、詠作のひとつの可能性を仮想的にたどってみただけに過ぎない。しかしともあれ、つぎのような形姿をもつ一首が完成した。

1 Fisakata no
2 Fikari nodokeki
3 Faru no fi ni
4 Sidukokoro naku
5 Fana no tiruran.

ここにいちはやく頭韻の存在をみとめ、それが「歌の意味を稠密化している」と書いたのは西洋詩学を背景にもつ研究者であったが（Keene 1955: 80）、のちにはこれにヤコブソン流の詳細きわまる分光試験を施すこころみも出ており、そこではつぎのような十指にあまる形態的特徴が検出されている[197]（平賀 一九六八）。

- ■第四行を除き、各行が/f/で始まる。
- ■第四行を除き、最初の語はかならず/no/につながる。
- ■第四行だけを飛び越して、三音節目の子音/k, r, n/は次行で一音節繰り上げられる。
- ■第四行の「心」だけを例外として、歌中のすべての名詞が/f/で始まる。
- ■子音/k, n, r, f/の頻度が目立って多く、/f/と/n/は第四行を除き/f. n/の順序で、/k/と/r/は規則的に/k. k. r/の順序で繰り返され、「はな」と「こころ」のアナグ

（197）両者ともハ行を/h/で転写しているが、主張点には関わりがないので第一章でとった方式に従いここでは/f/で表記する。

ラムをなしている。

■ /f/と/n/との隔たりは三音＋語境界（「久方の」）、二音＋語境界（「ひかりの」）、一音＋語境界（「はるの」）、語境界（「ひに」）、と縮まってゆき、さいごには「はな」一語に収斂する。

■ 低音調の母音/a/が一、五行に集中し（31113）、中音調/o/は逆に偶数行に集中する（13131）。

さらに統語のうえでも、軸になる第三行目だけに名詞が二語、第一、第五行の名詞は「の」につづき、第二、第四行の名詞はゼロ助詞につづく。第二、第四行では類似した修飾構造が現われる、というふうに奇数行と偶数行との対立が認められ、これは母音の対立と平行関係にあることが指摘されている。

最初の/f/音による頭韻という項目は、あるいは/fi/と/fa/それぞれの反復、歌論でいう同字としてまとめ直すことができ、/f/音による頭韻はそれを統括する要素と見られなくはない。しかし、そうした括り方はともかく、このような構造性は言語事象としてたしかに存在し、そのこと自体を否定する余地はない。しかも「はな」と「こころ」という音声的背景に「しづこころなく」の浮かび上がる構図などは、ただそれだけでひとを承服させるだけの信憑性を備えているように見える。それに対してさきに試みた生成過程の復元は——かなり必然性があると信じてはいるけれども——徹頭徹尾ただの仮想である。事実と仮想とのこの落差は如何ともしようがなく、微視的な表層分析のまえに、たとえばりチャーヅ（Richards 1970）のような熟達した批評家が首をかしげながらも沈黙したことは頷けないでもない。

しかし、作る側の視点から、素材の選択、主題の構成、詩的カノンへの配慮、その他を経て言語化にいたる一連のプロセスを追体験してみたとき、わずかに続けテニハや同字（および頭韻）の駆使を除いて、微視的レベルでの技巧性にいっさい頼ることがなかったということの意味合いは大きいと思われる。たとえさきの模擬実験がすべて誤りであったとしても、ともかくも当の歌の最終形態まで接近しえたのである。このことの意義を疑うなら、そのときは、うえに列挙した幾何学模様をすべて盛り込んで一首を組み立てる、たぶん解けないパズルに挑戦してみるほかはないだろう。

後注

（1）「鼻びしびし」における擬音語「びしびし」、「天のぶち駒」の「ぶち」、「がに」（？）などがその数少ない例とされている（高木ほか校注、『万葉集二』、一九九九、四三六頁）。あるいは「出づ」の活用形で頭音の消失した「でで」を加えてよいかも知れない。

（2）以下の引用では刊行本にしたがって濁点を加えてある。しかし用字は適宜改めた箇所があり、とくに『万葉集』の翻字については分かりやすさを最優先に考え、また特定の版本によっていない。『万葉集』は万葉、『古今集』は古今、『新古今集』は新古の略記をもちい、歌番号は大系本によったが、『万葉集』については新番号を採用した。これら以外から採ったものには撰集・作者名を付した。歌論書、連歌論はすべて佐佐木信綱編『日本歌学大系』（一九七二）、久松潜一編『中世歌論集』（一九三四）、および伊地知鉄男編『連歌論集』（一九五三）の三著に拠った。

古歌の掲出にさいして集名、巻数、部立て、歌番号を添えるというならわしに逆らってこの方式をとったことにはそれなりの理由がないでもない。歌集の部立ては編者たちの読みに基づいており、詠歌の状況に親しい当代人の解釈としてそれが現代の読者にとって重要な糸口であることは否定できない。しかし、あとでくわしく見るように、ある種の意味は劣化をまぬがれていないし、またそのことによって、言語芸術として別の魅力を発揮するに至った場合もありうる。たとえば次節にあげた譬喩歌「衣に寄せる」（万葉　一三〇〇）なども譬喩としてでなく、むしろ辞義的に読む可能性も残したい。このように、受け手の自由を確保し、テクストが時空を越えて語りかけてくるものを注視してみるという方法もありうるのではないかと考えたからである。もちろんこういったからといって、場合に応じて、部立てや詞書きを参照することを拒むものではない。

また、古文からの引用にさいしては、用字・送りがなを適宜改めたところがある。

（3）これだけにとどまらず、冒頭の引用のすこし手前では、「はてしなくただよう盃のねむりは　はてしなくただよう盃のめぐりのアイアイのさざ波の貝殻のきらめきの　沖の石のさざれ石の…」のように延々と「の」の循環する「大胆にして且つ斬新な手法」（鍵谷　一九七〇、二五五頁）がくりひろげられている。これが歌論でいう「続けテニハ」の援用であることは間違いない。同じく第Ⅳ章には「人舟」という馴染みのないことばがあり注釈者の首をひねらせてきたが、これも伊勢の、「水の上にうかべる舟の君ならばここぞ泊まりといはましものを」（古今　九二〇）を踏まえた新造語であろうと思われる。

（4）強弱二音一拍子という大前提に対しても異論がないわけではない。たとえば藤井（一九九九、六五頁）は、「音曲や語りのどんな実態にまさぐっても、二拍、二拍という進行はみとめられない」と述べ、五七調についても「歴史をともなう文化の問題で、言語の生理であるはずがない」と言っている（この「二拍」とは「二音」のことである）。本考でも、強弱二音一拍という仮説を支持する根拠は、リズムの基盤はふつう言語における弁別的な要素の対立ではないという一般的観測と、六・八音節を超えない範囲で作詩されたらしいという消極的な状況証拠だけである。

（5）実験的に確かめることも難しいようである。和歌の吟唱にはいくつかの型があり、たとえば歌会始での披講や、朗詠、競技目的の朗詠、ふつうの律読などそれぞれ独特の声調をもつ。韻律構造の実現という角度から見て重要なのは、句末で母音を長く引くかそれとも声の休止を置くか、簡単にいえば朗詠と律読という対立であると考えられる。朗詠の場合、「休止」は持続母音＋停音という意味に解され、律読においては停音を意味する。参考までに、日本かるた協会公認の朗詠テープ二種について行なった音声分析の実測値を掲げておく。サンプルは百人一首のうちから句切れの違いに配慮して選んだ七首、単位は秒である。A、Bの平均値をとった理由は、句切れの違いにもかかわらず朗詠が朗詠独自のパターンに依っており、有意差がみとめられなかったからである。（単位　msec）

	A	B	平均
第一句	1.21	1.48	1.34
第二句	2.14	2.06	2.1
第三句	2.4	3.11	2.04
休止部	6.95	1.46	
第四句	2.03	2.78	2.75
第五句	4	4.19	4.09
反復	＋	−	

朗詠において目立つ特徴は以下の四点である。

- 休止・反復の有無を別にすれば、音数の差にもかかわらず、上下の片歌がほぼ等時間　に詠みあげられる。
- 一首を二息に詠むことから、それぞれの片歌の最後の句（＝第三、第五）にたっぷり時間を掛け、そのために、長短の各句についても音節についても単位時間を割り出すことは出来ない。

■比較的に自然に詠まれる第一句を例にとると、実音と句末母音の引き延ばし、停音の比率はほぼ五：五：一の長さである。下の句では実音が二倍に引き延ばされ、句末の母音が七音の総和とほぼ同じ長さに朗詠される。

■韻律的弱と強とのあいだに休止を置く（＝〇｜××｜◎）ことに対する禁則も朗詠においては守られず、たとえば「しづこころなく」は「◎〇｜××｜◎〇｜◎〇｜××｜◎×」のように詠われる。

したがって、実際の朗詠から四拍説の裏付けをとることはできない。

また、ふつうの律読には決まった読み方があるわけではないので、「世の中はぁぁぁ」と延ばすにせよ、あるいは停音を置くにせよ、これが四拍の長さを占めることの立証は不可能である、またたとえ四拍に一致することがあったとしてもその必然性を立証することは難しい。律読の計測ではつぎのような結果の報告がある。

	第1句	第2句	第3句	休止部	第4句	第5句	反復
万葉8	1.58	1.43	1.45		1.45	1.53	
古今294	1.39	1.37	1.3		1.31	1.3	
平　均	1.48	1.4	1.37		1.38	1.41	

この実測値は一音の単位的長さと句の長さとがそれぞれ等時に読まれることを支持する結果であり、「休止を加えた一行八拍（＝八音）のブロックが核となっているのではないか、ということが窺知される」（城生 一九九四）と結論づけられている。たしかに各句の長さがほぼ近似値を示しており、五音句が相対的に短く読まれていない点は積極的に評価できるが、いうまでもなくその場合にも混合拍子、あるいは詩調の問題はのこる。等時拍説はあくまでも仮説と見なすのが適切ではないかと思われる。

（6）この問題を主題的に扱った文献としては、J. Starobinski（1971）および R. Jakobson（1970）がある。また丸山（一九八七）も和歌の例をまじえて詳細な考察を行ない、ソシュールによるアナグラム研究が言語と無意識とのかかわりについて考える重要な示唆をふくむものと見なしている。万葉歌についても、ヤコブソン自身による高橋虫麿の長歌（万葉 九七六）の分析があり、「遣はし〜タカハシ」という類音その他の音声効果により、作者名が埋ずめられている可能性を示唆している（Jakobson 1981：159；

山中 一九四)。

(7) 短歌と長歌で改行のしかたが一定していないことに異論があるかも知れない。しかし人麿の歌の場合「五七」で切るのは、序が第3句までを占めているという構造上の理由からも現実的ではない。「行頭、行末」という用語は、より中立的に「休止の後、休止の前」と理解することもできよう。しかし一般論としていうと、もし一首の構造や組織が明確に検出できるような改行の仕方が発見できたのであれば、それはそれで作詩原理をひとつ突き止めたのと同じことであり、方式が一定していないことのほうがむしろ自然である。

(8) 韻の分類は中国詩論からの移入としてすでに『歌経標式』の時代から登場するけれども、この概念が歌論に定着した形跡はまったく見えない。連歌論では、声(=母音[V])と韻(=子音[C])との区別が行なわれ、声の相通と韻の相通がそれぞれ五音連声、五音相通と呼ばれ、母音における前/後、高/低という対立も意識されていた(『長短抄』)。つまりCV/CVという枠組で頭韻(C=C)、類韻(V=V)、同字、すなわち音節の反復(CV=CV)を記述する理論用語を持ち合わせてはいたが、その適用は句頭ないし句末という特定の部位に限られ、しかもこの知見は禁制や秘事として封印されていたので、実際の作歌に影響を与えたかどうかは疑わしい。

(9) ただしこの見方で充分というわけではない。本書では取り上げないが、のちにくる俳句は「似つかわしい取り合わせ」という別の原理を追究したし、一般にトポスと呼ばれるものは景物と景物との絵画的配剤ということを動機づけのひとつとしている。しかし似つかわしさを判断する基準が文化的に形成されることも明らかで、そうした判断の経験的基盤と文化的基盤とを見分けるところまで行かないかぎり徹底した議論とはいえないであろう。

(10) 分類とのかかわりで補足しておくと、「まそかがみ」は『古今』以降も「ますかがみ」という語形で存続し、しだいに「(面)影」との結びつきを強めていったことは事実である。しかしこれを枕ことばと考えるかどうかはきわめて微妙で、ちょうどいまの問題点に関係してくる。一般論としては、『後撰集』以降枕ことばとしての用法は衰微し、鏡をさす歌語として、あるいは月の慣用的な隠喩として使用されるようになったと言ってよい。

(11) 掛けことば、語呂あわせを成り立たせるには、語義を弁別するのに要する音素数の二分の一があればよいとする仮説がある(Valesio 1980)。しかしこの仮説を立証することはまず無理ではないかと思われる。和歌における掛けことばが三、四音節語の最初の二音節に掛かることが多いのは、あとで述べる「聞きしれ」との関係によると考えられる。

(12) つづけて『ソネット』七三番の後半が引用されている。「二重の隠喩」の受け取り方ははっきりしないが、炎のイメージ(=名指しの隠喩)のなかに置かれた隠喩のなかの隠喩death-bedが、反転して情欲に言及しているとも読めることを指しているのかと思われる。ともあれ和歌と英詩との肌合いの違いをよく示す一例として引いておく。

In me thou see'st the glowing of such fire
That on the ashes of his youth doth lie
As the death-bed whereon it must expire,
Consum'd with that which it is nourished by.

私のなかにきみが見るものは焔の輝き、
最期の息を引きとる死の床に横たえられたように、
おのれの青春の灰に埋もれ、自分を養ったものが
尽きるとともに消えてゆく、焔の輝きだ。〔高松雄一訳〕

(13) 和歌においては隠喩も一種の「奇言」であったことは疑いないと思われる。しかし言うまでもなく文学テクストの隠喩とジャーナリズムの隠喩を難易という角度だけから判断すべきではあるまい。ある対照実験ではアンケートを用いて常套的／斬新、難／易、快／不快、軽薄／真率、偏向／中庸などの度合いを計測しているが、文学とジャーナリズムでは常套性の軸で最も較差が大きく、ついで軽薄／真率、偏向／中庸、快／不快、という順で、難易度については最も差が少ない。また注目すべきことに、この傾向自体は動かないものの、各指標については、言語間での差異も認められる（Steen 1994: 192-206）。

(14) 誤解のないように注記しておくと、ここでは「現象」ということばを〈人間の意識のまえに立ち現れるもの〉という意味でもちいている。したがって「記号」という名で呼ぶことも考えられるが、それでは記号化、記号過程という用語を使用するとき混乱を生じるように思われたので、この用語をもちいる。

(15) 良し悪しという基準でなく「異化／自動化」という対立に美的機能の根源をもとめる立場もあり、こちらのほうがいまのコンテクストに応わしいと考えられるが、この発想の展開と言語論における役割についてはほかの箇所（山中 一九九九）で扱かったのでここでは立ち入らない（スタイナー 一九八六）。

(16) この伝統的な定義は「Aの代わりにBで」という方式をとり、AB二項の関係について一顧もしないだけでなく、方法のうえでも列挙法によっており換喩の本質と一般的性格を明らかにするものとは言いにくい。言語化と認知のありかたとの関わり、統語パタンの内包する認知機構に対する関心の高まりとともに、認識と言語の根底にあり、おそらく隠喩過程よりもさらに基本的な換喩の問題に強い関心が集まっている。文を構成する項の「意味役割」にもとづいて、より整合的な理論も生まれつつあるが、

この領域に踏み込むことはいまの問題圏を越えるので、言及するだけにとどめる。くわしくは、Panther & Radden eds. (1999) に収められた、Gibbs、Seto、Blank などによる論考を参照。むろん定説と言えるようなものはまだ出ていないが、大まかな傾向をいえば、いずれの場合も命題を構成する辞項の各種の意味的な役割、たとえば「行為者」「用具」「被動者」その他に根拠を置こうとしているので、却って連歌論にいう「その人」「その時」「その場」などによる説明方式に近づいている。

(17) もっとなじみの深い用語として「縁語（=縁のことば）」があり意味も近いが、『詠歌一体』その他の実例に照らしてみるかぎり、これには連語関係（たとえば「衣」―「たつ、きる」、「橋」―「わたす、たゆ」だけでなく辞項の対等関係ないし上下関係をも含めていたのではないかと推測される。問題は「衣」―「うら」、「舟―渡し守」などの例で、これが関連語、いわゆるスキーマとして捉えられていたのか、それとも「衣（の）うら」のように近接連合のもとで捉えられていたのか確証がない。いまの文脈には適切でない。また「両立性」という用語も、コードにおいて指定された文法的な両立関係と、メッセージにおける偶然の両立関係を区別することはできないが、ここでは前者に限定して考える。

(18) ただし、微妙な用例として『万葉集』の一三四七歌の左注がある。すなわち「言痛くはかもかもせむを岩代の野辺の下草われし刈りてば」に注して、「一には、『紅の現し心や妹に逢はずあらむ』といふ」とあり、染めとの連合はすでに掲出歌以前に成立しており、「現し心」に〈真心〉という意味がかねて備わっていたとも考えられる。

(19) たとえばある著書では西洋絵画の「進化の流れ」を、不可視的画題の時代、可視的画題の時代、超可視的画題の時代に三分し、可視的画題はルネサンス後期の発見であったとしている（岩田 一九九七、一三九頁）。

参考文献

Brown, James (1956) "Eight Types of Pun." *PMLA* 71. 14-26.

Culler, Jonathan ed. (1988) *On Puns: The Foundation of Letters*. Basil Blackwell: Oxford.

Day Lewis, C. (1947) *The Poetic Image*. Jonathan Cape: London.

土居光知（一九五五）『文学序説』岩波書店、東京

———（一九七七）「言葉とリズム」、『土居光知著作集』３、岩波書店、東京

Dumarsais-Fontanier (1818[1967]) *Les Tropes publiées avec une introduction de M. Gérard Genette*. Slatkine Reprints: Genève.

藤井貞和（一九九九）『詩の分析と物語状分析』若草書房、東京

Goatley, Andrew (1993) "Species of Metaphor in Written and Spoken Varieties." in Mohsen Ghadessy ed. (1993) *Register Analysis: Theory and Practice* (Pinter: London & New York), pp.110-48.

——— (1997) *The Language of Metaphors*. Routledge: London & New York.

樋口芳麻呂・後藤重郎校注（一九九六）『定家八代抄』岩波書店、東京

平賀正子（一九八八）「短歌のポエティクス」『記号学研究８』、東海大学出版会、一四一-一五四頁

久松潜一編（一九三四［一九九九］）『中世歌論集』岩波書店、東京

伊地知鉄男編（一九五三）『連歌論集』岩波書店、東京

伊藤博校注（一九八五）『万葉集』（『新編国歌大観』準拠版）、角川書店、東京

岩田誠（一九九七）『見る脳、描く脳』東京大学出版会、東京

Jakobson, Roman (1960) "Linguistics and Poetics." *Selected Writings* 3. 18-51. Mouton: The Hague.

Jakobson, Roman (1970) "Subliminal Verbal Patterning in Poetry." *Selected Writings* 3. 136-47. Mouton: The Hague.

—— (1981) "Notes on the Contours of an Ancient Japanese Poem—The Farewell Poem of 732 by Takapasi Musimarö. *Selected Writings* 3. 157-64. Mouton: The Hague.

城生佰太郎（一九八四）「短歌のリズム」『月刊言語』一三巻六号、大修館書店、東京、三九-四五頁

川本皓嗣（一九九一）『日本詩歌の伝統』岩波書店、東京

——（二〇〇〇）「詩のひびき」、東京大学総合文化研究科・教養学部最終講義

川本皓嗣ほか（一九九九）「韻律と短歌」、馬場あき子編『韻律から短歌の本質を問う』一四五-二〇二頁　岩波書店、東京

鍵谷幸信（一九七〇）『西脇順三郎』社会思想社、東京

片桐洋一ほか編、『新編国歌大観』CD-Rom判、角川書店、東京

Keene, Donald (1955) *Anthology of Japanese Literature*. Charles Tuttle: Rutland & Tokyo.

北川透（一九九三）『詩的レトリック入門』思潮社、東京

Kövecses, Zoltan (1986) *Metaphors of Anger, Pride, and Love*. John Benjamins Publishing Co.: Amsterdam / Philadelphia. Also in George Lakoff (1987) *Women, Fire and Dangerous Things*. pp. 377-415. The University of Chicago Press: Chicago.

Kristeva, Cvetana (2001)『涙の詩学——王朝文化の詩的言語』名古屋大学出版会

久保田淳校注（一九八六）『千載和歌集』岩波書店、東京

九鬼周造（一九八一）「日本詩の押韻」、『九鬼周造著作集5』岩波書店、東京

楠橋開（一九九四）「新古今集歌人の歌枕表現」、片桐洋一編『歌枕を学ぶ人のために』六六-七九頁、世界思想社、京都

Lord, Albert B. (1960) *The Singer of Tales*. Harvard University Press. Cambridge, MA.

Marouzeau, Jean (1963) *Précis de stylistique française*. Masson & Cie: Paris.

丸谷才一（一九九九）『新々百人一首』新潮社、東京

丸山圭三郎（一九八七）『言葉と無意識』講談社現代新書、東京

峯村文人（一九九五）『新古今和歌集』日本古典文学全集、小学館、東京

三好達治（一九九四）『定本 三好達治全詩集』筑摩書房、東京
中西進（一九六八）『万葉集の比較文学的研究』桜楓社、東京
――（一九七六）『万葉集原論』桜楓社、東京
新倉俊一（一九八二）『西脇順三郎全詩引喩集成』筑摩書房、東京
大岡信（一九八〇）『詩の日本語』〈日本語の世界11〉中央公論社、東京
織田正吉（二〇〇〇）『古今和歌集の謎を解く』講談社選書メチエ、東京
Panther, K-U. & G. Radden eds.(1999) *Metonymy in Language and Thought*. John Benjamins Publishing Co.: Amsterdam/Philadelphia.
Radden, G. & Z. Kövecses(1999)“Towards a Theory of Metonymy.” In K-U. Panther & G. Radden eds.(1999) pp.17–60.
Richards, Ivor A.(1970)“Roman Jakobson’s Analysis of Poetry.” *Times Literary Supplement,* May 28.
Riffaterre, Michael(1971)“Les Chats de Baudelaire.” In *Essais de stylistique structurale*, 307–364. Flammarion: Paris.
佐伯梅友校注（一九八一）『古今和歌集』岩波書店、東京
斎藤茂吉（一九三八）『万葉秀歌』岩波書店、東京
――（一九七七[一九三六]）『斎藤茂吉歌論集』柴生田稔編、岩波書店、東京
坂野信彦（一九九六）『七五調の謎をとく』大修館書店、東京
佐佐木信綱編（一九七二）『日本歌学体系』風間書房、東京
佐竹昭広（一九四六）「万葉集短歌字余考」『文学』五月号、岩波書店、東京、一八三–一九四頁
佐竹昭広ほか校注（一九九九）『万葉集（一）、（二）』〈新日本文学大系〉岩波書店、東京
Searle, John R.(1979)“Metaphor.” In Andrew Ortony ed., *Metaphor and Thought*, 92–123. Cambridge Univ. Press: Cambridge.
Starobinski, J. ed.(1971) *Les Mots sous les mots: Les anagrammes de Ferdinand de Saussure*. Editions Gallimard: Paris; Eng. tr. by Olivia Emmet 1979. Yale University Press: New Haven & London.

Steen, George (1994) *Understanding Metaphors in Literature*. Longman: London & New York.
Steiner, George (1963) *Language and Silence: Essays 1958-1966*. Faber & Faber: London.
スタイナー、P.（一九八六）『ロシア・フォルマリズム――ひとつのメタ詩学』山中桂一訳、勁草書房、東京
鈴木徳男（一九九四）「大和の歌枕」、片桐洋一編『歌枕を学ぶ人のために』世界思想社、一〇三-一一七頁
瀬古確（一九五五）「歌格の上から観た万葉集」、沢潟久孝・小島憲之ほか編『万葉集大成』十二、平凡社、東京、一五五-一六二頁
高木市之助ほか校注（一九六〇）『万葉集』〈日本古典文学大系〉岩波書店、東京
高田昇（一九九四）『万葉韻律考』和泉書院、大阪
武田恒夫（一九九〇）『日本絵画と歳事――景物絵画論』ぺりかん社、東京
藤堂明保・船津富彦（一九六六）『中国詩入門』大学書林、東京
渡辺秀夫（一九九五）『詩歌の森――日本語のイメージ』大修館書店、東京
Valesio, Paolo (1980) *Novantiqua: Rhetorics as a Contemporary Theory*. Indiana Univ. Press: Bloomington.
Whitman, John (1990) "A Rule of Medial ＊-r- Loss in pre-Old Japanese." in Philip Baldi ed. *Linguistic Change and Reconstruction Methodology*, Mouton de Gruyter: Berlin, pp. 511-545.
山中桂一（一九八九）『ヤコブソンの言語科学2：詩とことば』勁草書房、東京
――（一九九四）「ヤコブソンと万葉歌」、『月刊言語』二三巻六号、大修館書店、東京、四六-四九頁
――（一九九九）『日本語のかたち』東京大学出版会、東京
――（二〇〇〇）「英詩の語順」、『月刊言語』二九巻九号、大修館書店、東京、六〇-六七頁
山本健吉（一九七九）『詩の自覚の歴史』筑摩書房、東京
吉本隆明（一九七七）『初期歌謡論』河出書房新社、東京

あとがき

この本は、二〇〇〇年春から翌年にかけ、東京大学の大学院で一般詩学の立場から和歌をあつかった授業の草稿をもとにしている。一般詩学ということばは耳遠いかも知れないけれど、半数以上が外国からの留学生で占められているような場で、和歌という故実のかたまりのような詩的言語について何をどう説明すればよいか——そのことを想像してもらえば一般詩学の問題圏と視点にさほど遠くない。

例年この授業では日本語の文法特性や対照修辞学をあつかっていたが、百人一首の暗唱も覚束ない身で古典和歌を取りあげる気になったのはひとえに偶然のせいである。四年ほどまえ、畏友川本皓嗣氏からツヴェタナ・クリステヴァ氏の博士論文（のちに、『涙の詩学』として名古屋大学出版会から出版）の査読を依頼され、コメントを書き連ねているうちに四〇枚ほどの分量にもなってしまった。むろんそれ以前に、日本人の発想における連想の基盤、詩歌における掛けことばの重用、これに対する比喩の排斥、詩と絵画との相通、ソシュールやヤコブソンを悩ませたアナグラム、あるいはいわゆる微視的構造の有無にかかわる問題、など、いくつかの解けない疑問がつねづね頭にないではなかったが、ひょっとしてこのまま書き続けて自分なりの答えを出すことができはしまいか、そんな下心が働いて授業に取りあげたのがそもそもの発端である。

もちろんそれなりの腹案が出来あがるまでには両氏との、ときには諍いめいた議論、それに学生諸君からの質問や指摘も大いに助けになった。しかし必要に迫られてのことであったとはいえ、このような経緯のせいで、実作品と、ほぼそれに並行して著わされた歌論・連歌論をほとんど唯一の手がかりとして、詩学の視点から和歌に取り組むという本来のねらいはあるていど実現できたのではないかと考えている。ただその視点を強調する余り、歌の掲出作法、解釈の手順その他、いくぶん行き過ぎた面が出たことも事実で、この点は大目に見ていただく他はない。

なお本書の一部は、これまでに口頭で発表したり、あるいは印刷に付したことがあるので、ここに初出場所を付記しておく。第I章3、4節は「日本語の韻律」という表題で、『比較文学研究』76、一六-三三頁（二〇〇〇年、東大比較文学会）に掲載された。第V章6節の一部は、アナグラム説および近年のいくつかの詩学理論と絡めるかたちで「詩と無意識」と題した東京大学総合文化研究科、言語情報科学専攻の最終講義のなかに取りいれ、原稿の一部を「アナグラムふたたび」という表題で *Dialogos* 2. pp. 83-110（二〇〇二年、東洋大学文学部）に掲載した。しかしいずれの文章も、本書をまとめるに当たってかなり大幅に改稿され、論点もいくつか修正されている。また日本アジア協会での講演、"Messages of Love: A Facet of Japanese Classical Poetry"（二〇〇二年二月一八日）では第V章2、3節の内容を詩的認識の三段階という角度からまとめ直して紹介した。

最後になるが、貴重な経験を与えて下さっただけでなく、親身な忠告と卓抜な意見によって励ましかつ挑発してくださった川本皓嗣氏に敬意と感謝をささげる。また同僚の中村健二氏は英文学関係の蔵書を快くお貸しくださった。目立つ形ではないかも知れないが、受講生諸君の反応や意見も確実に本書の立論と運びに反映されている。なかでも黄 淑妙さんには漢詩について教示を受けただけでなく、古い雑誌論文を探索するうえでもご協力いただいた。植田栄子さんには「録聞見」による音声解析をお願いした。ここであらためて皆さんにお礼を申しあげたい。出版の段階では一貫して大修館書店の小笠原豊樹氏にお世話になった。かなり理屈っぽく、けっして懇切丁寧ともいえない文章が、曲がりなりにも読めるようになっているとすれば、それはすべて小笠原氏の助言のたまものである。

著者しるす

二〇〇三年二月

や行

わ行

は行

ま行

た行

な行

か行

さ行

掲出歌索引

あ行

わ行

ま行

や行

ら行

た行

な行

は行

さ行

索　引

[著者略歴]

山中桂一（やまなか　けいいち）

1940 年，高知県生まれ。東京大学大学院人文科学研究科修士課程（英語英文学）修了。東海大学教養学部助教授，東京大学総合文化研究科・教養学部教授をへて，現在，東洋大学文学部教授。

[著書]『ヤコブソンの言語科学 1：詩とことば』（勁草書房，1989），『ヤコブソンの言語科学 2：かたちと意味』（勁草書房，1995），『日本語のかたち』（東京大学出版会，1998）ほか。

[訳書] K. ケルナー『ソシュールの言語論』（大修館書店，1982），R. ヤコブソン『言語とメタ言語』（共訳，勁草書房，1984），P.スタイナー『ロシア・フォルマリズム：ひとつのメタ詩学』（勁草書房，1986）ほか。

和歌の詩学

初版第 1 刷発行——2003 年 3 月 1 日

著　者——山中桂一

発行者——鈴木一行

発行所——株式会社大修館書店

〒101-8466 東京都千代田区神田錦町3-24

電話 03-3295-6231(販売部) 03-3294-2356(編集部)

振替 00190-7-40504

[出版情報] http://www.taishukan.co.jp

装丁者——板谷成雄

印刷所——厚徳社

製本所——三水舎

ISBN4-469-22159-7　　Printed in Japan